體育時期

【下學期】

時期

P. E. PERIOD

（劇場版）

董啟章

【目次】

《體育時期2.0》演出資料

創作及製作人員

原著／文學指導	董啟章
導演／編劇／製作設計	譚孔文
監製	林碧芝
音樂總監／作曲／音響設計	劉穎途
編舞	林俊浩
填詞	許少榮
燈光設計	羅文姬
助理服裝設計	劉尤頤
導演助理	胡境陽
布景設計助理	阿妍
舞台監督	洪佩珊
執行舞台監督	任碧琪
音響控制	李寶瑜
服裝統籌	吳靜雯
舞台助理	陳彥聰、謝民權
宣傳美術指導	Jessie、Alex
宣傳美術指導及平面設計	Terrenz Chang
宣傳攝影	Keith Hiro

角色表

李穎蕾　飾演　貝貝

郭翠怡　飾演　不是蘋果

王耀祖　飾演　閒遊者

施標信　飾演　政

黃華豐　飾演　黑老師

梁子峰　飾演　奧古

胡境陽　飾演　阿灰

黃曉初　飾演　韋教授（聲音演繹）

場外音　譚孔文、董啟章

演出時間：2013年3月15-17日（五至日）晚上8時
　　　　　　2013年3月16-17日（六至日）下午3時
演出地點：香港兆基創意書院多媒體劇場
演出5場
浪人劇場製作　康樂及文化事務署主辦

永恆的新學期

董啟章

　　當學生的時候，總想學期快點完結。假期是永恆的盼望，特別是暑假。漫長的夏日、熾熱的陽光、潮湧的海灘、突如其來的暴雨、孤寂而躁動的心情……。我不知道現在的年輕人的暑假怎麼過。我自己從前，一不補課，二不打工，就只是無無聊聊地過，最多是看書。

　　人總是到了不再有新學期的時候，才懷念上學的日子。也許這就是所謂「那些年」的心態。每個人都有自己的「那些年」，無論是念念不忘，還是不堪回首。而當下的，卻總是沒有甚麼好說，或者以為有好說的，其實也不外如是。步入中年的人，大都沒有甚麼值得炫耀，對現況總是滿腹牢騷。舊同學聚會，說的都是「那些年」的陳年舊事。懷念「那些年」沒有錯，但如果老活在「那些年」的陰影裡，就有點悲哀。

　　所以不再青春的人還去寫青春，還去搬演青春的劇場，除了遭受還處於「這些年」的年輕人的白眼，還可以得到甚麼回報？當然「那些年」們可以回敬說：靚仔靚妹咪咁得戚！你地都會有一日變成「那些年」的！可謂頗為惡毒的詛咒。可是，作為「那些年」，還要以「過來人」的身分去向「這些年」指指點點，也確實是夠令人噁心的。「這些年」和「那些年」，是不可能共時化（或同步化）的。這就是所謂「代溝」吧。

　　哎呀，說這些也太老套了。我必須承認，我已經沒法理解「這

些年」們的心態，但是，我也必須對抗「那些年」的心態啊。也即是對抗那種「我也曾經年輕過」或者「我的心境依然很年輕呢」的感嘆或辯解。我不是說這麼想有甚麼問題，要這麼想也是人之常情吧。但是，作為創作動機，那就相當低層次了。

《體育時期》這部小說第一次出版，是2003年的事情了，也即是十年前。第一次由譚孔文改編成舞台劇，是2007年，也即是接近六年前了。要細說「那些年」，大概也不乏可資感嘆的話題。「那些年」的貝貝和不是蘋果，印象依然是那麼的鮮明，彷彿閉上眼就可以看見她們在舞台上唱歌。不過，同樣深刻的是一句在音樂劇結尾的歌詞：「也許有，新學期」。對的，當年上演的只是小說中「上學期」的故事，而大家對「下學期」也有所期待。想不到，這個「下學期」一等便是六年了。

不過，這次重新改編不只是「下學期」，而是從頭開始。這豈不是休學後要重讀？重讀並不一定是壞事，當中有重新開始的意思。「學期」的好處，就是周而復始，沒有終結。一期過去，一期又來。如果人生也是以「學期」理解，那學習就沒有終止。這當然不是指讀書、考試、拿學位那種學習模式。今天我們已經把學習異化成「自我增值」和「資歷獲取」。（所謂「資歷架構」是甚麼鬼話？）要對抗這些可怕的架構，我們要建立自己的結合知識和人生的學習，也即是一種表面上毫無價值和用處也不能成為資歷的學習，甚至是一種否定資歷，不斷重新開始的學習。我們要成為人生的永不終止的重讀生，an eternal repeater of life。永恆的重讀生看似很笨，一無所成，永不長大，但每一次的重讀，事實上也是一次提升。我會這樣理解《體育時期》音樂劇的重演，和各種各樣沒有終結的續作。

六年前那個「新學期」的預告，也連帶給了我寫作的新意念。我萌生了寫一個環繞著劇場的小說的構思。這個構思在後來的長篇

《學習年代》裡局部實現了，但很大程度依然只是個預告。幾年來那個劇場小說我寫了又停，停了又寫，已經三次。也許，到了《體育時期》劇場版又再問世之時，我的這個劇場小說，也是時候重新開始了。我自己，也要進入新學期了。

（原刊於《體育時期2.0》〔2013〕演出場刊）

對話與喊話

譚孔文

再次演出《體育時期》，再次進入貝貝與不是蘋果的世界，讓我聽到她們的喊話。她們的內容可能簡單、虛無、沒有目標，有時甚至沒有人理會。

但某程度這就是青春。

所以喊話就是青春的一種姿態。

而《體育時期》，對我來說，就是一眾青年的喊話來尋找真實的對話。

也因為有了這些喊話，才令我們可以繼續站立在這個荒蕪的現實世界。

這次足本改編比上次只改編上學期的難度更大，但從中也看得更多。

感謝董啟章先生對我的信任，允許改編《體育時期》成劇場作品，也感謝參與是次創作的所有人。

2013 年 3 月 5 日

（原刊於《體育時期 2.0》〔2013〕演出場刊）

Aria: P.E.—期待

時間自白
語言暴亂～超倫溯妓ㄓ砝戳辨鑼ㄛ斃　《《
復合
出演絕拒
妄想

Aria: Period─期限

by體育系
作曲、作詞、主唱、電結他：不是蘋果、貝貝
低音結他：弱男
鼓：智美；鍵盤：色色

【下學期】

2013斷想

——導演

　　我也不知當初為甚麼會信他。那應該是 2006 年的夏天的事情。那時候我給前進進戲劇工作坊寫了一個叫做《宇宙連環圖》的劇本，當戲在文化中心上演的時候，一個素未謀面神情害羞的年輕男子跑來找我，說想把我的小說《體育時期》改編成音樂劇。我心想，音樂劇應該不是簡單的事情吧，看他的樣子不像是能弄出這樣的東西來的人啊。不過我沒有拒絕他。可能是因為我對劇場有幻想，覺得如果真的成事也不錯。後來他請我去看他原創及導演的劇作《暗示》，我對他才增加了信心。他就是譚孔文。

　　2007 年的演出很熱鬧，很有青春活力，也很忠於原著，把很多個場面都幾乎原封不動地搬到舞台上。戲做了三個小時，只演完上學期。我當時很滿意，很受感動，有一種知音難求的感覺。那就像遇到一個超熱誠的讀者，動用了足以弄出一整台音樂劇的力度和資源，來寫出的一篇力竭聲嘶的讀後感。自己的小說得到這樣的回應，夫復何求？

　　我們都期待著下學期的來臨，但是資金和機會不是說有就有的。六年過去了，不但早已不青春的我們，連當年還青春的演員們也不再青春了。但譚孔文心中那團火依然未曾熄滅。去年他告訴我說，《體育時期》要重演了。幾乎是通知我，而不是徵求我的同意。

我也不可能不同意吧。但是，我必須承認，在開始的時候，我並沒有太熱烈的反應。也許是先入為主吧，上次的演出已經在我心中定形。我沒法想像舞台上的貝貝和不是蘋果被其他演員代替。而且，我的長篇小說寫作正陷於停滯狀態中，精神上也很難分心關注其他事情。我大概是忘記了，上次的演出直接給予我靈感和力量，完成了《學習年代》這部小說。這次《體育時期》的再度上演，會不會是另一次對我的寫作產生衝擊的契機？所以我應該感謝譚孔文，在我昏昏沉沉的時候用他那喊話式的劇場語言驚醒了我。

　　譚孔文是非常少數的對本地文學深感興趣的劇場工作者。對很多事物的看法，我和他有共通的地方，特別是對物件和人的關係。所以在改編的過程中，我完全信任他的判斷，並沒有直接的參與，而只是扮演觀眾的角色。我非常樂於見到，一個能完全實現譚孔文的創作意念的劇作。結果證明我是對的。六年後的譚孔文，在思想和技巧上也更為成熟。《體育時期2.0》把小說化為夢一般的體驗，鮮明、尖銳，但又曖昧、沉鬱。對我來說，觀看自己的小說在舞台上搬演，是個大發現。

　　小說被改編成劇場，劇場反過來被寫進小說。在《學習年代》裡寫到，導演T改編了黑老師的《體育時代》。導演T的原型就是譚孔文。這也許就是我反客為主的方法吧。你改寫我，我也改寫你。小說和劇場，虛構與真實，已經互即互入，表裡不分了。現在譚孔文再一次把球打過來，我也應該拿起球拍，給他一記反手抽擊吧。一來一回，原來也是一場體育競賽。

普通的祕密

曲：不是蘋果／貝貝　　詞／聲：貝貝

在商場的長椅上　　抱著背包
吃一塊餅首先選擇它的某個角落
除了我的舌頭　　沒有人知道它的味道
尖尖的觸覺

從行人電梯降落　　握著扶手
望一眼旁邊上升的臉自怯怯的眼角
頸後的髮揚起　　沒有人知道它束過辮子
冷冷的溫度

也許我的語言笨笨的
沒辦法做出完整的句
在你面前回答一聲就無以為繼
但我一經說出就絕不修改
無論是聰明還是蠢

長途車的尾座位縮小身體
無表情的臉隱藏某種膨脹的東西
除了我的手指　　沒有人知道它的形狀
微笑的角度

碰見你就假裝看不見
假裝不來就低頭想其他
也許我會是個平凡人吧
不會敢於站在舞台上呼叫
只懂得把熱情浸在玻璃杯中
和著溫水吞下
隱形行走於人群裡
隨身攜帶普通的祕密

普通的祕密

寫作紀錄：

今天下午出九龍教一個兒童寫作班，在火車上戴著耳筒，聽著椎名的發育地位演唱會錄音，翻著自己印製的體育時期歌詞集，讀著不是蘋果和貝貝的曲詞，心裡忽然就有種衝動，想立刻就回家，打開手提電腦，把書的下半部一口氣寫出來。

原本是打算放低一下才再續下去的。

以我自己一向的速度來說，這個小說算是寫得超常地快。年初才真正開始寫，1月裡已經完成了一半，近十萬字，暫且稱為上集，上學期，好給自己一條界線，一個暫停的理由。事實上也不得不暫停。12月前一直忙著教寫作班，只在1月因為學校考試和假期，才空出了一點時間，到了2月開始，日程又排得密密的，不會再有長時間的專注去完成小說了。所以寫完了上半，心裡就有一種遙遙無期的感覺，好像有點怕，小說可能寫不下去，或者怕在進入狀態之後突然停止，會很難再抓回那種感覺。但今天在火車上突然感到，非立即寫出來不可了，好像要先完成這件事，了結一個心裡的東西，才能好好重新開始，投入到別的工作去。況且，下半年的日子也很不明朗。

最近一個寫作的朋友，算是我同輩的作家，也經歷了困難。長久以來給她出版小說的出版社，斬釘截鐵地表明不會再為她的書再版了，至於她的新著作，出版社也提議她不妨考慮別的途徑，感覺上還好像是給她自由選擇的權利呢。在我心目中，她其實是這一輩裡最有分量的本地小說家了，而且作品的水平在文學研究界裡越來

越得到肯定。（得到學院的肯定往往和作品濟銷同步發展，不過，我當然不能說前者是後者的誘因或徵兆，它們的關係可能只是一種神祕的偶然。）這兩年她對創作投入了加倍的精力，用自己的生命完成了一個又一個的新作。對的，她是那種用生命去寫的人。如果有人覺得這樣說太濫情，我也沒有辦法，因為事實是如此，而且值得尊敬。在這個地方從事這種叫做文學的甚至稱不上是事業的偽事業，要求的也不過是最低限度的東西，那不是讚賞或榮譽，而是尊嚴。如果寫作沒有尊嚴，也即是說，這個地方不需要文學，不需要這樣的作家，堅持下去也就是自討苦吃，怨不得誰。也許有人又會覺得，這樣的牢騷已經令人生厭了。如果是這樣子，我實在非常抱歉，因為我竟然還花了整本書來說明一個這麼簡單而令人膩味的事實。不過，我說的時候已經盡量不自以為鞭撻時弊，避免擺出世人皆醉我獨醒的樣子了。回到作家朋友的命運，結果可想而知，她的讀者越來越少，又或者，就算讀者沒有減少，出版社也不再覺得有價值了。她想過離開這裡，以後也不再想文學這回事。作為一個讀者，我當然不想看到這樣的結局，但作為朋友，她的心情完全可以諒解。在這個城市，文學變成了一種罪，是令人悔疚的，要用人生來補贖的罪，而進身文學圈就相等於加入犯罪集團或者黑社會了。離開黑社會是要洗底的，而且不一定成功。再者，真正的黑社會至少還算是可以撈一點錢的。朋友的事令我想到，我現在正在寫的這本書，命途也十分不明朗。如果是自資，以現時的經濟情況來說，是絕對不可能的事。有人可能會奇怪，出版一本書，需要的資金並不真的算是很多吧。但我去年自資的一本寫作教學書，到現時還未有回本的跡象，另外又答應了給一個新作者出版小說，所以已經沒有餘裕再出自己的書了。昨晚和妻談到開支和收入的問題，大家也沉默下來了。我只是恐怕，如果我不趁這時候有這股衝動，到心情一冷卻下來，就沒有能量把書完成了。或者是，沒有理由了。

今天就是在這種情緒中，一邊坐車，一邊覺得非寫不可。新的情節、場面、人物、細節，都湧出來，好像貝貝和不是蘋果的經歷高速地在眼前展現，如果我不立即寫下來，有些東西就會一去不返。也許，我就會失去她們。她們已經是我生命裡的東西，我生命裡活著的人，不是我創作的人物，不是我展露才智或者發表意見的工具，而是等同於我的生命。在我還能跟她們一起生活的時候，我要好好認清她們的面貌，體認她們的心情，並且從她們身上學習，如何去對待自己的人生。我也於是可以肯定，在2月裡，我一定會寫完這個小說，因為它已經在我的腦袋裡完成了。

　　今天班裡的小朋友有點心散，不太聽話，教他們用名詞、動詞和形容詞造句，然後用動作做出來，但效果不如理想。不過沒關係。六歲的孩子就算頑皮也非常可愛。他們對罪與罰的道理全然不知，十分幸福。童年大概是人縱使是可厭但也依然可愛的最後年齡了，到了成為青年以後，可厭和可愛就會分家，而往往以可厭的比例為高。成年後的情況就更不用說了，基本上就是充斥著罪犯的年紀了。下課後就立即回來，買了兩個麵包填飽肚子，開始在鍵盤上敲打新的章節。這個第十六章，我決定用作者的第一身去寫，而且把生活的真實細節也寫進去。當然素受高深文學訓練的讀者會立刻問，文本裡有真實的東西嗎？一切所謂的真實經驗經過語言的再現不是就注定要變成別的東西嗎？對於這類為數頗少的讀者，我實在無話可說。雖然我自己也曾經是這樣的一個讀者，問過這類學究性質的問題，但這刻這類問題可謂一點也不重要，甚至是十分無謂了。如果將來有讀者或評論家（如果這本書有一天真能幸運地出版的話）還要說出甚麼關於後設小說或者後現代之類的話，請你們接受我至為誠懇的咒詛，願你們有一天為自己的才識付出代價，獲得應有的懲罰，那就是，有一天發現，原來自己錯過了文學，原來自己從來沒有領會過文學是甚麼。不過，也許這咒詛對某些人無效，

因為對他們來說，文學本身從來就不是甚麼。總之，這些也都完全無關宏旨。我關心的只是不是蘋果和貝貝的命運，只是她們在下學期的遭遇，和她們如何面對這個城市日益膠凝的生活。對，是膠凝的生活，膠凝的城市。一個冷凍牛油塊一樣的城市。一個沒有發生大災難、大慘劇、大悲情的城市，但卻是一個無法快樂，無法熱情起來，無法活得有勁的城市。是個甚麼也無法做或者根本沒有甚麼好做的城市。我這樣說，是冒著把整個小說的主題簡化的危險吧。讀者讀到這裡，大可以感到安然了，因為原來作者心裡就是想表達這些。我絕不反對讀者這樣想。有些很明朗的主題，其實說不說穿分別不大，我也就不故作忸怩，拒談作者意圖。我想，就算說穿了也不會妨礙或減損其他幽微的地方吧，只要讀者是細心的話，總會有未曾說出和未能說出的東西，在等待你去發掘，或發明。

　　我一直在用城市去稱呼這個地方，因為它除了作為一個城市，我想不到它其他身分了。但我其實不想說城市。城市令我厭倦。我已經說了太多關於城市的，寫了太多關於城市的書，致使大家都覺得我只是有興趣探討城市種種，尤其是抽象的、意念的、理論的方面的城市。我自一開筆（這是個不合時宜的用語，因我已經像很多其他應用文字的人一樣不再用筆寫作，所以其實應該改稱開腦，或者，如果嫌太噁心，就說開機，雖然聽來有點像開電視機或者冷氣機），寫這個小說，就一直想迴避談論城市，因為它太概括了，好像是個一體化的東西，把裡面的所有事物也代表了，涵蓋了。可是我在這個章節裡不停地說這個城市如何如何，其實也是無可避免地在耗損小說的活力。當城市大於人，大於貝貝，大於不是蘋果，那說明了人的空間已經縮到最小了；相反，人還是能反抗城市，拒絕城市的，還是可以挪用它，私自改造它的，把它變成屬於自己的地方的。在這個小說裡，個人與城市的關係就是這樣子。結果如何，我就沒有定論了，或者是我不敢說清楚了。如果小說到結局在這點

上還有點模稜兩可，那主要不是由於文學藝術的考慮，而是因為我自己也不敢下結論吧。至於小說的地域特點，例如主要場景發生在一間郊區的大學和更為偏僻的元朗，是否包含了甚麼去中心或邊沿化之類的理念，我在這裡懇請諸位評論者高抬貴手。至於一直不知道這些術語講甚麼的讀者，非常感謝你們的容忍，我也答應你們，這是最後一次提到這些東西的了，我會盡力不再繼續擾亂視聽的了。話說回來，把場景定在元朗，也許不過是因為那裡近年的混亂景觀，急速的工程發展非常醜陋地展示了一種無度的暴發情態。又或者，完全是由於我心目中幾乎在構思小說一開始時就有了的結局場景。不過，基於一般小說情節的懸念法則，我還是把結局留給願意乖乖順序看小說的讀者作最後的享用吧。

我在上面說到人，不是人物，因為不是蘋果和貝貝已經不只是紙上的虛構角色了。她們一早就不是。自從認識到她們，我就知道她們一定是在哪裡生活著。也許她們將來有一天在偶然間讀到這個小說時，會萬分驚訝地發現原來自己的經歷和感受竟然在這裡公開出來。我想說，如果你們有一天在這裡發現你自己，希望你不要為我所披露的而怪罪於我，也希望你會感到，原來有人明白你，或至少願意去明白你。而且，願意承認，你們有你們的祕密，永遠不會揭露也無法揭露的祕密。在這裡，人與人之間，所有不明朗的事情，除了是由於我表達不力，也由於祕密，縱使可能只不過是普通的祕密，尋常人的祕密。所以雖然我不介意把某些事情說明得十分直白，比如說上面談到的一些主題，但另外一些卻是我沒法說的。有時候，我和不是蘋果或者貝貝，或者黑騎士，甚至是政和韋教授，持有相同的意見，好像我和他們其實是同一個人一樣，但另一些時候，我近乎不理解他們的行為。我不是在說那些作者如何漸漸在寫作中失去對角色的控制之類的俗套。在寫作技術的層面上，我不相信這種神祕化的事，好像魔術師原本打算從帽子中變出白兔，

怎料給跳出來獅子咬死了一樣。在操作上，沒有無緣無故失控或靈異的怪事。我在說的是，對待活在我心裡的這些人，我就像對待生活裡相處過的人一樣，有好多不容易解開的謎團。也就像我對待自己，也同樣有好多不容易解開的謎團。我嘗試去諒解，正如我嘗試諒解他人，和自己，而且為失敗作好準備。

　　不過，如果還是從人物的角度去想，現在小說寫到一半，人物就像是活出了一半，好像叮噹漫畫裡面從時空穿梭水池之類的裝置冒出了半個身子的人物一樣，如果機器突然失靈他就只剩下悽慘的上半身或者下半身了。妻在讀到第六節的蘋果日記之後說，不是蘋果這個人物完全確立了，以後無論你怎樣寫她也會是可信的了。她又一直擔心政這個人物，開始的時候怕他會是個被犧牲掉的平面人物，以他的僵硬和可笑來反襯出不是蘋果的獨特。後來他喜歡了不是蘋果，生活也出現了混亂，就變得像個立體的人，會有他的善意、苦衷、弱點。不過，上半結束之前，他被兩個女孩輪流拋棄，面相開始模糊，似乎又開始有被犧牲的危險。我和妻也對小說或電影為了主題或作者的偏好而把某些角色犧牲掉十分反感。一種典型的犧牲者是故事裡的好丈夫或者好男友，或者好妻子好女友，總之通常也是好人，但因為很平凡，因為缺少欲望和激情，所以要讓路給更能發放人生光輝或者投映人性陰暗面的男女主角。我們也對這種設計極感厭惡，甚至覺得非常缺德。我也因此在寫小說時很小心，不想因疏忽或偏執而對人物不公平。沒有人是應該因為這種緣故而被犧牲掉的。政不會被犧牲掉。他會有自己的困惑，甚至走到極端，但他會有自己的存在價值，不是為了突出他人而存在的價值。不過話說回來，不想製造犧牲者並不等於完全不可能有扁平人物出現，因為現實裡也的確有十分扁平的人存在啊！有時強要把一個壞蛋寫得有人性一點，或者刻意為一個大好人加添缺點，也許不過是出於作家們不實而且不必要的立體人物觀。所謂圓形人物，也

是文學家的杜撰吧。事實上就是，有些人較立體，有些人較扁平，而兩者之間無高低貴賤之別。立體的混蛋不會因為立體而更值得原諒一點，正如扁平的善人不會因為扁平而不那麼值得讚美。從這個角度看，韋教授這個人物在某方面是較扁平的，大家繼續看下去就會知道。尤其因為我不太願意分心去敘述他的觀點，而且於技術上加入他的觀點也不恰當。不過，我也會讓他留下屬於他的祕密，使他看起來未至於太單調。

上面說到不道德，或者也要解釋一下。我說的道德並不是指社會上的禁忌，或者有傷風化的東西。不是指文學應否寫露骨的性愛或者文學與色情的分別這類低層次的問題。文學有時可以是色情的，無必要和色情區分開來，說甚麼文學是精神性而不是物欲性的這種廢話。可是，也絕不可以說，文學超越道德，高於道德，不應受制於道德。持這種意見的，例如最近獲諾貝爾文學獎的高行健先生，固然是出於良好的意圖。他們想堅持文學的自由，原也是無可置疑的。可是，文學雖是人的自由的一種實踐形式，卻不應是合理化甚或是崇高化任何行為和思想的手段。一個任意傷害身邊的人的作家，縱使他有多高超的文學技巧，把他的性情粉飾成藝術家超乎凡俗的放縱，結果也不過是一種虛偽。而文學裡充斥著傲慢、沉溺、卑劣、剝削、偏見等等的所謂超乎道德的東西。利用文學來剝削他人，增益自己，這就是我所說的不道德。說到底，要實踐文學的自由，並不是簡單地衝擊禁忌或無視道德就可以的。我們要更清晰更有理地了解人和事，在語言的領域裡開拓更適於生存和共處的空間。文學不可以是一張無所不達的通行證，也不可以是一塊至高無上的免死金牌。文學一高於其他東西，就會變得自以為是。文學很普通，普通得一點也不完美，反而千瘡百孔。文學可以不滿世界，它甚至必須是由於不滿世界而產生的，由於渴望一個縱使是不可能的更好的世界而產生的。在文學裡沒有單純的認同、合模和擁

護，因為這就會殘害文學的生命力。可是，文學也絕不能建基於驕傲、自滿和蔑視。絕不能說，文學高於其他，文學家高於普通人，或者詩高於小說這類盲目的話。普通的文學，了解自己的局限，能夠自嘲和自省。這就是文學的道德所在。

所以也連帶說到，文學與政治的關係。高行健基於他的背景和經歷，說出文學和政治無關，文學高於政治的見解，是可以理解的。不過，文學作為文明人類意識活動之一種，是徹底的文化產物，不可能脫離其他範疇而獨立自足。文學不可能和政治無關，正如它也不可能和文化無關，不可能和社會無關，不可能和經濟無關，不可能和歷史無關。說文學絕不能服務政權，十分正確，正如文學也不能服務反對政權。用文學來效力當權者或反對當權者，同樣是文學的工具化和劣質化。但是，這並不等於無關。文學只是不同政治，不能混為一談，但也不能說是高於政治。高行健一直在說的，大抵是狹義的政治，即以一個政權為代表的政治。但廣義的政治這種東西，恐怕比一個政權更加無孔不入，無遠弗屆。我說到了這些，因為在這個小說裡，好像也無法逃避政治的陰影，正如每一個在這個城市生活的普通人，就算對政治冷感，不去投票又不看時事新聞，但也無從抗拒政治滲透到他的生活裡去。這也就是在我們的故事裡發生著的狀況。當然，也有人物是直接介入到狹義的政治事件裡去，但我也盡量從側面去寫，不想小說變成了劣等的政治見解展示場所。所以我會這樣說，這個小說絕不是關於政治，但也不是和政治無關。

就這樣，我今天自回家就一口氣寫到這裡，踏進了小說的下半部，體育時期的下半場了。在這裡我可以預告高榮的出場，或者，如果把蘋果日記的記述也算在內，就是再度出場了。還有新的角色，例如新樂隊成員弱男和色色，和貝貝的中學好友秋恆。在下面的十四個章節中，在曲調方面還會有十四個更加不同的變奏吧。

我的目標是三個星期內完成，一個星期寫五節。完成之後，就會把寫小說的事完全放下，專心工作。

　　我在上面說過，答應了一個年輕作者出書。她的書已經寫好了一年多，但一直耽擱著沒法出版。現在終於決定由我個人成立的出版社出資印刷。書名叫做《給我一道裂縫》，是個非常好的名字。作者是我以前的學生。作為一個年輕而對寫作有期望的作者，她和這個小說也有某種關係。我們也曾經像黑騎士和貝貝般通電郵，也曾經為著寫作而困惱、失望。現在她的書終於要出版了，她卻決定要到外國去了，因為與寫作相比，那裡有更重要的東西。她說過，這是她第一本書，也會是她最後一本書了。聽來非常悲哀的說話。我就把我為她的書寫的序言放在這個小說的第二十三節裡，作為紀念。

銀色手槍

曲：不是蘋果　　詞／聲：不是蘋果／貝貝

期望你永遠不停發言好像設定了重播功能的MD
那麼我就不用轉身離開
扮作在場唯一的聽眾
小心衣袖深處隱藏的銀色翅膀

如果你的話題完結無論如何總還有殘餘的細流吧
杯水車薪總好過禮貌的告別
濕濡的腳印迅速風乾
眼睛垂下掩蓋鏡框邊沿銀色的閃爍

陷入秋天的城市有舊銀器的霉味
望向氧化的天空針頭想必已經變鈍
整個身體只剩下裙沿膝頭的自白

溫文的書本印著金屬的無情
熱情的話語局限於投映的場域
有心的和無心的也一律準備進入冬眠

只有我體內的機械蜂鳥
天真地吮飲無蜜的鋼鐵百合
心跳一分鐘一千二百下

如果有一天我鼓起勇氣
把銀色手槍放在你面前
請你務必只用一顆子彈
就射穿我的心臟
因為子彈只有一顆
而你也不必留著做紀念

請用右手　移過一點
對準我左邊胸口
別用霰彈槍
別用機關槍
也不用出動滅聲器吧
打一隻小小的無聲的蜂鳥
請用銀色左輪手槍

銀色手槍

2001年1月26日，晚上八時。阿灰的Band房。「體育系」的成員第一次聚集，包括不是蘋果、貝貝、智美、弱男和色色。不是蘋果和貝貝負責結他，智美打鼓，弱男負責低音結他，色色負責鍵盤。阿灰也在場，但坐在一旁，並沒有參與彈奏，只是間中參與討論。

不是蘋果：呢首歌叫做〈銀色手槍〉，新作嘅，分三節，第一段，中段，同埋重唱段。其實啲詞未寫完，每節都寫咗一個版本，如果大家有意見，隨時可以改，甚至成首改晒都可以。

智美：點解叫做〈銀色手槍〉？有冇來由？

貝貝：嗰日我哋真係買咗枝銀色槍。

（不是蘋果放下結他，去拿背包，從裡面掏出一條捲成一團的頸巾，打開來，裡面包著一枝銀色模型左輪氣手槍。）

不是蘋果：真架，你睇！（把槍舉起，向牆上鏡子裡的自己瞄準）不過我嫌枝槍太現代，本來想買古典嗰種。

智美：唔係真架係嘛？氣槍嚟架咋嘛！拎嚟睇下？（想去拿槍看看，但不是蘋果不給她。）

阿灰：咁有咩關係？點解去買槍？想打劫呀？喂，唔好打爆我啲玻璃呀下！你咪癲癲地咁學椎名打玻璃呀！

不是蘋果：唔知架，一時興起。

貝貝：係因為黑騎士嘅神奇子彈，應該用銀色槍。

色色：乜嘢神奇子彈？（除了不是蘋果，大家也不很明白。）

不是蘋果：其實都唔使理咁多嘅，總之呢首歌環繞住銀色手槍呢件

嘢，好冇？

智美：不如唱出嚟聽下先啦，印象會強烈的。

（不是蘋果抱起結他，把歌唱了一遍。大家靜靜聽著，思索著。）

智美：俾枝槍我睇下先啦，我諗唔到嘢。

貝貝：你第一句話「期望你永遠不停說話好像設定了重播功能的
　　　CD」，我諗「說話」唔夠具體，如果話「發言」會唔會好
　　　啲，「期望你永遠不停發言……」。

智美：（拍掌）「發言」好，我鍾意「發言」，好似啲阿Sir講書
　　　咁，或者啲人演講咁，仲係好似機械人嗰隻。喂，你俾枝槍
　　　我睇下。

色色：你哋頭先話咩神奇子彈？

不是蘋果：（點頭，思索）唔，……咁第三句不如改做「聽眾」
　　　啦。……連前面都改埋，變做，「扮作在場唯一的聽眾」。

貝貝：好，「在場」好適合，好似有個場面走出嚟咁。我心目中就
　　　係見到咁嘅情形。

色色：（熱心地）我都有個意見！第一句裡面個「CD」可唔可以改
　　　做「MD」？

智美：（不明所以）點解要「MD」？有咩唔同？

色色：唔……，我通常喺街都係聽MD架。

智美：（笑）我係聽CD架喎！咁有咩唔同？

（色色一時答不上話來）

不是蘋果：（試著重唱了第一句）MD都好，個M字好似可以誇張
　　　啲。Mmmm！

智美：好啦，好啦！M就M啦！

貝貝：我鍾意下面嗰句，「小心衣袖深處隱藏的銀色翅膀」，好
　　　好，好似講出咗心底嘅祕密咁。

（不是蘋果望了貝貝一眼，但沒有說話。）

阿灰：（在後面一邊修理結他，一邊說）係呀，呢句好正，不過唱出嚟有啲拗口。我想問，其實點解要買槍？

不是蘋果：好，修改嘅地方寫低咗未？第一段仲有冇意見？冇就照去。呀係嘞，阿弱男，你點睇？

弱男：（有點緊張地）我冇意見，其實我唔係好明。不過，唔使理我。你哋繼續啦！

不是蘋果：（聳聳肩）OK！咁呢段音樂仲要作一段歌詞，順住頭先講嘅「發言」呢一點，可唔可以繼續作落去？

（大家沉思。弱男也低下頭，但在眼尾偷看其他人。貝貝拿筆在紙上寫著甚麼。）

貝貝：再用「話題」好唔好？譬如話「如果你的話題完結但卻總會有剩餘的細流吧」。

智美：喂呀，俾枝槍我玩下啦。

色色：好長，可唔可以講多次？寫唔切呀！

（貝貝再唸了一次那個句子。）

不是蘋果：（咬著筆頭）「但卻總會有」好似有啲軟賴賴咁，如果話「無論如何總還有」就有力啲。

貝貝：（笑）呢個「無論如何」係你嘅商標嚟架？成日都有呢句！

不是蘋果：係咩？

智美：（模仿不是蘋果的歌聲）「無論如何」，「無論如何」！俾枝槍我好冇？

不是蘋果：（沒有理智美）好啦！喂，仲有，「剩餘」不如改做「殘餘」，「殘」字勁的。

色色：究竟乜嘢係神奇子彈？

智美：咪好似神奇胸圍咁囉。

貝貝：喂喂，咪嘈住啦，跟住仲有架，喂，聽住喇！第二句係「杯水車薪總好過禮貌的告別」。

阿灰：（插嘴）喺大學讀中文真係唔同啲嘅，用埋晒啲成語呢都勁
　　　啲！

色色：咩叫做「杯水車薪」？

智美：呢句我冇讀書都識啦，拎杯水係咁車落啲柴度囉，即係用細
　　　細杯嘅水嚟救火，車極都唔熄咁呀！人讀大學你讀大學，你
　　　讀乜鬼架！

色色：（委屈狀）我讀化學科架，點鬼知呢啲嘢喎！

弱男：咁多位，其實，我未決定參唔參加架，我唔知掂唔掂架。
　　　（沒有人理他）

不是蘋果：仲有冇呀貝貝？

貝貝：有，係咁嘅，「濕濡的腳印迅速乾掉／眼睛垂下掩蓋鏡框邊
　　　沿銀色的閃爍」，都係唔好，「乾掉」都係改做「風乾」好
　　　啲。

智美：「蒸發」好唔好？

不是蘋果：「風乾」好啲，感覺凍啲。
　　　（智美點頭。）
　　　「鏡框邊沿」嘅「銀色」好配合。

智美：係喎，要捉住銀色，乜都要銀色。

阿灰：（指著自己正在修理的結他，附和說）銀色結他！

智美：仲有銀色打火機，銀色領呔，同埋……銀色女郎！
　　　（智美今天剛巧戴了很多銀飾物。阿灰吹了下口哨，智美就站
　　起來扭了下身子，搖晃著穿滿了耳珠的銀耳環，裝出性感女郎的樣
　　子。坐在旁邊的弱男連忙縮開。其他人都在笑。）

不是蘋果：你哋兩個唔好咁風騷啦，夫唱婦隨咁，肉麻死人咩！好
　　　啦，呢段係咁，試下唱，貝貝你俾張紙我，你寫咗嘢個張，
　　　係，唔該。（低聲唱著貝貝寫的詞，腳踏著拍子。）OK！貝
　　　貝好犀利，一填就掂，仲掂過我。冇意見就到下一段。「陷

入秋天的城市有舊銀器的霉味」呢段有冇問題？

色色：點解要係秋天？宜家都已經冬天咯。

智美：（反眼）唉，俾你激死！

貝貝：秋天好啲，秋天有種乾燥感，銀器喺秋天有霉味，我唔知係
　　　咪咁，但係聽落好有感覺，下一句「望向氧化的天空針頭想
　　　必已經變鈍」繼續扣住銀器呢點，我覺得呢段好好，唔使
　　　改。

智美：你做乜係都霸住枝槍者？

阿灰：我鍾意「裙沿膝頭嘅自白」，好似不是蘋果個膝頭咁白。

不是蘋果：（轉身向阿灰）你咁都聽到？你唔係喺度搞緊嘢嘅咩？

智美：（乘機取笑阿灰）咪係囉八公！你點知人哋個膝頭白呀！八
　　　公！

不是蘋果：係囉，係囉，佢淨係知道你邊度白嘅啫？

　　　（阿灰沒作聲，裝作聽不到。）

智美：（作勢拿鼓棒擲她）你咪以為你有槍我就怕你！我都有武器。

不是蘋果：（掩著嘴巴說）使乜咁惡呀！（轉向貝貝）咁呢段
　　　melody貝貝仲填唔填？不如你諗一陣，我哋先夾下開頭啲音
　　　樂。

　　　（貝貝同意，拿紙筆坐到一旁去，低頭想著。其他人都就位，
準備好自己的樂器。）

　　　好啦，開頭bass先定係鼓先？

智美：我試下。係幾拍？（不是蘋果在結他上掃了一段，智美就推
　　　敲著，打了開頭幾個bar。）點樣？

不是蘋果：如果bass先呢？（向弱男）你可唔可以試試？

弱男：點樣？彈咩chord？我唔識入架。我都話好耐冇玩。不如你
　　　嚟彈一次先。

不是蘋果：（抿了抿嘴，到後面揀了另一枝低音結他，左手按了

chord，右手比畫了幾下，就彈了八個單音。重複四次。）

　　就係咁樣，O唔OK？

智美：好過鼓。呢首歌似係bass行先，啲聲圓厚啲。可以四個bar
　　　之後鼓先至入。

不是蘋果：（向弱男）咁你得唔得？

弱男：你彈多次嚟聽下，我跟你。係A chord係咪？唔使轉？都得
　　　嘅我諗。

　　（不是蘋果重彈，弱男跟著，模仿得有點笨拙。）

色色：（心急）咁我呢？Keyboard幾時加入去？

不是蘋果：呢個我已經諗好咗。喺第二段加入，撳chord就可以，
　　　　　到咗過場有一段melody，我寫好咗，喺呢張紙度，你睇下
　　　　　點？（把琴譜遞給色色）

色色：用翻鋼琴聲？

　　（不是蘋果大力點頭。）

不是蘋果：好啦，各位，可唔可以一齊試一次intro？拿，嚟喇，
　　　　　一，二，三！

　　（不是蘋果和弱男一起彈bass，弱男勉強跟上，智美瞬即加
入。阿灰在後面觀看，身子跟著拍子搖擺。試到唱完第一句，不是
蘋果停下來。）

　　差唔多啦！暫時係咁，不過仲可以改。貝貝你得未？

貝貝：得喇，差唔多喇，你等我寫埋出嚟先。

　　（阿灰走過去，在貝貝身後踮起腳偷看。）

　　得喇！喂！嚇死我！（阿灰閃開）哼！（把歌詞遞給不是蘋果）

不是蘋果：（朗讀出來）「溫文的書本印著金屬的無情／熱情的話
　　　　　語局限於投映的場域／有心人」唔係，對唔住，睇錯，「有
　　　　　心的和無心的也一律準備進入冬眠」。（笑）嗯！睇下！真
　　　　　係唔簡單！你一定係屈住啲嘢好耐！（貝貝想爭辯，但又不

知說甚麼好。）你係咪講緊黑騎士？

貝貝：（臉色突然不悅）咩呀？

色色：你哋講邊個？

智美：嘩，有冬天喇終於！

（色色在傻笑。不是蘋果唱了一次，除了在字詞和拍子的配合上做了些調整，沒有修改的地方。然後再讀一次，讓大家抄下來。貝貝沉默著。）

阿灰：（突然插話）我諗首歌應該加強金屬感，你裡面提到咁多機器同金屬品，好似咩CD呀，唔係，改咗MD，仲有鏡框呀、機械蜂鳥呀、同埋咩鋼鐵百合咁。或者，唔，結他可以用多啲滑音之類。

不是蘋果：（瞥了貝貝一眼，點頭）師傅講得啱。

阿灰：仲有後面要唔要有槍擊感？似乎要好重先至撐得起。如果後面好重，前面就最好輕啲。我頭先聽intro嗰段好似太勁，一開始就衝，到後面就會flat咗。

不是蘋果：我諗落都係。前面一路都係啲好收埋嘅心情，好似屈住屈住啲嘢咁，似乎唔好太快咁放。後面到「如果有一天我鼓起勇氣／把銀色手槍放在你面前／請你務必只用一顆子彈／就射穿我的心臟」嗰度其實就爆出嚟，淨得呢度係激烈嘅地方。

智美：係呀，其實激嘅地方唔多。（一邊說一邊打出細密的鼓聲）

色色：究竟咩神奇子彈者？點解唔答我？

阿灰：其實你買枝槍嚟做乜？

智美：不如再寫一段關於唔同嘅槍啦？槍呀，我要槍呀！（向不是蘋果伸長手）

弱男：我可唔可以唔玩？我驚我跟唔到你哋。

不是蘋果：機關槍！掃射！（用手模仿機關槍的樣子，向著弱男）

砰砰砰砰砰！哈！乜鳥都打死！唔，唔好，唔好用機關槍。係嘞，可以話，唔好用機關槍打我！

智美：用霰彈槍！鳥槍！打你個鳥！砰！哈，哈，哈！（阿灰立即用雙手掩著下體，智美就笑得一發不可收拾，貝貝勉強地笑了笑。）

弱男：（皺著眉）喂，有冇人聽下我講嘢！

不是蘋果：哈！哈！唉……會死人！黐線架，鳥槍！抵死！打你個鳥呀！唔得喇，喂講埋先啦！打鳥！（智美還止不住笑，伏在鼓上，銅鑼都震到叮叮作響。阿灰就縮在角落裡，好像呻吟似地在忍笑。）

色色：你哋笑乜啫？（她自己卻也在笑著）

不是蘋果：（待眾人平靜下來）好，噂，平靜啲先，再講一次，我諗，不如喺過場嗰陣加段念出嚟嘅詞，類似……（拿起銀色模型氣槍，舉起，然後用念白的語氣）「請用左手／移過一點／對準我左邊胸口」（把槍指向自己左胸）「別用霰彈槍」（智美想笑，但忍住了）「別用……機關槍」（這次不是蘋果自己也差點忍不住笑）「也不用……」（貝貝突然接上，說：「出動滅聲器吧」）噔！噔！出動滅聲器，然後就話，「打一隻小小的無聲的蜂鳥」，又係鳥呀，（大家又開始忍不住笑，紛紛趴下來抽搐著，不是蘋果慢慢地說出）「請用」……「請用」……「銀色……左輪手槍」。

（說罷，向胸口開了一槍。氣體爆發的聲音十分響亮，牆壁玻璃好像嗡嗡作響。大家給嚇了一跳，突然止住了笑。色色驚慌得叫了出來。智美呆住了，眼角有淚。只有貝貝十分鎮定，望著不是蘋果。地上有塑膠BB彈在滾動的聲音。不是蘋果把槍垂低，用手掩著左胸，再放開手，拉開恤衫領口，在白皙的胸脯肌膚上，有一點殷紅的血珠在慢慢變大。）

2013斷想

——演員

　　從很膚淺的層面講，演員令小說的角色變得「有血有肉」。皮膚雖屬表象，卻承載著存在的質感。不同的演員有不同的質感。我構思貝貝和不是蘋果的時候，心中有她們特定的形象。2007年她們分別由林碧芝和莫嘉紋來演，當初覺得和我想像中不一樣，但漸漸地卻說服了我，她們就是貝貝和不是蘋果。也許有了這先入為主的印象，今次演出換了李穎蕾和郭翠怡，起初是有點不習慣，甚至有點疑慮。她們的質感又是相當不同。結果她們進入角色的狀態，再一次說服了我，貝貝和不是蘋果的確可以是這樣的。我感到，兩個人物在演變，雖然變得不一樣，但又彷彿依然是同一個。

　　在一次演後座談裡，一位觀眾兼讀者問我是怎樣構思人物的，我便想到，其實跟劇場也有相通的地方。我寫人物也不是完全憑空想像的，寫小說也要casting。每一個人物的背後，總會有某個（或某些）真實生活的原型。我會把這些原型視為「演員」，通過他們的形象，具體地呈現出那些想像的人物的面貌。這些「演員」有的我比較熟識，有的比較疏遠，甚至並無交往，或只是有過片面之緣。奇妙的是，當小說人物兩次被不同的演員扮演，他們的原型便不斷變化，以至已經沒有最初的終極的原型了。

　　2007年的演出，給予了貝貝新的造型。根據這個新造

型，我寫了《學習年代》裡的「雅芝 as 貝貝」。小說人物和劇場演員成為了互動發展的關係。經過今次的演出，「貝貝系」的人物又再發生變化。在新的長篇小說中，也許真的要來一次「貝貝重生」了。借用了新的演員的肉軀，戴上新的假面，貝貝將會正式以一個演員的身分登場。這並不是一個小說的方法或策略，而是一種呼喚，一種虛構與真實的偶然相遇，當中有著不可抗拒的成分，也因而可以稱之為命運了。如果不是這兩場演出，如果不是這兩個演員，我的小說和人物，也不會是後來的模樣了。

不是蘋果的情況有點不同。從一開始這個人物就非常極端，幾乎不可能在現實生活中找到原型。在我的想像中，她就是椎名林檎，也即是一個沒有「血肉」的 icon，一張背後沒有真面的假面。到了寫《學習年代》，她的形象又換上了中村中，一個易裝變性的歌手。在舞台上演過不是蘋果的演員，各自具有不同的特質，發揮了不是蘋果的不同面向，但始終不能完全取代了她本身。這可能是因為不是蘋果的假面特別強大，以至於已經成為了大於現實的可能性。也可以說，貝貝和不是蘋果，一個真，一個假，構成了我的小說人物的 DNA 的兩股螺旋。

牛油

曲：不是蘋果　　詞／聲：貝貝

大白天在行人隧道的人群中
困在身體內無法出來
就算是過著牛油一樣的人生也於事無補

公路上滾滾輾過的車輪底下
流浪狗難逃果醬的命運
就算不願意也只得像剪草機打斷的野草

如果可以的話給我一聲答應吧
聽起來至少有彩虹尾部的顏色
要不我怎能安心繼續吃淡如無味的麵包

答應我不要離開
無論秋夜的風有多冷
也不要因為疲倦而讓身體凍僵
要知道還有身旁的我
雖然我和你隔著一層呼吸的厚度

好好呷一口紅茶不要讓人看穿
想逃出來卻毫無辦法
就算在你面前也無法消除糖膠狀的恐怖

如果可以的話給我一聲答應吧
聽起來至少有彩虹尾部的顏色
要不我怎能安心繼續吃淡如無味的麵包

答應我不要離開
無論秋夜的風有多冷
也不要因為疲倦而讓身體凍僵
要知道還有身旁的我
雖然我和你隔著一層呼吸的厚度

到底也要承認你不是我我也不是你
也要決心去否認這一回事　　也絕不要害怕

牛油

　　今天決定要剪髮，是個突然的決定，早上起床，迷迷懵懵走進廁所，坐在廁座上，一邊聽著撒尿的急亂聲音，一邊毫無意識地側過臉，就看到那個頭髮蓬亂的自己，那些打結，隆起，翹出，歪垂，和黏住嘴角的髮絲，是有著晨早排尿形狀的髮絲，不過，我絕不是為了那個頭髮蓬亂的影子而驚訝呢，有甚麼好驚訝呢，每天早上不也同樣碰上這個混亂和骯髒的陌生者嗎，不就必然在預期之中嗎，如果坐在廁座上撒尿時在鏡中看到的是個長髮如瀑布般柔麗的美女才更恐怖吧，但今天好像感到了別的甚麼，頭髮就是這樣的一種奇妙的東西，它每天在不知不覺間滋長，當然也有人是在不知不覺間脫落，但它總會去到那麼的一個點，那麼的一個時刻，讓你突然對它忍受不了，好像你之前還沒有見識過它糟糕的狀態似的，突然覺得，噢，是甚麼回事了，太離譜了，非做些甚麼不可了，今天早上就是到了這個界線，雖然之後經過梳理，髮型看來和昨天其實沒有分別，而且都算可以見人，但其實心裡知道，那條神祕的界線已經到了，所以就想午前去剪髮，

　　今天決定要剪髮，但在決定的時候其實還未知道要剪個怎樣的髮型，只是覺得要做一些轉變，我不知道剪髮對其他人算不算是個重要的決定，如果對女孩子來說，光顧髮型屋會是十分尋常的事情吧，尋常到可能不會再有很強烈的感覺吧，轉換髮型或顏色，電曲或者做負離子拉直，也可以是隔沒幾天就更替一次的事情吧，但不知怎的，我卻一直對頭髮這東西特別敏感，雖然我也不算是不願意去動它的人，對於不同的髮型也勇於嘗試，但每次一到了要處理

它，總還是感到不能輕率，好像它牽連著一些很內裡的性質的東西，好像剪髮之後望進鏡子裡，遇見的會是另一個有著不同的本質的人，而且要花時間去認識她，去適應她，小時候我就一直覺得，頭髮是腦袋裡生出來的東西，是和自己想的東西有關的，自己核心的東西有關，剪掉頭髮，就像剪掉自己內心的一部分，所以就想，怎麼可以把頭髮剪掉呢，所以老是抗拒剪髮，每次媽媽都要用盡威迫利誘的方法才能把我弄到髮型屋去，而每次我總是哭喪著臉出來，覺得失去了甚麼重要的東西，好像腦筋也不那麼靈光了，又好像有些記憶不見了，這大概就是我最早期的創痛經驗，不過，自從媽媽離去之後，爸爸就變了一個活死人，對一切失去關心，所以再沒有人強迫我剪髮，那個期間，我足足有兩年沒有去過髮型屋，那時候我突然覺得，頭髮其實是無用的東西，是身體的廢物，像排泄出來的東西一樣，是從頭頂排泄出來的廢物，但我任由這廢物在排泄著，後面的頭髮就任由它一直長下去，前面的就自己間中拿剪刀對著鏡子亂剪一通，那把亂糟糟的長髮，就是我那個時期的標誌吧，老師也常常對我的頭髮看不過眼，多次問我為甚麼不去剪髮，但知道我家裡的情況，就無言以對，那樣長和亂，全都生自我的內裡，那是沒有人能插手，沒有人能幫我的，它只是把我像廢物一樣的本質流露出來吧，但是，它一直長了兩年，到了有一天早上，那時爸爸已經一聲不響咬著蘋果從天台跳了下去，而我也搬到公屋和阿婆同住，那個早上是之後的事，就像今天早上的情形一樣，突然來到了一個極限，忽然意識到，它不能繼續這樣下去了，那是，我一生人第一次自己醒覺到，要把頭髮剪掉了，是沒有爸爸媽媽的催促，而第一次自己了解到這個事實，如果再用排泄的比喻，那就是早上醒來，突然發現原來憋尿已經很久，不得不把它撒出來的感覺一樣，那其實是個輕易的決定，我只是擔心著，究竟去哪裡剪呢，我沒有自己去剪髮的經驗，髮型屋畢竟不是廁所啊，心裡一直為這

個煩亂著，完全無心上課，給老師教訓了一頓，對同學的說話也毫無反應，到了放學，自己一個人在街上走著，覺得頭髮給甚麼一直往後拉扯，很痛，不知不覺走到一個商場，看到裡面有間小型的髮型屋，於是就順著那拉力走進去，這是我第一次自己去髮型屋，我根本不知道應該怎樣做，那個剪髮的很年輕，大概十八九歲，染了鮮藍的髮，剪成在頭頂短短的一叢，髮質和形狀也像芝麻街裡面的安尼和畢特一樣，好像是假的，我當時還不知道，他不過是在學師，但剛巧店裡沒有其他師傅，我也不懂得揀擇，他問我想剪甚麼髮型，我說不知道，他就給我出主意，說了一大堆，其實我也沒有聽清楚，只是任由他去弄，結果他給我把頭髮剪了一大半，然後電了個小曲髮，還染了紅色highlight，弄完之後，他給我除下披肩，在我的後腦上摸了一下，我望著鏡中那個陌生的女孩，身上還穿著校服，頭卻好像是從流行雜誌上剪貼下來似的，沒有太驚訝，卻反而覺得好笑，然後卻可尷尬了，我發現自己不夠錢，我根本不知道弄髮型的花費，不過那男孩竟然說不收錢，只是叫我有空再來，我後來才懷疑他是樂得有我這個實驗品呢，回到家裡嚇了阿婆一跳，用她那粗口似的方言開罵，第二天這個頭髮又讓我給訓導主任記了小過，我放學後就再去那間髮型屋，叫那人給我把紅色染黑，而且帶了錢，但他依然不肯收，再後來，我常常借故到髮型屋去，但不一定是弄頭髮，有時只是坐在旁邊，因為放學後實在沒有地方好去，有一次我等到那個安尼畢特收工，那天老闆有事先走，著安尼畢特關門，髮型屋裡面只有我們兩個，他出去拉下鐵閘，再回來問我，要不要再弄弄頭髮，他說剛學了個新剪法，我點點頭，躺在洗頭椅上，把後頸靠在那凹陷位置裡，他開了水喉，在試著水的溫度，沖進髮裡的水流暖暖的，有一種拉扯的力度，濺到臉上的水花卻是微涼，他用手指頭搓著我的頭皮，又托起我的後頸，不知怎的，手勢有點笨拙，我的後頸就很痛，我說要坐起來，他就胡亂用

毛巾給我包著頭髮，扶我坐正，濕髮上的水一直流到我的臉上，和校服上，我問他，想不想，他有點驚訝，雖然我知道他不是沒有這個意圖的，但可能沒想到會這麼直接地發生，我說，我是試過的了，他居然還隨身帶著避孕套，然後我們就在那洗頭椅上做了，大家都有點緊張，畢竟是在髮型屋內，怕給人發現，連衣服都沒脫，我只是扯起校服裙，就那樣做了，我拒絕死死地躺著，像以前對待爸爸的深夜侵襲一樣，我要告訴自己這跟那不是同一回事，這是我自己要的，不是別人強迫我的，我不要困在身體裡，我要出來，破開它衝出來，於是我就爬到他身上去，看到他在我下面的樣子有點失措，裙子蓋住了我們交合的下體，表面上看好像無傷大雅的遊戲，像在遊樂場騎木馬的樣子，做完之後我還真的要他幫我剪髮，他遲疑地拿起剪刀，濕涼的碎髮撒在我的頸臂上，就在那一刻，我知道我還是沒法出來，注定永遠也困在那種被恥辱感閉鎖著的赤裸裡，那安尼畢特就這樣成為了我第一個男朋友，雖然是十分短暫的，但卻連帶認識了一群生活方式完全不同的人，後來把我完全改變的人，我的頭髮改變了，從那剪髮，電髮和染髮一天開始，我的人也變了，我不再是以前的自己，我不再和那個要媽媽強迫去剪髮的女孩有關，

今天決定要剪髮，於是也如同每一次決定去剪髮一樣，把那種第一次自己去剪髮的記憶勾出來，我打了電話給阿早，問他今天早上有空給我剪沒有，我這兩年都是找阿早剪的，他就是那個安尼畢特，那個成為了我第一個男朋友的髮型師，後來大家分手，好幾年沒見，前年在一間新髮型屋碰見他，原來是他和朋友夾份開的，已經做了半個老闆，但還沒有固定的女朋友，於是我又開始找他給我剪髮，大家也對以前的事毫不尷尬，有時也會提起對方曾經如何如何之類的，竟也沒有觸起傷感或甚麼，可能是因為當時其實大家也不特別上心吧，大家也是為了那種荒唐的刺激而不是更深的甚麼，

才發展出那時候的關係吧，在我看來，他就好像扮演了某種工具，好像剪刀是理髮的工具一樣，也不知這種關係是好是壞，看來好像很無情，很隨便，但卻輕省，阿早說今天早上沒問題，還相約一起吃早餐，他的髮型屋在一個私人屋苑的商場內，我們就約在商場的快餐店吃早餐，隔了這些年，阿早已經不是那個前衛而滑稽的安尼畢特樣子，而變成了一個普通的二十七八歲男人，髮型也變回常見的毫不突出的男子短髮，只節制地染了那麼淺淺的一層棕色，衣著老是簡單低沉的黑，也不怎麼戴飾物之類的了，一副預備著步入中年的樣子，阿早照例一邊吃一邊訴說他情感方面的苦況，嘮嘮叨叨的像個上了年紀的阿伯，我就奉旨取笑他，一點不留情，他一直想找個和店裡的工作無關的女朋友，因為這麼多年的經驗告訴他，第一不能喜歡同事裡的女孩子，特別是現在他已經身為老闆，而店裡工作的女孩都是做洗頭的十幾歲後生女，大家之間已經有代溝，第二更不能喜歡自己的顧客，因為那種服務性的關係會令自尊受損，不會有好結果，我立即取笑他說我就是最好的例子，第三就是如果在別處認識了女朋友，千萬別要為她理髮，因為一理髮大家的關係就會變質，他試過很多次栽倒在這一點，可謂一條金科玉律，我們開始說的時候，因為早餐附上的牛油塊太硬，我把它放在通粉碗子底下，後來忘了拿出來，結果一打開已經溶成一灘黃油，流得一盤子也是，阿早就滿有哲學意味地說，牛油溶掉就不可能回復原狀，

今天決定要剪髮，但對於要弄個怎樣的髮型，直到在髮型屋坐下的一刻也沒有具體的想法，阿早提議了幾個新興的剪法，我也不感興趣，後來突然就冒出了一個較激進的想法，把頭髮剪短吧，這是我還未試過的，我說，剪那種凌亂的，看來好像是沒有章法的，沒有規矩的，亂剪一通的短髮，好像是起床沒梳頭的那種短髮，阿早起先也有點接受不了，因為我的髮型就算多變，一直也是傾向長的，一下間剪短很難預計效果，但他既然自稱專業髮型師，該可按

我的情況作適當的調整吧，好的，他說，大家竟就有一種共同的堅決，雖然想來其實好笑，那第一刀剪下去的時候，那種聲音好像特別響亮，連那絡斷髮掉在地上的聲音也好像特別清脆，那會是一個預感，或者象徵嗎，好像今早的決斷真的可以帶來甚麼的重新開始嗎，會造就一個全新的我嗎，會把我內裡甚麼重要的東西也揭示出來嗎，阿早並不算是個溫柔的男人，但他剪髮的時候十分專注仔細，不會說多餘的話，令人以為他是個沉實的人，他的多餘話是公餘的時候噴湧出來的，可能由於壓抑太久，在一種回顧的目光底下，阿早其實是個不錯的對象，縱使他不夠溫柔，縱使他過早地開始有中年人的嚕囌，但他是個誠懇的人，可惜的是我和他已經過渡了那個可以發生感情的時機，因為我和他老早已經在那非常不成熟的階段消耗了那種稱為感情的關係，或者把情感的能量都耗費在難以消化的肉體關係上，就像在不適當的時候第一次吃苦瓜之類很難欣賞的食物，留下了苦澀的味覺回憶，以後就算開始明白到它的好處，也不願意再試了，所以就算我圍著披肩完全被動地縮在座椅裡，把自己的髮膚交託予這個男人，任由他擺布我腦袋的角度，讓他的指尖不時觸碰我的後頸或者臉側，甚至感到他的鼻息輕輕掃過我的毛孔，我也不能對他產生無論如何微小和短促的幻想和欲望了，如果我們是現在才第一次見面，我極可能會被他手中剪刀偶然在肌膚上滑過的金屬冷感所刺激，挑起想和他做愛的激情吧，而且在激情過後，我和他也有可能會發展出長久穩定的關係吧，甚至有可能結婚呢，現在的我和現在的他，的確適宜發生這樣的事，不過，就是因為那段過去，一切也變得絕無可能了，就算向他說出來，大家也只會當場當作笑話地大笑一頓，然後若無其事地談笑其他，

　　如果不是今天決定要剪髮，我也不會在早上來到這個商場，也不會在剪完髮之後離開的時候，偶然間看到那個立在屋苑入口處的

清潔公司告示牌，和牌上印著的公司名字，那是個梯形張開立在地上，高如膝頭的，黃色塑膠告示牌，向行人示意附近地面正進行清潔，小心地面濕滑，而告示牌上顯著地印著所屬清潔公司的名字和聯絡電話，公司名的那兩個字是，高榮，我剛剛甩著好像沒有重量的短髮腦袋，從商場急步走出，好像要試驗一下新髮型的阻風程度，突然就碰上了那兩個大字，但第一個感覺還是，那是全無意義的巧合吧，雖然這間公司極有可能是一個叫做高榮的老闆開的，但世界上叫做高榮的人相信也不止一個吧，就算這個高榮真的是那個高榮，那又怎樣，那又說明了甚麼，我停在那黃色告示牌前，工人正在後面清洗著雲石地台，有巨型的吸水機和磨擦機，他們都穿著和告示牌相近的黃色制服，我想像高榮也穿上那樣的制服，會是那麼的格格不入，但為甚麼不，如果我從來沒有認識過高榮，心裡沒有他在樂隊裡狂野地彈著結他的印象，像他這樣的一個三十幾歲男人，穿著黃色制服在操縱清潔機器，或者指揮下屬進行清潔，是一點也不值得驚訝的事情，但高榮並不在那裡，在工作的三個人都不是高榮，當中的一個長髮青年察覺到我一直站在那裡，也回望了好幾次，好像想逗我說話，還故意走近，裝作要把告示牌的擺放位置調整，我趁他走近就問他有沒有公司的卡片，他聳聳肩，又大聲問了另外兩人，語氣好像是嘲笑我的問題似的，那兩人也沒有，他就從衫袋抽出原子筆，遞給我，指著黃色告示牌上的電話號碼，我拿了筆，從袋裡隨便找了張廢紙抄了電話，把筆還給他，謝了他，就轉身走了，他大概也只會聳聳肩，就繼續他的清潔工作吧，我感到風在我的耳朵後面滑過，那個一直隱藏的地方，

今天除了決定要剪髮，也連帶決定做了另外的事，譬如去買一枝模型手槍，買模型手槍可能和決定剪髮沒有關係，也可能有關，那是在一種衝動的心情底下做的事，尤其是模型手槍，因為它實在一點用處也沒有，中午約了貝貝吃飯，在旺角地鐵站等她，她說今

早面試，會從尖沙嘴過來，我在車站廣告牌的反光膠面上照了照自己的樣子，那亂中有序的短髮，和自己裸露的細小的頸，有種惡作劇的心理，貝貝真的如我所料，沒有立即在人群中認出我來，但我其實同樣沒有立即把她在人群中認出來，因為她今天的裝扮和平時很不同，除了穿西裙套裝和高跟鞋，還化了妝，我們竟然同時錯過了對方，那麼，我們每天其實是不是也不斷地錯過著不同的人，我和高榮會不會也曾經多次在城市裡這樣錯失著，明明是坐在同一班車上，或者走過同一條通道，但卻沒有把對方從人群裡認出來，而且，永遠也不能再認出來，但就算再認出來，那又怎樣，好像我和安尼畢特早再次碰上，那也不表示那是相同的一個人，我沒有把這個想法立即告訴貝貝，因為大家一見面就只懂得互相取笑，好像對方變了怪物一樣，她竟然還以為我的髮型是自己對著鏡子剪的，真不識貨，然後我們就去了吃飯，那是間舊式西餐廳，餐湯奉送的是乾燥的小甜餐包的那種古老餐廳，這次牛油塊也很硬，貝貝拿牛油刀很有耐性地往牛油塊上刮，刮出小薄片，但因為太薄，黏在刀上，結果就要捏著麵包像抹布似的把刀上的牛油大力揩上去，麵包於是也就給捏成扁扁的一片，我見她那麼費勁，就把牛油塊握在手掌中，金屬質感的包裝紙令牛油更冷硬，我手心的熱度在慢慢減退，看來是個白受罪的愚蠢方法，後來貝貝就索性把剩下的半塊牛油掉到餐湯裡去，牛油以無法察視的速度在白色的忌廉湯裡溶化，在湯面變成一個黃色的半透明圓塊，如果不攪動它，就會和濃稠的湯各不相干地凝住在那裡，我張開手，那包裝紙裡的牛油塊已經變形了，

　　於是我在今天既決定了剪髮，也決定了買模型槍，買模型槍是和貝貝一起做的決定，因為在吃午飯的時候談起黑騎士，不知是誰先談起的，可能是貝貝提起已經把訂回來的禮帽送給他，貝貝開學後就去旁聽黑騎士的課，課後也一起吃飯，但黑騎士卻好像一直迴

避著甚麼事情，我私下其實見過黑騎士一次，而且約略知道他的事情，但我沒有說出來，後來說到Blackrider的故事裡的神奇子彈，我就說不如買一枝槍，看看是不是真的有神奇子彈，當然大家都知道指的是一枝假槍，而且要是銀色的古典的西部長管左輪手槍，為甚麼呢，我們也說不出來，但大家一把心目中的槍形容出來，就是這個樣子，大家之間沒有異議，也許不過是為了那個意象吧，那種拿著銀色手槍把玩著的危險感，一種戲劇化的扮演，或者力量和激情的假託，或者，其實是沉湎於反諷或自嘲的哀傷，因為我們最具殺傷性的時候也不過是拿枝假槍虛晃幾下而已，而百發百中的神奇子彈其實並不存在，於是飯後果真就一起去了旺角的模型街，逐間模型店去找這枝想像中的槍，走到第五間，才找到近似於理想的銀色手槍，但那枝不能發射，而且沒有彈殼，另一枝 0.44 Magnum 氣槍有六發金屬彈殼，也很好看，而且反而比另外那枝便宜，只是款式較現代，結果我們就夾份買了那枝 Magnum，雖然未盡理想，但卻令人有一種虛妄的興奮，那是很有重量感的槍，像真槍一樣，雖然，其實我不知真槍是怎樣的，我們就是這樣無端端花錢買了一件無用的玩具，以為獲得了作決定的滿足感，以為有了手槍就無可阻擋，但拿著那沉沉的盒子走出來，在旺角骯髒紛亂的街上被途人碰撞著，頸上被那混合了污染物的冬天冷空氣侵襲著，卻無力抵擋，大家就突然沉默無言了，好像興致盡失地告別了，各自回到自己生活的正軌，貝貝前往另一份工作的面試，我就回到CD店上班，我刻意粗暴地鑽到人群的縫隙中，用肩膀碰撞那些可厭的妨礙者，心裡想著，你們小心，我懷中有一枝槍，但這又有甚麼用，

　　既然今天做了剪髮的決定，又做了買模型槍這樣沒有道理的決定，那再多做一個奇怪的決定也不算過分吧，我在上班途中看看錶，是下午二時五分，在火車站月台上掏出那張寫了清潔公司電話的廢紙，就毫無預想地打了那個號碼，接電話的是個女子，聲音像

條快要崩斷的弦線，語氣不算有禮貌，可見並不是間高級的公司，我於是就問高榮在不在，我是說高榮這個名字的，不是高榮先生，或者高先生，那邊頓了一下，我還以為對方是給這種大膽的直稱驚嚇了，心中可能忙於猜想著來電者究竟會是老闆的甚麼人物，可是她再出聲的時候，卻是出乎意料地變得更粗暴，以質問的語氣說是誰找高榮，我一聽到她也直接說出高榮這個名字，就知道她也會是個人物了，我還未及回答，那邊又傳來聽不清楚的交談聲，好像就是轉過頭去和後面說的，看來公司也不會很大，然後電話就轉到另一條線上，期間播放著那種重複單調得令人煩厭的待接音樂，有人拿起電話，那邊是一個男的聲音，問我找誰，我再重複一次，找高榮，對方就問，你是誰，我聽清楚了，我再說一次，高榮，是你，他說，是，我是高榮，你是誰，我再重複，是你啊，高榮，真的是你啊，對方頓了一下，再問，你是誰呀，是誰找我呀，我再重複，高榮，他再問，是誰呀，然後我就掛了線，列車到站又開走了，我站在乘客被清掃一空的月台上，想從耳朵裡挽回剛才的聲音，那個問是誰啊的聲音，多麼殘酷的聲音，高榮，我知道你認得我，你為甚麼還要問，我站在月台的尾端，一班又一班的列車來了又走了，也不知在那裡待了多久，讓冷風貪婪地調戲我無防衛的頸項和耳背，緊緊抱著懷裡的銀色手槍，多麼的無用的手槍，而神奇子彈，如果真的存在的話，結果只會返回來打中自己的愛人，

圓臉的青春

曲／詞：貝貝／不是蘋果　　聲：不是蘋果

對任何事情也保持微笑
間中因為普通的歡樂或驚慌而大呼小叫
雖然不講同學壞話但也沉默分享謠言
考試未至於前茅但也有好學生的操行表
用合格的圓臉來隱藏青春的稜角

不擅長打排球或者做風紀
學過半年鋼琴和三個夏天也搞不通的自由泳
最討厭議論文卻偏偏寫不好抒情文
天天補課精神還不算太壞至多打兩個呵欠
用咳嗽的紅暈來隱藏青春的缺乏血色

別告訴我愛情不是全部
別向我吹噓說教的肥皂泡
別把清純或者怯懦堆在我身上
別說一個女孩子懂甚麼
那不過是因為你們已經失去
那毫不值得留戀的圓臉

總相信有那麼的一個人
看穿浮白的嫻靜底下的漩渦

竭盡心事重重的眼神也不過想得到理解的低頭
或者在身影交會時留下確切無誤的感應
一舉奪去這無用的青春

圓臉的青春

　　那是秋恆。是秋恆沒錯。在溜冰場裡。穿著黑色運動服的女孩。那雙長長的腿。和圓圓的臉。除了是秋恆。不可能是別的了。秋恆的長腿和圓臉。那一身黑色是工作人員的服裝吧。場內還有幾個穿黑的青年男女。看來是在場館裡教溜冰的導師。每人也帶著一兩個小孩子。都是女孩子。真的很小。五六歲的樣子。平日的午後。除了來學溜冰的孩子。玩樂的人不多。場內很多悠轉的空間。這個溜冰場開了之後。還沒有來過。雖然有時經過附近。也試過停下來。看溜冰的孩子。但從沒有出現過要走進去溜冰的念頭。好像溜冰和我無關似的。其實是很久沒有溜冰了。應該說是。自從和秋恆沒見面之後。就一直沒再溜冰了。已經多少年了。原來和秋恆已經五年沒見了。想起才覺可怕。為甚麼呢。是自己其實不喜歡溜冰。還是不想再去到曾經和秋恆一起跌倒過無數次的溜冰場。秋恆是我有過的最好的朋友吧。除了小宜。但為甚麼都只是有過的。和秋恆。和小宜。為甚麼都是這樣。想不到。已經五年了。還以為只不過是昨天的事。秋恆花掉所有積蓄。買一對紫色的溜冰鞋。是她央求我陪她去學溜冰的。我起先並不太熱衷。覺得溜冰場是不良少年聚集的地方。但平時優柔寡斷的秋恆。卻不知從哪裡來了股熱情。那是個很極端的年紀。我們在念中五。一切也好像踏在一條無形的界線上。因為儲蓄很少。所以很容易就全部花在一件事情上。而把所有儲蓄花在一件事情上。就顯得有額外的激情。有一種不顧後果的快感。秋恆的激情是紫色溜冰鞋。我的激情又是甚麼。那時候。我表面上取笑她。內心卻多麼渴望可以像秋恆一樣。把我所有

的微少積蓄花在。一件狂熱盼望但又渺茫無把握的東西上。但我的積蓄一直沒有花掉。雖然沒有增益。但也沒有傾盆而出的機會。所以就算秋恆後來考不上中六而沒有再念書。就算秋恆的紫色溜冰鞋所滑向的一個男子後來竟然喜歡了我而不是秋恆。我也覺得。在兩人之中。我才是失敗者。我有的是無用的豐厚。她有的是無疚的窮薄。不過。她當時大概不會這樣想。也許。到現在也不會這樣想。這只是我一廂情願的解釋吧。是我對中五分別之後沒有再和秋恆交往下去。所作的狡辯吧。

眼前這個是秋恆沒有錯。再碰上其實也不奇怪。這個城市很小。但再碰見的地方是溜冰場。真是想不到。如果我今天下午不是因為出九龍一間公司面試。如果不是因為面試完畢後離私人補習還有一段不知如何打發的空餘時間。如果不是這個位於九龍塘火車站旁邊的大型商場剛巧有個溜冰場。和我記起溜冰場旁邊有一個小型觀眾席可以坐下來。我就不會和秋恆再在溜冰場遇見吧。是遇見嗎。是我遇見秋恆。而不是秋恆遇見我。因為我坐在這個觀眾席上。一直望著秋恆。但秋恆卻沒有望見我。不是因為太遠。只是不會留意到藏身於觀眾席上的一個無面目的人吧。也可能不容易認出我來。雖然我的樣子該沒有很大的變化。黑騎士就這樣說過我。但今天因為面試而穿的套裝西裙和高跟鞋。足以令我的面貌變得更模糊了吧。那也就是我的本相嗎。我差點也不認得自己。經過商店櫥窗的時候。倒影中那個容顏無色的上班女子。會是我嗎。會是以後的我的預示嗎。我一直嘗試做些甚麼突出自己。盼望與眾不同。但也許我不過適合當一個沒法被認出來的平均人。縱使是要在路上迎頭碰見秋恆。或者在升降機內。她也未必會立刻認出我吧。想必會出現。那種指著對方。瞪著眼。張著口。一副驚喜得說不出話來的樣子。而其實是在這停頓的空檔裡。連忙搜索記憶。把這個已經遺忘的檔案在氣氛未變質成尷尬之前及時抽出來。這會是多麼令人傷

心的一個停頓。所以。現在我坐在疏落的觀眾席上。隱形人一樣的遙望著溜冰場中央的秋恆。而她毫不知悉。是最理想的相遇方式。這樣。我就可以好整以暇。慢慢地。仔細地。不用顧及門面地。和秋恆說話。秋恆。你聽見我嗎。

　　秋恆拿著黑筆。彎腰。以一隻腳為圓心。另一隻腳為圓周。在冰上輕易地畫了個大圓圈。在我看來是難度十分高的動作。圓周的起筆竟然和收筆完美無瑕地接卿起來。怎可能這麼圓呢。小女孩就在那個圓圈裡面練習轉身動作。那圓圈變成了無形的界線。不能超越。只能在圓圈內運動。那彷似自由奔放的舞姿。在那圓圈外。是更大的圓圈。溜冰場本身的圓圈。一切身手也在圈裡面施展。美麗的紫色溜冰鞋。也只能在裡面才滑出那完美的步法。出了圈子。就寸步難行。那個女孩子穿了美麗的溜冰服。紫色的緊身衫。和米色的短裙。最美麗的。是腳上的一對小紫色溜冰鞋。圓圓的。短小的手腳。輕盈的身體。柔直的長髮。圓圓的臉。在靈活的動作間偶然出現的笨拙。更顯得可愛。在練習的是一百八十度單腳轉圈。秋恆示範一次。女孩就跟著做一次。看的時候很專注。做的時候卻有一種自覺到眾人目光的驕傲感。是個天生的表演者吧。秋恆其實不是天生的表演者。雖然她幻想過當溜冰表演者。但她這樣想的時候年紀其實已經太大。而且。她一向是個怕羞的人。她知道。其實她去學溜冰。也不過是完成一個心願。就算盡最大的努力。結果也只可以做到像現在這樣的程度。教小孩子溜冰。不過。我能夠說秋恆因此就失敗了嗎。她的夢想就幻滅了嗎。秋恆腳上沒有穿紫色溜冰鞋了。她穿的是普通黑色溜冰鞋。她以一種尋常的態度對待女孩。既不誇張失實地展現愛心。看來有時甚至裝作嚴厲的樣子。但其實又不是冷漠無情。有時會和旁邊其他導師說笑。逗玩別的小孩。那些男導師之中。會不會有一個。是秋恆現在喜歡的人。

　　秋恆那時候喜歡的。是一個溜冰教練。一個二十歲出頭的大男

孩。那是個夏天將要結束的時候。在買紫色溜冰鞋之前。她幾次拉我一起去溜冰。在空氣冰冷的溜冰場內。秋恆刻意穿得很少。又常常顫巍巍地在場中央碰撞。吸引那個教練的注意。她第一次向我指出那教練。是在一日下課後。她說帶我去看一些東西。來到溜冰場。她指著那個男子。和我說。她愛上了那人。很坦直的秋恆。最後她就買了紫色溜冰鞋。而且大著膽子。去問男子可不可以教她。秋恆是那麼簡單的一個人。雖然很多時候活得很混沌。去快餐店會站在食品牌前面想半天也拿不定主意。來到付款櫃檯前還會猶疑不決。上課也不是那種勇於答問題的人。但來到這件事情上。卻有一種勁。愛。就去問。喜歡鞋子。就去買。秋恆第一次自己做決定。教練叫做阿維。我和秋恆一起跟阿維上課。他收我們很便宜的學費。後來更近乎免費。我起先還以為是他喜歡秋恆的跡象。但秋恆真是愛上了溜冰。可能先是愛上了阿維。然後才愛上溜冰。但沒關係。秋恆真的幻想。可以成為溜冰表演者。穿著緊身舞衣和短裙。像天鵝一樣展開雙手。高舉筆直的後腿。單腳在冰上滑出優美的弧度。然後。和阿維兩人拉著手雙雙旋轉。或者把自己的身體化為阿維臂彎裡的一團羽毛。那時候。我們剛剛升上中五。很自然。秋恆因為她的幻想而無心念書。但我想。秋恆沒有後悔過。我呢。溜冰對我有甚麼意思。我並不抗拒溜冰。也覺得溜冰好玩。更喜歡看見秋恆溜冰的美麗體態。但是。我沒有幻想。也沒有買溜冰鞋。我覺得還未是花去積蓄的時候。或者未找到花去的理由。

　　我試過拉住秋恆。把她從沉迷裡拉回來。至少我不讓她因為溜冰而不去補習班。我們本來是一起報名參加補習班的。說過要一起考上中六。一起念預科。一起上大學。甚至談到將來一起租屋住。一起搞生意。是甚麼生意卻說不出來。我想過開書店。秋恆就想開時裝店。不過搞生意和讀大學好像沒有關係。秋恆也信守諾言。沒有退出補習班。但她是人在心不在了。那時我們每星期有三晚上補

習班。另外兩晚就學溜冰。學溜冰那兩天秋恆就帶著紫色溜冰鞋上學。但從來沒有在學校裡把鞋拿出來炫耀。秋恆不是這樣的人。除了我。沒有人知道秋恆溜冰。這是她的祕密。後來功課越來越忙。不上補習班的晚上也要溫習。我就想放棄溜冰。但秋恆還是堅持著。結果每次在往補習班的巴士上。秋恆都累得要睡著了。有時候她會挨在我肩上睡。我斜眼看著她圓圓的臉。因為疲勞而有點缺乏血色。比白色校服更帶一點蒼。我自己也一直在咳嗽。反而臉色很紅。在車上這些時候。我就要忍住咳。怕搐動的身體會弄醒熟睡的秋恆。我知道。秋恆累得很快樂。那我呢。我累。又是為了甚麼。

　　看看錶。離補習還有個多小時。連同交通在內也很充裕。那時候和秋恆忙著去上補習班。現在自己就忙著給孩子補習。下學期增加到七份。幾乎沒有時間理會學校的功課。給孩子補習可會和秋恆現在教孩子溜冰一樣嗎。看來很不同吧。補習無論怎樣說。也不會是令人享受的事。完全是為了那微薄的報酬。教溜冰會快樂一點嗎。那時候阿維教溜冰。好像很快樂。沒有甚麼別的追求。是因為真的喜愛溜冰。是因為可以和女孩子在一起嗎。還是。只是想不到可以做別的甚麼。學了一段日子。秋恆會和阿維去街。也很難說是誰約誰。總之很自然就發生了。有時我也一起去。有時不。我不知道是因為想讓開。還是不過想回家溫書。回家的時候。就有種感覺。覺得和秋恆遠離了。因為大家各自做不同的事。走不同的路。有時想起竟也會忿忿不平。很奇怪。直至後來。我真的決定不學溜冰了。那大概是12月初吧。在最後一課之後。待和秋恆在地鐵站說了再見。阿維卻追上來。原來他一直跟在後面。他後來告訴我的東西。不說也罷。我想不到其實他並沒有喜歡秋恆。更想不到。自己竟然沒有立即回絕他。我就是這樣的人。就算是發生在自己身上的事。也好像在旁觀。事後雖然惱恨自己。但當下總是任由事情發生。我竟然答應。第二天晚上和他見面。而第二天晚上有補習班。

我沒有去補習班。下課後我就和秋恆說想回家。因為我長期咳嗽不好。秋恆還以為我不舒服。我回家就換了便服。去赴約。我和自己說。我不過去看看。有一個喜歡自己的男孩子。而且是這麼吸引人的溜冰教練。至少也會好奇去了解一下吧。不過我穿了衣櫃裡我認為最好看的衣服。我雖然中四時候簡短地拍過一次拖。但因為雙方也很生嫩。所以草草收場。過後也沒有遺憾。好像大家只不過是不小心認錯了人。說聲對不起就兩不相欠。我以為這次有甚麼不同。因為突如其來。但秋恆呢。秋恆怎樣。我記得。很清楚記得。我後來和阿維約會過四次。都是普通吃飯。其中一次去了看電影。但看甚麼電影卻怎樣也記不起來了。就只是這樣而已。因為沒有發生甚麼。所以我還可以以為沒有對不起秋恆。而且阿維也同時有約秋恆啊。只是秋恆不知道。阿維其實對她如何。秋恆也不知道我和阿維之間的事。有時我想。也許她知道反而會好些。那麼我們的決裂就有理由一些。但事實上沒有。我和秋恆沒有決裂。只是淡化。無疾而終。不能有更好的形容了。不知因何緣故。也許。是因為這沒有說出來的東西。於是我又明白到。沒有說出來的東西原來並不代表它不存在。它的影響會逐漸浮現。就像潛伏的病一樣。或者是習慣性的長期咳嗽所逐漸積養成的癆病。只要它在那裡。它就會有一天發作。所以。自我第一次約會阿維。我和秋恆就開始鬆開了。只是當時不知道。而現在。如果我反過來體驗到。始終有東西沒有向我說出來。我又能怪責誰。我不也是曾經這樣隱瞞過。本來可能只是不值得說出來的事情。覺得沒有必要。覺得自己不是有意的。後來因為累積就變成了不可告人的祕密。我該明白。所謂祕密。是怎樣形成的。

最終秋恆也知道阿維不喜歡她。雖然她不知道另一半的事實。那晚我在家溫書。第二天就是模擬考試的第一科。十點接到秋恆的電話。她在那邊哭。幾乎聽不到她說甚麼。但不用聽也知道。我問

她在哪裡。好不容易才弄清楚。我就放下書本跑出去。她還在溜冰場那裡。但所有人都走了。商場也要關門了。我們躲進角落裡。縮在溜冰場入口招待櫃位下面。那是商場看更看不到的地方。怕被發現。所以非常小聲地說話。而秋恆就非常小聲地哭。因為很小聲。幾乎聽不到。所以我們挨得很近。臉貼著臉的。秋恆的眼淚都揩到我臉上。好像是我自己的眼淚。她的臉很暖。淚也很暖。有一刻。我想向秋恆坦白。雖然是不必要的坦白。但坦白就是坦白。沒有必要和不必要之分的。不過。我沒有說。我覺得真誠非常困難。只是讓秋恆挨著。靜靜地。過了很久。然後不知是誰先開始的。我們的臉互相揩擦著。輕輕地。柔軟地。本來是臉頰。然後轉到前面。鼻子碰著鼻子。對方的噓氣都感到了。眼睛因近距離對望而視野模糊。眼前只有巨大的。圓圓的臉團。也不知自己為甚麼會說出這話。但我當時是說了。秋恆。你的臉很圓。她就說。你的臉也圓呢。我就說。我們誰的臉圓些。她就說。差不多吧。然後也不知是誰湊近誰。也不知是不是一個在黑暗中無意識的意外動作。我們的唇幾乎要碰在一起。就只停在那比潮濕的表面更微薄的距離。這幾乎不存在的停頓。好像很短促。但又好像很悠長。無法分辨時間。我的眼眶一熱。相信秋恆也一樣。大家突然又避開了。大家之間打開了一個難以搪塞的空間。那是一個不能讓它延展下去的空間吧。如果任由它擴張。結果會怎樣。我們幾乎是同時提出。爬到溜冰場去玩。在關門後的商場爬到溜冰場去。這種事是我們從來也沒有想像過的吧。但我們真的去做了。找空隙鑽進去並不難。但很黑。幾乎沒有燈光。可能是關上了冷凍裝置的關係。冰面開始溶化。地面很濕滑。幾次幾乎滑倒。我們互相扶著。走到溜冰場正中央。在那裡站直。看著四周沉入陰暗中的觀眾席和商場走廊。秋恆就說。如果坐滿觀眾就好了。那我就可以做一次表演。就算是一生唯一的一次也好。說罷。就從背包中掏出紫色溜冰鞋。在滑溜溜的地上困難

地穿上。那是個差點跌倒的。有點笨拙的穿鞋動作。好像讓我想起甚麼。同樣笨拙的差點就落入可笑的瞬間。那紫色在黑暗中竟然也可以看到。好像隱隱透視出來。然後。秋恆就在無人的溜冰場裡滑行。旋轉。腳上的紫色溜冰鞋好像畫出了射燈般的光圈。那是秋恆自己畫的圓圈。用腳尖畫的圓圈。我彷彿看到在溜冰表演中的秋恆。穿著短得只屬裝飾性的短裙。高高抬起筆直的後腿。在腿根是緊貼著臀部的褲沿。沒有那笨拙的。不倫不類的。半遮半掩的藍色P.E.褲。是自由地。自信地張開的腿。乾淨的。無性的。不引起遐想的。沒有可恥的陰毛。流著髒物的陰道。而是光潔的。優美地凹陷的弧。我小心翼翼地滑過去。想加入那圓圈。就在她做一個空中轉的時候。我和秋恆同時跌倒了。倒在地上。看著空空的場館頂部。沒有人來。沒有人在。只在我們。在我們的溜冰場。如果可以睡在這裡就好了。

　　秋恆會記得這些吧。我望著溜冰場內的秋恆。帶著小孩子轉圈。孩子突然跌在地上。停了一下沒有反應。好像不相信自己跌倒的事實。然後才懂得拉著秋恆的手站起來。我望向溜冰場另一邊的咖啡室。那裡有一排觀看溜冰場而設的座位。我想。一會。我會走到溜冰場圍欄邊沿。向場內的秋恆喊叫她的名字。她會抬起頭來。花一會尋找呼叫的來源。然後會發現我這個正在不停招手的女子。她第一眼會奇怪為甚麼有個穿上班西服的女子在叫她。然後會懷疑我招呼的不是她而是別人。然後才會突然醒覺。那是我。是從前曾經和她一起在深夜偷偷爬進溜冰場的人。我會約她下班後在旁邊的咖啡室見面。並且立即打電話把稍後的私人補習取消。也會想到立即到商場的店鋪買一套更親切的便服來換上吧。變回那個她熟悉的貝貝吧。秋恆下班到咖啡店找我。我會近距離看清楚她。看清楚她一樣圓圓的臉。粉嘟嘟的白裡透紅。頭髮不長不過紮了條很短小的辮子。和很多裝飾性的髮夾。我們都會叫一杯青檸雜飲。然後我會

問。秋恆你生活可好。她就會說。不能再好了。教小孩子很快樂。雖然是不算甚麼的工作。但已經不能再要求別的了。那麼。愛情呢。你那紫色溜冰鞋代表的愛情呢。噢。是啊。那個人。從前曾經拒絕我的那個人。現在我和他一起了。終於一起了。是怎樣發生的。遲些有空再詳細和你說。總之。那時候以為得不到的東西。後來竟然又突然得到了。真的嗎。那。太好了。你真的和他一起了。有些事就是這樣子的。你以為失去了。怎料它原來還在那裡。你以為破裂了。原來還可以修補。那麼你呢。貝貝。你又有誰呢。有甚麼呢。

我有誰呢。有甚麼呢。失去了的可以尋回嗎。破裂了的可以修補嗎。和你。秋恆。又可以嗎。如果我當時坦白告訴你我的祕密。在我們縮在溜冰場櫃檯下面的時候。臉貼著臉的時候。如果我說了出來。你猜。我們會不會就可以繼續下去。能不能修補那冰上的裂縫。你可能會說。這有分別嗎。或者會說。何必呢。我早已經知道了。但如果我們真的坐在咖啡座裡。對望著。我們其實不會說這些。也不會有一刻容許那片刻的嘴唇上潮濕的薄膜一樣的記憶溜出來。我們會讓嘴唇忙著說其他無關痛癢的東西。或者不停呷飲青檸雜飲。或者。我們只會打個招呼。交換一個大家也知道不會真的打的電話號碼。不會約在咖啡座見面。又或者。我們根本不會打招呼。我不會呼喊秋恆。秋恆也不會呼喊我。就算她在溜冰場內其實一早就看見觀眾席上的我。又或者。根本就沒有那記憶中晚間溜冰場的一幕。溜冰場在晚上會在冰面鋪上保護墊。根本就沒有那在黑暗中幻想觀眾的目光的。我們的溜冰場。

秋恆在哪裡呢。去了哪裡。剛才不是在溜冰場裡教小孩的嗎。秋恆。我真的見過你嗎。真的和你重遇嗎。為甚麼我還坐在觀眾席上。藉著這些無用的幻想來寬容自己作為觀眾的罪疚。而不決心跑進溜冰場裡去呢。我望望觀眾席四周。沒有人。沒有燈。我陷入到深夜的溜冰場裡去。我要到那裡找她。或者。我已經在那裡失去她。

體育時期

作曲：劉穎途　作詞：許少榮

人　漸虛假　面帶笑　噁心的對話　眼底裡　全部是物慾嗎？
愈接近　愈發覺　欠真實
轉身已　化身過路人　沒了意識遊蕩半生　全沒有質感

喊過嗎　最痛快叫青春　穿一身 P.E. 衫出身汗
妒忌吧　暴露自信眼光　體育堂
總不需穿上高貴晚裝　一般閃閃發光

錯過嗎　擦過那叫青春　匆匆的相知仍是驕傲
羨慕吧　路上就算跌倒
怎樣冷酷　總算共你一次起舞

來　又上學　拾到嗎　昨天的快樂　那感覺　疑惑又像罪惡
別閉幕　別錯過　每一幕
再摸索　每一寸角落　獨有記憶燃亮這生　如耀眼星火

2013斷想

——音樂

　　譚孔文把2007年的演出稱為「青春·歌·劇」，而2013年的則稱為「文學音樂劇場」（literary music theatre）。前者以劇情為推動，又唱又做，但後者卻簡化劇情交代，也減少了演員話劇式的對手戲，以不同的劇場手法來呈現人物的狀態和關係。不過音樂的帶動角色並未被放棄。大部分沿用了六年前劉穎途創作的旋律優美的歌曲，但經過不同的編排，產生了不同的變奏，襯托出不同的情景和氣氛。那不只是為裝飾性而唱的歌曲，而是人物內心狀態的呈現，在劇情最簡化的情況下，把每一場的核心情感放至最大。每一首歌的低迴和高昂的差別極大，節奏的緩急也參差相配，特別能夠展示心情的多種面貌和變化。雖然在音樂劇場中，音樂只是其中一種元素，但卻依然是牽動整個劇的能量的主要來源。

　　有喜歡原著的觀眾認為，劇中的音樂跟小說中不是蘋果玩的搖滾樂質感不同，跟不是蘋果所模仿的椎名林檎的曲風也有很大差異。有人會喜歡書中那些「想像」的狂放粗野的歌曲，多於劇場裡悅耳動聽的歌曲。（不過其實椎名林檎的好些歌也十分悅耳動聽啊！）我不反對這樣的看法，但我還是喜歡劉穎途創作的歌和音樂上的處理。而且歌曲的出現不是單獨的事情，它總是配合著形體、燈光和種種舞台設置。這些方面的配合是完整而有機的。當然，

如果有機會的話，我也會樂意見到，實現一個以搖滾樂為主的《體育時期》音樂劇場的可能性。

事實上，《體育時期2.0》的音樂性，除了是狹義的音樂，也同時來自劇場本身的時間結構和層次處理。譚孔文也認為，在編寫整個劇的流程的時候，自己就好像在寫交響樂，也即是同時在處理好幾個聲部。這些「聲部」，就是台詞、歌曲、音樂、形體動作、燈光、布景、道具等不同的元素。所以整部戲的推進並不是劇情性的，而是音樂性的。當中有主副旋律，有對位，有重疊，有變奏，有重複。所謂「音樂劇場」應作如是理解。

立足點

曲：不是蘋果　　詞／聲：貝貝

課堂與補習班之間的車程爭取唯一機會瞌睡
夢卻卡在上落閘粗暴的縫隙中
搖晃著眼皮無神合上的青春
連續五個晚上　　沒有吃飯的胃口

人們眼中最後的黃金歲月其實早已暗啞無光
被迫追逐卻不明瞭病態的理由
毫無選擇陷入迅速凋萎中
一直到星期天　　傾聽無眠的心跳

如果不肯踏過車站的關口就必得承受卑視的眼光
如果背向人群就注定失去虛偽的同情
月台的界線絕不是容許立足的地方
還不及細想就給下班的喪屍推進缺氧的車廂
搶奪最後的空氣

唯有相信在不遠處隱藏著你關注的目光
連同融化的夕陽沉入心靈的谷底
再無辦法也總夠注滿思念的杯子
當咖啡因在體內奮然
醒覺的一瞬間自知毫無減損

就算有孤獨的滋味

在車站等待的過渡中觀看城市污染的景色
瘦長的影子並未削去你動人的力量
大概不知覺髮邊披滿黃金
只差一步就要　　橫掃循規的生命

立足點

舞台 I ～政：「沒關係，搖滾本身就是政治態度。」

　　可能連政自己也不知道，他在不知不覺間已經踏足舞台，這就是人們常常說的政治舞台。這確是個俗濫不堪的說法，而政對俗濫的東西向來也是深惡痛絕的，所以如果他知道自己所做的事在他人眼中只是舞台上的一場演出，甚至預視到自己被編排扮演的昂首闊步結果滑稽地摔倒在地上的角色，他一定會拒絕參與這場表演吧。事實上在這個舞台上已經擁擠著太多的角色，而像政一樣的一個小小大學研究生，極其量也不過是背景裡的一個小小的龍套，甚或是根本沒機會出場的幕後小雜務，可能會負責弄出煙霧或大風的特別效果，但卻只不過是襯托或補助主要人物的演出而已。可是他沒法一早預見這些，由此也可以看到他天真的一面。他不知道俗濫的說法其實往往說出真實，因為真實其實可以是十分俗濫的。他所知道的舞台，是他認為自己有意識地建立的，是以他自己為主角的，是那個上演著音樂介入政治的嶄新劇目的舞台。自從認識了不是蘋果，領略過音樂所能發揮的力量，和籌辦過化石在大學的演唱會，政對通過音樂來進行學生運動有更鮮明和強烈的意念和信心。他對傳統的抗爭方式感到有點厭悶了，覺得街頭抗議或者在校內寫大字報之類已經難以喚起人們的普遍注意，因為這些方式已經給傳媒定型，僵化為容易消化的場景和形象。就算是絕食或甚麼，在公眾眼中也變成了小丑化的行為了。他覺得，如果能搞出一隊兼有音樂水平和政治意識的樂隊，說不定能取得大學生的認同感，同時對社會

產生一定的影響力。於是自下學期開始，他就積極拉攏一些校內的搖滾樂熱衷分子，希望他們能有組織和有方向地行動起來。很快就傳出校內會組成一個叫做ISM的樂隊。雖然有不少人覺得，他這個構想實在太天馬行空，或者是太天真幼稚了，但政卻有一種一往無前的蠻勁。他幾乎是一個人獨力在奮戰，就算是得到某些學生運動領袖的支持，和招羅到合適的樂隊人選，但整件事也沒有其他人緊密的參與。

上次化石的事件曾經令政和韋教授產生嫌隙，因為有人說是韋教授向主辦方面的學生會提出讓化石的歌曲尖銳性降溫，後來雖然韋教授極力否認這件事，但政和他的老師已經無法回復到之前的關係了。也許，政之所以加倍地激化他的活動方式，和他的個人感情事也不無關係。先是為了不是蘋果而放棄了貝貝，後來卻反過來被不是蘋果放棄了，心裡突然就對感情這事感到迷惘，甚至是忿然。他的愛情觀本來是十分單純的，他相信兩性平等和尊重，雖然他也自覺到自己違背了自己的信念，知道自己也不是沒有責任的，但他更不明白為甚麼兩個女孩也會對他突然冷卻。他始終也弄不通問題出在哪裡，是出在他的觀念還不夠正確嗎？還是她們的觀念不夠正確？他在哪方面做得不夠公正？在哪方面有損對方的個體自由和價值？他竭盡了一切從書本得來的理論和詞彙，也無法解釋眼前發生著的事情。他不知道的是一個基本事實，那就是，他所熟讀的性別理論和愛情無關。這點無知令他突然覺得，愛情是十分虛幻和不可靠的東西，他情願把精力花在更有實際效用的事情上。那看似是個理性的決定，但從他辦樂隊的那種躁動可以看到，其實他是在報復，不是直接向貝貝或者不是蘋果報復，而是向生命報復，向一個抽象的生存狀況報復，他在找尋機會向這個遏阻他奮進的東西反擊。他要證明，愛情的失敗只會為他提供燃料，令他發出更強的力量，去把世界變成一個更加理性的地方。

所以當他再在校園碰到貝貝，他並沒有迴避，反而主動地跟她打招呼，甚至跟她一起吃飯，好像想要說明，他沒有因為那麼微不足道的事情而垮掉。那天正是貝貝和不是蘋果突然去買了銀色手槍的同一天，貝貝去完第二個面試之後就回大學宿舍，當她一踏出火車站，就看見政在柱子上張掛橫額。藍底的膠布橫額上貼著鮮紅色的大字：「搖撼滾蛋～大學地動音樂會」。名字看來像個地理學會搞的地殼變化講座。他們來到飯堂，隨便叫了那種彷彿是空氣造的吃了很快就肚餓的快餐，坐在池畔路旁的桌子前，感覺竟然和以前拍拖的時候很相似。那樹叢裡的尖銳鳥叫，冷凝的灰色黃昏天空，座間學生散漫的吃飯和談話氣氛，都是他們共同記憶裡的成分。他們之間不多話，不是因為尷尬，反而是因為回復原來的狀態。原來他們本來就是如此。貝貝說了點見工的事，政的反應無可無不可，他心裡只盤轉著樂隊和音樂會的事。後來就問起貝貝和不是蘋果是不是也組成了樂隊。貝貝說：「是啊，叫做體育系，間中玩玩，沒甚麼目的。」政就說：「不如來參加我們的音樂會吧，你們當中有人是大學生就可以。」貝貝有點不太相信，說：「真的嗎？你們的音樂會不是要有政治主題的嗎？」政若有所思地說：「沒關係，搖滾本身就是政治態度。」貝貝不明白他最後說這句話，但她心裡只是想到，有演出的機會，不是蘋果該會很興奮吧。

講台Ⅰ～黑騎士：「我這是由於懦弱而造成的鐵石心腸。」

　　貝貝自下學期開始就去旁聽黑騎士的課。雖然內容大部分從前已經聽過，但她還是每星期也去了，抱著一種告別的心情去了。她總是坐在最前面，定睛看著講台上面的那個人在說到投入處的每個舉手投足，想盡量擷取當中的熱情，因為這是最後的機會了。但那熱情當中其實是帶著虛無的吧。每課一講到一個不同的本地作品，

就必然會談到那位作者已經好久沒有寫作了，或者作品大不如前了。為甚麼這會變成一個普遍現象？為甚麼本地文學課會變成一篇又一篇的悼念詞？為甚麼這種哀悼的語調是貝貝從前上相同的課時沒有察覺到的？是當時自己聽不出來，還是黑騎士自己的想法和心情改變了？貝貝曾經想過去給他一點鼓舞。她帶了那頂從美國訂回來的禮帽送給黑騎士，他即場拿出來戴在頭上，她就覺得，故事裡的黑騎士就是這個樣子了。她在心裡想，希望黑帽子會給予黑騎士力量，但她沒有當面說出來，而且知道，這種想法只會出現在虛幻不實的童話故事裡。雖然她每次下課後也會和黑騎士吃午飯，但在見面的時候，她和黑騎士總是說些無關痛癢的話題，晚上在電郵裡交換的說話不會在日間見面時提及，好像在電郵通信裡的不是他們而是另外的兩個人。至於出書的事，也有好一段日子沒有再提起了，好像變成了兩人之間的一種顧忌，於黑騎士來說是一種歉疚，於貝貝來說就是一種過分的要求了。

黑騎士自己的事貝貝也沒有再問，後來知道黑騎士寫了個新小說，想必是在困難的日子裡寫的。黑騎士在日間提起，晚上就把小說的檔案傳過來。貝貝立即打開來看，直看到深夜三點。然後就覆了個電郵給黑騎士，節取了小說裡面敘事者自我分析的一個片段，說：「這段說話令我想起你，好像也可以用來作為你的最佳形容啊。」小說的引文是這樣的：「說到底我這個人可能是殘酷的。表面上我很隨和，對人無傷害性，有時甚至願意表示關懷，但到了關鍵的時刻我總是鐵石心腸。或者，我這是由於懦弱而造成的鐵石心腸。越懦弱越殘酷。」貝貝引述這段話的時候，也許並無刻意怪責黑騎士的意思，但第二天黑騎士卻回覆道：「看到你引述的那段話，心裡實在很震驚，一直無法安心放下，想不到原來我在不自覺間把自己的個性剖析了，更想不到原來自己在你心目中有這樣的一個印象。我突然覺得需要反省，究竟自己一直在做甚麼，一直在怎

樣對待人。我自稱在教導人，幫助人，但我其實並不真的關心。或者，我在無傷大雅的時候就高談闊論，在真正切身的地方卻退縮迴避。如果你真的覺得我對你的事情太冷漠，太輕率，太不聞不問，我應該說聲對不起。想起自己的不堪，就不知該如何面對你。」貝貝沒想到，這段話會引起這麼激烈的反應，她在節錄的時候其實還不十分理解自己的意圖吧。於是她的心也亂了，不知該如何回覆好了。想了一晚，她決定把自己這半年來和不是蘋果，和政，和家人之間的事，統統都說出來。她不想再等他去問了，也不想理會他願不願意聽，和聽了會不會有回應了。她只求向他說出來。她寫了封很長的電郵給他。

　　過了兩天，在下課後，貝貝照樣找黑騎士吃飯。他主動提起那封電郵，說：「不是蘋果這個人，你還是會和她做朋友吧。」貝貝說：「我常常覺得朋友這個詞講不出我和她的關係。朋友太正常了。」黑騎士問：「那你會怎樣形容？」貝貝這次想了一會：「那就好像，兩個人在黑暗裡，站在一個地方，比如說是一個孤立的懸空的高台，你知道，只有另一個人和你在一起，一同處於那境地，但你們又不能互相很清楚地看見對方。你們只能靠那種共同站在那裡的感覺，相信自己不是單獨的。」黑騎士再問：「那麼你是信任她的吧？」貝貝說：「我看不清楚，她總有事情沒有說出來。例如，她見過你，是不是？」黑騎士神色沒變，說：「對，之前見過一次。你想知道她找我說甚麼吧？也想知道我和她說甚麼吧？你一定是在惱我，甚麼也沒有告訴你，是不是？我在看完你在電郵裡說過你自己的事，我就在想，噢，我卻有那麼多沒有告訴你。那次不是蘋果找我，是想我再送一些書給她。於是我送了。她告訴我，和你，和政的事搞得很亂。我也就告訴她，一個我其實不認識的人，其實我的事也很亂。那個晚上我們只是在吃飯，在一間普通的沒有氣氛可言的餐廳。我心裡老是想著別的事，但因為不想回去，所以

也就和她一直坐下去。她提起我說過，她有一張好看而且看來很真的假面，問我那是甚麼意思。我望著她的那張臉，那細緻中有點倔強的輪廓，突然有片刻的一種快感，不，不是快樂，只是一種快感，在我悲哀的情緒背景中的一種愉悅，好像只要望著那臉面，就可以忘記別的事。我真的有一刻幻想到，結帳之後，我可以和她到甚麼地方睡，而她是不會拒絕的。我竟然想到這地步。覺得在某種情景中，這原來是很輕易的事情。不過，我沒有那樣做，提也沒有提過。我只是把書送給她，然後送她去搭長途巴士。後來我自己一個人在街上走著，想，自己也不外是這樣吧。以失意作為尋求慰藉的理由，也不外是這樣吧。我和別人沒有不同。我不能說是因此輕鬆了，但是，也好像明白了一點甚麼。這樣，是不是可以變得寬容一點？」貝貝沒說話，跌入沉默中。她覺得，她好像已經知道了黑騎士沒有說出來的另一半。

月台～貝貝：「當腳下的土地即將崩裂，我還可以往哪裡逃出去呢？」

貝貝站在這個熟悉的月台上。那是在火車站沿線上較為獨特的一個月台。車軌的弧度很大，連帶月台也是彎彎的，站在一端不會看到另一端的終點，甚至看不到月台的中間部分。月台比周圍的地面水平較高，所以車站入口是在下面的，在沒有加建行人電梯之前，要爬樓梯或走一條長長的斜路才上到月台。因為地位較高，所以可以看到周圍的景物。往南面市區的月台後面可以看到內海對面馬鞍山排滿高樓大廈的新住宅區，往北面的月台後面就是大學的校園範圍，可以看到廣闊的綠草運動場，古雅的宿舍，和山上新建的醜陋現代教學大樓。那些和自然山景格格不入的風格、用料和顏色，令人感到這所大學的精神質素日漸下降，代之而來的是粗俗的

暴發感和沒有理念的功利感。幸好車站雖經改建，大體還能維持這個站一向的小格局簡樸風味，站旁的幾棵大榕樹也極盡辦法保留下來。月台上蓋也是簡單的金屬篷架，塗上和環境沒有衝突的藍綠色。站在人影疏落的月台上，讓風吹過雙腿，等待轟隆而至的火車，頗有置身外國小鎮的風味。但這虛擬的小鎮風味已經是絕無僅有的了。沿著火車線，無論往南或者往北，地段都已經無倖免地被蹂躪著，撕毀著。白鷺棲身的美麗魚池變成了惡俗的私人會所，蔥綠的山頭冒出怪獸般的奢華住宅，原本沿著海旁的遊樂單車徑也給填海發展的地盤圍板剝奪了景色，圍板上還虛偽地安排小學生塗畫上各種以美化環境為主題的繪畫。海的空間不斷給填土吞食，有一天終會消失，有一天在火車上將不會再看到海。站在大學站月台上，貝貝有一種淹沒感。一種周圍的東西也朝自己頭上傾瀉，即將把自己掩埋的恐怖。而她身後的大學，不再是能抵擋這種掩埋的堡壘，甚至不再是能逃避這種掩埋的防護所。大學已經一同被掩埋了。大學甚至也參與著掩埋的行動了。貝貝想，如果她現在轉身，看見大學校園所在的整個山頭如巨型山泥傾瀉般完全塌陷，她也絕不會驚奇。只是，當腳下的土地即將崩裂，我還可以往哪裡逃出去呢？

講台Ⅱ～韋教授：「其實人生中有很多不能解釋的東西，很真確，但又說不清楚。」

貝貝和政在飯堂吃完晚飯，就一個人走路回宿舍。還未來到宿舍門口，就遠遠望到在昏暗的路口停著一輛樣貌熟悉的汽車。雖然天色已全黑，但在微弱的路燈下，她還是把那輛車子看得很清楚。就是那輛她和不是蘋果一起打碎的車子。那車子已經不是第一次停在那裡，而且每次裡面都是有人的。好像，每次等到她出現，那輛

車子就會猶疑地微晃一下，但其實它是沒有動過吧。今次，貝貝不再裝作沒有看見，不再低頭匆匆走進宿舍去。她站住了，在隔宿舍一段距離的路旁站住了，一直望向車子那邊。如果有人在裡面，他應該會把她的舉動看得很清楚吧。果然，她站了一會，那車子就開動了，緩緩地從路口轉出，向她駛去，很利落地停在她跟前。車子已經完全修理妥當，沒有半點曾經毀壞的痕跡。車窗打開，韋教授抬著頭說：「可以上來一下嗎？」貝貝聽見他今次沒有再說出那些剛巧經過這裡的藉口，就知道事情又進一步發展了。她一點也不想上他的車子，一點也不想和他有任何瓜葛，但是他問那句話的時候隱藏的那種彷似是拋出挑戰的語氣，令她不甘於表示軟弱或退縮。她不要他小看她。她不要他覺得她是個無用的小女孩。於是她就拉開車門，坐上去。

　　貝貝沒有問去哪裡。那不是重點。她有心理準備，這個人很可能會說些離奇的話。韋教授很淡定。雖然事情有點不尋常，但他沒有顯得失控，好像他們其實是老早約好了在那裡見面似的。想到這裡，貝貝又警醒了。如果真的給他造成那種氣氛就不妙了。她決定要盡量僵硬一點。韋教授沒有立即進入正題，反而拉扯了些學校裡的事，又提到政搞樂隊的事，還對他的創意表示欣賞。「政這個人很聰明，很有熱誠，有理想，不過，他不知道世界的複雜和險惡。他現在的處境很危險，人們都在旁觀著，如果他成功，就會和他結成聯盟，撈取漁人之利，如果他失敗，就會徹底唾棄他，因為不會有人願意和一個滿腦空想的瘋子合作。」說罷就嘆了口氣，不知是甚麼意思。然後，話題突然一轉：「我知道，你沒有和政一起了吧。」貝貝並不驚訝，只是點點頭。他突然又說：「你今天穿著很成熟，將來出來工作，也會是這個樣子吧。其實很好看，很好的套裝，哪裡買的？該不是名牌貨，名牌貨對你來說太貴了吧。不過，就算是普通牌子，也選得很好，很適合你的性格，不會太花俏太豔

麗，但又不呆板，有一種輕靈，和恰到好處的得體。哈，你知我都有點文學底子，用詞都算不錯吧。其實政這個後生仔不懂得欣賞你，他是個超好的學生，但他無法超越一個學生的視野，無法在書本外去了解世界的事，生命的事。人生不是這樣簡單的，不是這樣非黑即白的，不是理論可以解決的。其實人生中有很多不能解釋的東西，很真確，但又說不清楚。你大概理解我的意思吧。我猜，你和政分開，會不會也和這個有關？覺得有些東西他沒法理解，所以感到鬱悶了，是不是？」貝貝一方面摸不透到底他想說甚麼，另一方面卻對他竟然看穿了自己和政之間的問題而感到震驚。車子已經離開了大學的範圍，她這才知覺到，她正在任由他用車子把她帶到一個未知的地方，用說話把她引至一個她漸漸無法把握的方向。她開始感到危險，但又不知可以怎樣應付。她心裡首次感到有點怕。

　　說著說著，車就停在一個荒僻的山路旁。下面可以眺見整個大學校園和更遠處的內港。汽車機件突然停下，車裡表板上螢亮著的鬼魅綠光也隨即熄滅，卻在眼膜上殘留下揮之不去的印痕。寂靜突然襲來。座椅卻好像繼續微微震動。那不是機件的震動，是貝貝自己身體的震動。她知道他要說甚麼了。她其實聽不清楚。他的語言是那麼的動聽，他的邏輯是那麼的詭詐，聽來是那麼的順理成章，令她有一刻搞不清究竟自己想的是甚麼。他訴說了自己的抱負，也訴說了生活的失落。他說和太太的婚姻已經名存實亡。他說，其實一直喜歡像她一樣的女孩子，聰慧、沉靜、認真，但依然未找到自己的方向。他願意為她付出一切，去給她無憂無慮的生活，讓她安心實踐她的理想。因為他實在不能容忍，這樣好的女孩會給殘酷的現實掩埋，不能確認自己人生的價值。貝貝有一刻，真的有這麼的一刻，給動搖了。當她想到家裡的重擔，想到將要做的毫無興趣的工作，將要過的毫無選擇的人生，她就有一刻的幻象，覺得在這個人的護蔭下一切就可以迎刃而解了，她就不用耗盡她的一生來對付

這個巨大的逆境了。可是，她為了這一刻的安穩，究竟要犧牲甚麼呢？那會是更核心的，更關係到她的自我的東西嗎？她好像聽到聲音。玻璃碎裂的聲音。是汽車玻璃碎裂的那種特殊的聲音。先是沉悶的鈍響，然後才是清脆的下雨般的淅瀝。然後就看到那個景象。不是蘋果揮動鐵鏟把車子玻璃擊碎的景象。也看到，自己如何也把這輛車子的車尾玻璃擊碎。貝貝於是就醒過來了。

「你知道嗎？」貝貝反問道。韋教授以為她是回應他的提議，做出個親切聆聽的樣子。「你知道嗎？那次你的車子玻璃給人毀壞，是那個在卡拉OK襲擊你的女孩幹的。」韋教授沒料到會轉到這話題上，但也保持鎮定，說：「我早就知道，我一看見車子毀爛的樣子就知道，是她。」貝貝繼續說：「但你一定不知道，我也有份。是我和她兩個人一起幹的！是我們一起打爛你的車的！」韋教授啞口無言了，這揭示可卻是他完全沒法想像的。他好像突然給暗算了似的，跌坐回自己的座位裡。貝貝就推開車門，走出去。晚間的山上非常冷。貝貝的套裝很單薄。她抱著身軀。在寒風裡走著。高跟鞋在斜路上的不規則回響好像在宣洩著她腳跟的痛楚。可是，無人也無車的黑暗山路，比起剛才困侷的車裡，竟顯得那麼安全和豁朗。她知道，一說出不是蘋果，韋教授就無法抵擋。也知道，說到這個地步，他是不會再糾纏下去的了。就算會，也注定是無效的了。貝貝不認得路，但看著山下大學的燈光，她知道只要一直走，就可以回到安全的地方。冷風令貝貝一邊走一邊顫抖，但她卻在顫抖中微笑著。她一點也不覺得孤獨，因為她有一種和不是蘋果站在一起的感覺。也因此甚麼都不怕。

舞台Ⅱ～不是蘋果：「為體育系首演成功，鳴放六響禮炮！」

　　不是蘋果收到貝貝電話的時候，已經是晚上十一點，但她還沒

有回家，自己一個人在城門河畔的公園裡坐著，瞇著眼望著對岸的化開來的燈光，抽著菸。貝貝說想見她，她就說在公園等她。從大學過來不用多少時間，大概是二十分鐘左右吧。不是蘋果想擦去午間打電話到清潔公司的記憶。如果沒有看到那個黃色告示牌，那多好。那就不會受到這樣的委屈。她把煙大力噴出，想和冷凍的空氣作對。但煙的力量卻老是不夠，給北風輕易的驅散。她徒勞地吹著，差不多要把整包菸也吹完了。正想打電話叫貝貝在路上給她買一包，貝貝卻已經到了，從公園的另一端急步地，幾乎是半跑地走過來。她的身影在空洞的公園裡看來更形細小。

「好像很心急似的哩？有甚麼要說嗎？」不是蘋果大聲說。聲波好像傳得很慢，貝貝過了半晌才反應過來，向她揮手示意。來到跟前，貝貝有點氣喘，好像是由很遠的地方一口氣跑過來似的。「想告訴你，我們可以演出了！我們的樂隊啊！體育系啊！大學有個音樂會，我們可以參加，到時可以演出我們的歌！」不是蘋果半信半疑，說：「真的嗎？我不是大學生也可以嗎？」「沒關係的，政說可以，音樂會是他搞的，是個小型地下音樂會，不是那麼嚴格的！」不是蘋果還是謹慎，說：「政可信嗎？」「政不是那樣的人，他不會害我們的，如果不可以，他不會隨便說。」不是蘋果點著頭，不能說沒有感到興奮，但又被另外的事佔據著。然後她又問：「嗯，原來，你見過政。他怎樣了？」貝貝澄清說：「只是在大學剛巧碰見，就一起吃了飯，談到這個，就來告訴你。他最近組了個叫做ISM的樂隊，他只是個統籌人，是不會參與演出的，看來是個專門唱政治題材的組合，是他構想出來的進行學生運動的方法。」不是蘋果抬抬眉，笑說：「虧他想得到這種東西。那我們要不要符合甚麼標準？唱幾句諷刺政府高官的東西？」「不用的，我們照樣唱自己的歌就可以。」「想不到呢？真能演出啊。」

大家談著各種演出的構思，選歌和表現方式等等。然後不是蘋

果就說：「不如來慶祝下！」說罷就拿出午間一起買的銀色氣手槍，上了六粒塑膠子彈，舉起來，向著對岸的樓房，說：「為體育系首演成功，鳴放六響禮炮！」「一！」砰！一顆子彈射出去了。氣體爆發的聲音在空闊的河畔異常響亮，好像真的能震動對岸的房子似的。不過，細小的顆粒狀子彈連看也看不到，就在黑暗的河面消失，想必不能射到對岸，沒多遠就無聲地落入膠污的河水裡去了。不是蘋果望望四周，只有不遠處聚集的幾個青年好奇地向這邊望過來，沒有警察。她又射了第二槍，第三槍。然後把槍遞給貝貝。貝貝拿著槍，秤了秤它的重量，好像覺得很刺激的樣子，雙手握著，舉起來，也瞄準對岸不存在的目標，連環打了三槍，感受著子彈射出時手掌心那突然加壓的一下快感。那邊的青年開始起鬨叫囂了，似乎是想過來撩事。不是蘋果拉了貝貝就跑，不忘回頭向那班人射了幾下空槍。帶頭那兩個竟然真的抱頭縮了縮。不是蘋果就加倍一邊笑一邊跑了。

跑到火車站，衝進入閘口，那班人沒有跟上來，兩人就鬆了口氣。倒坐在月台上，笑著剛才的情形。不是蘋果這時才發現自己手裡還拿著槍，於是連忙把它收到背袋裡去。看來沿途的人一定給這兩個擎槍狂奔的女孩嚇壞了。夜車的班次很疏，她們坐在月台上沉靜下來，不是蘋果就說：「其實今天下午發生了一件事，想告訴你。」貝貝也說：「我也是啊，晚上發生了一件事，也想告訴你。」一班列車緩緩到站。可能是最後一班。

單項選擇題

曲：不是蘋果　　詞／聲：貝貝

回答是或不是關於全無防備的場合交換的眼神
比純粹的物理現象還要確鑿
比狡詐的浮雲意象還要曖昧
徘徊於蜜糖與觸鬚的邊沿

判斷好或不好全賴比塔羅牌更不能肯定的直覺
如果皮膚更白運氣會否更佳
心裡積存了二十二年無用的參考
想起要穿高跟鞋就偏頭痛

滿心期盼你的答案跟我一樣
但總拒絕偷看
成了我小小的無用的道德觀

不理對或不對雪糕無論如何也會在口裡融掉
到旺角買模型手槍的寂寞午後
不能同時兼容銅鑼灣的手袋
除非有意擺出決絕的姿態

無論可不可以也將全神貫注許下不會表白的諾言
起碼六發彈殼中有一顆彈頭

還不至於吃一碗沒有白果的糖水
故意疏忽此路不通的警告

害怕知道你的答案跟我相反
不論打圈或交叉
塗改著看來無傷大雅的道德觀
可知道交通阻塞有多嚴重

單項選擇題

第一題：小說是選擇和組合的遊戲嗎？

A）是　　　　　B）不是

答案分析：

A）是

　　我們也喜歡把小說簡化為選擇題，喜歡在故事情節上找一些時間上的轉捩點，作為主角們作出關鍵抉擇的所在。一些所謂互動的作品就是按照這種幼稚的邏輯來設計的東西，好像小說其實不過是一個遊戲程式。這種在每隔一個片段就提供一些有限的選擇的做法，把小說嚴重淺化為情節的組合，漠視了小說元素在整體上的藝術性配合，諸如角度、語調、氣氛、處境與心理描繪等等。但選擇與組合的概念其實並沒有違背小說的原理，它甚至是一切語言表述的基本運作原則。從一個短句，以至於一個數十萬字的長篇鉅著，也同樣不過是如何選取字詞和如何把字詞組合起來的事情吧。所以卡爾維諾非常簡潔地說，寫作是如何在句子裡讓字與字待在一起的一種操作。讓字們和和氣氣地待在一起，乖乖地排成隊伍，或者讓字們一邊排隊一邊爭執，既互不相容但又被迫共處，既不守秩序但又不能不遵守某種秩序。後者可能就是文學在做的事。所以我們也不必對簡化的選擇題式的創作觀念多加撻伐，因為任何原則性的事情在實踐的時候總有層次高低的分別。尤其是，如果這種觀念可以反過來讓我們更深刻地思考小說的問題，甚至是人生的問題，那也不失為一個值得採納的角度。

B）不是

　　小說，或者人生的抉擇究竟發生在哪裡？這其實是個最終也無法準確區分的點或線。有時候，這個點或線較明顯。比如說，假使2000年的夏天的某一個晚上，不是蘋果沒有在卡拉OK遇上韋教授，或者不是蘋果在卡拉OK遇上韋教授但卻沒有向他揮拳突襲，那麼我們的故事就不會開始，我們的小說也不會存在。但事情並不是時常也這樣明顯的。例如，如果不是蘋果襲擊韋教授時貝貝並不在場，或者貝貝並沒有作出像現在的小說裡的這種心理反應，我們的小說也不會存在，或者不會依著現在這樣的進程發展了。所以，在不是蘋果的襲擊行為這個關鍵點上，不可或缺的不單是不是蘋果個人作出了襲擊的決定，而且還建基於她自己和貝貝兩人在故事裡所累積（縱使這種累積也不過是作者的杜撰）的二十多年人生體驗，是貝貝之為貝貝和不是蘋果之為不是蘋果所促成的。因為貝貝先有了這樣的心理構成，所以才會對襲擊事件作出這樣的反應，也所以才會導致小說繼續發展下去的方向。這絕不是一個單一點上某人物所作的選擇的問題。換句話說，這裡其實沒有選擇可言。因為按照小說的邏輯，這事必然以這樣的方式發生，也必然以這樣的方式結局。它既是選擇，也是無選擇。因為作者的意念是要組合出這樣的一個故事，所以它就必須向這個勢態前進，而如何擬造這個勢態，使之合理化和必然化，就是小說的藝術所在。作者是絕不會願意把這些選擇點公開讓讀者作自由的選擇和組合的，因為如此一來小說的藝術就蕩然無存。一切只會變成比遊戲更不如的假遊戲。

　　如果上面的情況還沒有把選擇這回事釐清，讓我們來假想下列的兩個選擇題，看看不同選擇的結果有何分別。

第二題：貝貝最終能出版自己的小說集嗎？

A）能　　　　B）不能

答案分析：

A）能

　　2001年2月初，黑騎士給貝貝的書寫了一個序。後來我們就會知道，這是書的第一個序。在同年7月，他會給書再寫第二個序。由此顯示，2月的序其實並不代表書快將出版。它不過是另一次假的預告，另一次不能即時兌現的承諾。但這至少代表著黑騎士的心願，始終是希望書真能出來的。貝貝也以為書很快就會出版了。不過，經過長久的等待，她對出書的熱情已經減退。她當然知道，像她這樣年輕，急於出書其實是非常不成熟的想法，她也並不真的自以為自己的書有甚麼大不了。只是，因為曾經過高的期望，和過於熱熾的幻想，令事情一旦膠著甚至臨於落空的時候難免顯得無味。所以，事實上她是抱著不能出書的心理準備，而且也漸漸習慣這不是怎麼的一回事。對於下學期的生活，這個人生中最後的下學期的生活，貝貝只有一個盼望，就是和不是蘋果盡情地作一次演出，把那共同組織樂隊的心願實實在在地經驗一遍。除此以外，她沒有盼望其他，我們也不能過分要求她去盼望其他了。她以為，實踐了這個小小的願望，她就可以不理其他，安心地去面對自己前面平庸的人生。所以，當小型演出過後，又再出現參加聯校大型音樂比賽的機會，貝貝就開始感到猶疑了。因為這並不是她真正的追求。又或者，她覺得這不可能成為她真正的追求。如果她願意繼續維繫著樂隊，參加這個比賽，那也不過是為了不是蘋果，為了能讓她好好把握這個得到音樂界評判和主辦唱片公司垂青的機會。在這個時候也許她就會反過來想，其實那本久久未能出版的書，那本她努力嘗試去遺忘的書，才是她的夢想結晶。我們當然樂意見到，最終不是蘋

果和貝貝也能實現她們的理想。不是蘋果在比賽中得到賞識，貝貝的書也在出版後得到好評。但這種一廂情願的想法在現實裡是不容易變成真實的，而作者也不敢在小說裡太輕易把它們變成真實。縱使他是多麼的想這樣做，但他感到困難。所以如果對於貝貝能最終出版她的書的問題的答案是正面的話，作者也必須把那個結果淡化一下，把這件事安排在小說本事結束之後，即是在小說結局之後。那樣，就不必為貝貝出書的後果好壞作出抉擇，不必過於天真地表示她終於夢想成真，也不必無奈地面對出了書其實並不代表甚麼和並不能改變甚麼的悲哀結論。

B）不能

上面說到貝貝在長久的等待期間已經作好了不能出書的心理準備，所以就算書真的胎死腹中，她也不會感到額外的失落吧。當然失落是在所難免的。但是可能會比想像中容易接受。換一個角度看，如果貝貝已經一心要過另一種生活，忘記文學和寫作曾經帶給她的夢想，那麼，也許書不出來也不是沒有積極意義的。她至少可以更乾淨地，更決絕地，投入到新的人生裡去。可能是在一間商業機構工作，負責各種稱為管理的諸如公司文件影印或文具增添的雜務，或者在旋起旋滅的新興數碼行業裡做著今日不知明日事的網站文書編輯，或者在普通級數的中學當中文老師，解讀沉悶的古文課文，批閱改無可改的作文，應付或者適應學生的喧譁和散漫。不過，話說回來，就算答案是「能」，也可能會出現和上述相同的結果，可見其實出書與否對貝貝的實際前景並不會做成任何不同的影響。如果有分別的話，那也不過是心理層面的事情。

從回答「能」或「不能」的結果其實分別不大這點看來，這個問題本身的意義也不大。也連帶說明了，在這個城市寫作和出版文

學書的意義不大。

第三題：不是蘋果會去找高榮嗎？

A）會　　　　B）不會

答案分析：

A）會

　　不是蘋果在打電話到清潔公司之後第二天早上，再次來到那個立著黃色告示牌的屋苑商場。她想，那個屋苑很大，清潔未必能在一天內完成，那些工人可能還在那裡。果然，那些黃色告示牌還立在那裡，只是搬換到另外的範圍。和昨天一樣，有三個穿黃色制服的清潔工人在工作。那個長髮男子也在，另外兩個卻不知是不是相同的人。長髮男子見不是蘋果又再出現，狡黠地笑著。他知道她必定又是有求於他。不是蘋果這次不再猶疑，一上去就直截了當地問：「你們公司寫字樓在哪裡？」長髮男子擺出愛理不理的姿態，問：「你問來做甚麼？」她說：「我要找你們老闆。」男子故意拖延著：「你為甚麼不打電話？」她也絕不後退：「我要見他。」男子抓住機會，就說：「你陪我食餐飯我就話你知。」不是蘋果只是笑了笑：「你以為我不懂問其他人嗎？」說罷就轉身走向另外那兩個員工。長髮男子見自己玩不下去，就索性叫住她，把地址告訴她。「唔該晒！找天再跟你食飯，給我電話。」男子有點愕然，但也說了自己的手提號碼。不是蘋果寫了在小本子上，轉身就走。來到那座大廈，已經接近中午。不是蘋果在周圍視察了一遍，又問了看更，確定了大廈只有一個出入大門口，就到對面的一間快餐店裡買了杯咖啡，揀了個窗邊的座位。坐了一會，她拿出手提，打了昨天那個號碼，但這次她說找的是高先生，而且刻意裝出低沉的聲線。接電話的是昨天那個女子，不知她有沒有聽出來，只聽她簡短地說

高先生剛剛出去了，又問她是哪間公司打來的，有沒有留言。就在談話的時候，不是蘋果看到一個熟悉的身影從對面大廈門口走出來。她立即起身，一邊裝作事務性地和電話裡的女人胡扯著是甚麼甚麼地產發展商的管理部門打來的，想聘請新的清潔公司承包轄下屋苑的清潔工作，一邊就走到街上，跟蹤著剛才從大廈走出來的那個人。再說了幾句，她就把電話裡的女人打發了，專心尾隨著那個人。那人穿過工廠區繁亂的街道，走進地鐵站，接近入閘口，從牛仔褲後袋抽出錢包，準備把錢包放到入閘機的電子收費感應器上。這時候，突然有人從後搶先把錢包大力拍在感應器上，發出呲的一聲。他連忙轉身，想看看是甚麼人如此粗魯無禮，就在眼前幾乎是緊貼著的距離，看到不是蘋果。也許他起先不相信這個剪了短髮的女孩就是不是蘋果，因為她和他記憶中的不是蘋果是那麼的不相像，但一觸及她的眉眼，他就知道這無可置疑是不是蘋果了。她第一句說的是：「你就是高榮。」這話聽來好像不合情理，但這其實是她昨天在電話裡堅持著的那句話。這次，高榮不能再問你是誰了。「高榮，你答我。」他們兩個人卡在入閘口那裡，後面排隊入閘的人已經有點不耐煩了。他於是就說：「頌心，原來是你。」不是蘋果聽到這個答案，就滿足地笑了。那是會令高榮心痛的笑。她知道。

B）不會

自從在電話裡受了委屈，不是蘋果知道自己跟高榮真的是完了。兩年前高榮出走，其實還沒有真的把他和不是蘋果的關係了結。雖然不能說不是蘋果其實一直在等高榮回來，她是沒能作這樣的盼望了，但在感覺上她和高榮之間還好像有某些東西一直延續著，除非真的來個了斷，否則那東西會一定卡在那裡，不會消滅，也不會滋長，就像一塊化石一樣，已經死亡，但又保持原狀。可是

當她知道高榮明明是認出她而不肯說出來，她就知道已經沒有甚麼好做了，就算是再見面也沒有意思了。那已經不是高榮，而是另一個有著相同的名字，甚至是相同的軀體的清潔公司老闆。他會小心計算收支，利用手腕爭取客戶，責罵工作散漫的員工，毫不留情地把那個工作時心不在焉的長髮男子炒魷魚。他有個和他共同工作，共同進退的祕書妻子。祕書妻子會全權掌管他的財務，留意他的飲食習慣，關注他的健康狀況，然後在業務更穩固的時候為他生育兩個孩子。這些都在不是蘋果的幻想裡一一浮現。非常可能而且合理。而這一切，也和她無關了。

　　照以上這樣子鋪陳下去，看來也無不可吧。無論是「會」還是「不會」，也總可以找到理由，找到自圓其說的方法。但在兩個說法中，作者如何選擇一個？或者，可不可以把兩個說法中的一些東西融合為一？比如說，先寫不是蘋果「會」去找高榮，讓他們的故事再作發展，然後才來一個終結，並在這時候把以上「不會」的解釋裡面的說法加插進去，說：「兩年前高榮出走，其實還沒有真的把他和不是蘋果的關係了結。雖然不能說不是蘋果其實一直在等高榮回來，她是沒能作這樣的盼望了，但在感覺上她和高榮之間還好像有某些東西一直延續著，除非真的來個了斷，否則那東西會一定卡在那裡，不會消滅，也不會滋長，就像一塊化石一樣，已經死亡，但又保持原狀。可是當她切切實實地再次和高榮見面，甚至更切實地接觸到他的身體，她就知道原來這不過是了結的一種方式。她就知道，已經沒有甚麼好做了，就算是糾纏下去也沒有意思了。那已經不是高榮，而是另一個有著相同的名字，甚至是相同的軀體的清潔公司老闆。這一切，也和她無關了。」如此一來，關於了斷關係的意念，和再見高榮的情節，也可以同時兼容了。這裡也說明了，所謂情節發展選擇的問題，到最終可能也是個假問題，因為情節只

是表面的東西，如何去呈現情節，解釋情節，才是小說在時刻探索的事情。正如將要發生在不是蘋果和貝貝身上的事情，究竟是平常還是困厄，就仰賴她們如何對自己的人生進行自我解釋。

四月的化石

作曲：劉穎途　　作詞：許少榮

憔悴是四月　　殘酷亦四月

棲身廢墟　　無人陪伴嗎　　你再抱孤單的結他

完美是化石　　麻木亦化石

明知心血給糟蹋吧　　仍然無奈強笑吧

別依戀終歸消失的指紋　　像雙眼也給菸灰所燻

夢境再美也會退如沙灘足印

換了我也會滿肚怨憤　　他這麼忍心

化石會欣賞歌嗎　　喜歡花嗎

他珍惜嗎　　如像掃結他動作慣性吧　　你懂嗎

世上有真心話嗎　　真得可怕

害我一生牽掛　　逃避我那位未配我愛吧

我早已　　知道吧

2013 斷想

——歌詞

　　兩次演出的歌詞也不是我寫的，而是填詞人許少榮創作的。跟歌曲一樣，也許也有人會認為，歌詞的風格跟小說中的不一樣。小說中的「仿歌詞」或「偽歌詞」（因為是沒有歌曲旋律而只是模仿歌詞的形態）大部分是不是蘋果而小部分是貝貝寫的。這些詞可以獨立地作為詩閱讀，作為作品去觀賞。在劇場裡，歌詞卻不是以一個獨立作品存在，而是嵌入當時的情景中，把人物的內在情感外在化。我認為許少榮在這方面做得非常成功。〈寧靜的獸〉中貝貝對小宜的悔疚，〈我們的體育館〉中兩個女孩的意氣昂揚，〈名字的玫瑰〉中不是蘋果對高榮的純真的愛，〈四月的化石〉裡把同一旋律變成貝貝為不是蘋果感到的不忿，以及〈寂靜的初夏〉中貝貝的困頓和徬徨，全都準確地抓住了人物當下的心情，鏗鏘有力地打進聽者的心坎。

　　許少榮的歌詞，我覺得完全把握了小說的精神，也即是兩個女孩所持的人生立場。比如「欠觀眾亦要唱／何妨孤身演唱／不欣賞／也照樣」的義無反顧的豁達，或者「原來獨個殮葬青春了吧／用剩下勇氣吧／撲向這初夏」的奮不顧身的悲情。這些歌詞和原文中椎名林檎式的歌詞在質感上雖有不同，但在《體育時期2.0》音樂劇場的總體創作意念和效果裡，是非常適合的。至少，我個人是聽

得非常感動的。

　　至於是不是也可以做成像 Tom Waits 寫的 The Black Rider 那樣風格化的歌曲和歌詞，那樣的隱晦和狂野，也不是沒有這個可能性，但那卻是完全不同的取向了。我反而覺得，《體育時期》這小說本身其實有通俗劇的意味。譚孔文提到當中的 melodrama 是很準確的觀察。所以，舞台上的演繹帶有流行音樂的傾向，我認為並沒有違背原著的精神。問題就如導演所說，是如何以小說和劇場形式去跟當中的 melodrama 對應。

複印

曲／詞／聲：不是蘋果

列車到站強光橫掃人群

轉身就要一槍殺死複印機

影子平面出沒

遲早沒有分別

就連雲的形狀也在每天重複

早晚照鏡也不再相信笑容

可以讓你察覺

陰晴也無所謂

老頭在公園看昨日的報紙

冷鋒的新聞照例令人作嘔

野貓如常出沒

吃相同的殘羹

除了你誰能指出我頭髮深淺的顏色

體重日漸下降血糖上升

或者側臉掠過突如其來的陰影

如果連你也說出那橡皮般的話

我還能不死在副本手上嗎

舉目望去遇上的都是抄襲的眼神
模仿冷漠卻竟也維肖維妙
反覆甜蜜地笑
真假有必要嗎

麻煩你複印五十份
麻煩你複印五十份
麻煩你複印五十份
麻煩你複印五十份

複印

　　他們好像識得那人，叫他高哥。只聽見他說，想唔想死？很奇，他們都不出聲，後來他放開老秋，讓他搖搖擺擺同其他人走了。那人自己坐下來，繼續飲啤酒，自言自語說，有槍就打爆你個頭！你老母！我爬起身，整翻好條裙，不知該說些甚麼，又不敢走出酒吧，怕那班人還在出面。那人望了我一眼，說了句莫名其妙的話：你話點解要繼續做人？連佢都fair低自己咯！我想問他，邊個係佢？但又驚這人也是黐線。

　　後來我就躲在後面，望著他不停地喝酒。喝了大半天，突然站起來，拉開牛仔褲拉鏈。我嚇一跳，以為他要幹甚麼，但他只是向椅子撒了一泡尿，很長很長的尿，那東西不脹不軟的在噴射著。有水花濺到我的小腿上，我縮了一下，他好像這才發現我在那裡，毫無惡意地點了點頭，竟然還說了聲不好意思，繼續那漫長排泄。弄完了，把那東西收藏起來，拉好褲子，甚麼都沒再說就走了。酒保這才開罵，拿地拖過來洗抹。那人叫高榮，酒保說，條友今日喪咗，找死，唔好惹佢。

　　今天我在地鐵站攔住了高榮。他終於不得不叫我的名字。多陌生的名字。好像是個墓碑上的人名，卒於1998年4月13日。我記得這麼清楚，因為我曾經把一切也記下來。回家，翻開日記，那本曾經向貝貝披露的日記。我坐下來，竟然有勇氣把日記從頭看一次。也許，這會是個不好的兆頭。也許我應該把日記燒掉，象徵重新開始，重新的，像第一次見面那樣去認識高榮。可是，如果我是

今天才第一次遇見這個男人，如果他不是拖著從前的高榮的影子，我還會這樣為他動容嗎？不會。真的不會。於是我知道，我不過是在追逐那已經逝去的高榮，在這個殘餘著高榮的記憶的軀體上，把我心中那已經碎裂的高榮的形象徒勞地修修補補。所以就算我非常不祥地重看日記，我也不必懼怕了。在地鐵閘口攔住他那一刻開始，我就知道，那個高榮原來真的不會再回來了。那些多少個晚上令我乍醒的高榮回來的夢，突然就破滅了。為甚麼呢？只是憑那一面，在閘口那一面，我怎會看到這麼多呢？但那種感覺是多麼的無可置疑。在那一剎，當我攔住閘口，當他回過頭來，無可迴避地和我面對面碰上，而且叫出了我的名字，我的心就痛，因為我看到了死者的面容。高榮不是早就想輕生的嗎？現在不必了。他以一種輕生的姿態活著，那事實就等於已經輕生了。這和他轉了行無關。和他變成了清潔公司老闆無關。這完全不是行業的問題，也不是他有沒有繼續玩音樂的問題。這是一種浮泛在皮膚底下的東西。只要一眼就可以看出，他皮膚下面已經沒有感應。他是如願以償了。我第一次在酒吧遇見的高榮，還會為生存而憤怒。現在他只會若無其事地笑。也許也會有片刻的傷感，但卻離那個尋死的高榮很遠了。

我把最喜歡的歌詞抄在信中，放進高榮的郵箱。估唔到自己會做這種白痴事情，好似純情少女咁搞笑。他今晚不會回家嗎？會不會去找甚麼女人？他這種人會有很多女人吧。我真係超級白痴。我在他家附近的路上走，元朗這個爛鬼地方，好遠，好陌生，好荒蕪，好邪，好像地球的邊緣。再過一點，不知會是甚麼地方？是懸崖嗎？會掉下去嗎？

今晚誰都找不到我。我不要見任何人。只想著高榮和女人一起。

我不是孤單的一個人　真不敢相信　還是有點茫然
直到認識　你　是的　連自己的存在　都沒有發現
一個人　獨自走著　沒有注意到　這樣的光芒
接觸過的　所有事物　是的　不知為何感覺到恐懼
I miss you 看著你的雙眼
I love you 浮現在我的腦海中
血　流不停　繼續奮戰　向前走
直到與你　相遇　都一直深信著　總是這麼覺得
即使傷害著對方　卻已付出全部的愛　在旅途的過程中
還有些　未完成的夢　雖然想要擁有

　　我還是忍不住抄了 Luna Sea 的歌詞〈Love Song〉給高榮。縱使早就表示絕望，但卻依然做了這樣的事。我為甚麼還要做這種幼稚的事呢？不是明明知道毫無用處，也毫無意義嗎？決絕和忘記，真的是那麼容易嗎？我很想高榮知道，那是 Luna Sea 最後一首歌。我們的 Luna Sea，終於真的解散了。他說沒有聽過。他好久沒有聽歌了，好歌和爛歌也一律不聽了。他不情願地讀著歌詞，好像懶散的中學生。也許他心裡還有激動，只是不讓我知道，或者連他自己也不知道。我真想推翻自己的判斷，真想說，高榮，我不會對你絕望，求你也別對自己絕望好嗎？你可以過另外的人生，做別的事，甚至喜歡另外的人，但請你切切實實地去喜歡你的人生啊！我不想說出來，因為說出來會令你很沒自尊。我又有甚麼資格去判斷你，去央求你好好對待自己？這番說話，我又敢對自己說出來嗎？我自己也能這樣相信嗎？我能做的，也不過是抄下這無用的歌詞，讓你想起從前的事。但懷想從前，能令今天過得更好嗎？

　　今天放學，看見高榮在學校路口。他說要帶我去一個地方。我

拉起校服裙，就坐到他的電單車後面。我知道同學都在望著我，就有點沾沾自喜。開車前，他說，估唔到咁老仲要喺學校門口等女仔，真係千年道行一朝喪。我還來不及笑，他就命令我戴上頭盔和抱緊他的腰。

我說過不再寫日記。日記已經終止了，在1998年4月13日。再寫，也不過是往事的重複。但最近我卻無法不常常重讀從前的日記，好像要從當中擷取甚麼啟示，好讓我知道現在究竟在做甚麼。一直讀下去就發現，原來事情無可避免地在重複著。就像今天，和高榮看似很尋常地吃了頓午飯，出來的時候和他一起走向停車場，他就突然叫我坐上他的電單車。我戴上那個平時一定是準備給他的妻子的頭盔，抱著他的腰，感到車子一下突飆，就在路上飛馳了。風拍打我的裙裾，我把頭靠在他的背上，幻想像從前一樣，那時我還是個穿校服的女孩子。我是多麼的軟弱。明知抱著的這個人不過是高榮的替身，卻甘願被幻象蒙騙。他驅車到高速公路上，像個亡命之徒，有一刻回復那個尋死的高榮。但很快，他就會把我放在一個方便的車站，我們就會回到各自的生活軌跡。我有一刻情願，和他一起葬身公路上，在巨型貨櫃車下面粉身碎骨，或者衝出高架橋。很濫情的死法。這個我也不會和他說，因為我一說，他就會變回那個小心翼翼的丈夫。他苦苦構思謊言的樣子令人生厭。

今日開始到高榮studio學結他。不算難，但手指頭很痛。我說要學電結他，但高榮要我先學木結他。他把他的一支舊結他借給我。感到上面有他的指紋，摸著弦線，好像摸到他的手指尖。

和高榮提起最近準備參加大學的音樂會。說了才覺後悔，因為他只是無可無不可地嗯了一聲，好像不想再聽到這種事情。就像一

個放監的囚犯不願再談論自己從前犯過的罪行一樣。我挨著他的腿，無聊地在扳他的手指。那些曾經彈出十分美妙的結他的手指，現在卻只能無聊地讓人扳開又合上。我也同樣無聊地抽出午後的一兩小時，和這個手指可以隨意扳開又合上的木偶一樣的男人找個地方依傍著。他的手指終於動起來了，輕輕捏了捏我的手腕，然後沿著我的臂攀上來，爬到我的肩，我的頸，我後腦的髮根，停在那裡，柔柔搓著，好像愛惜一頭小貓。然後手提電話突然響起來，他就像驚弓之鳥。小貓和小鳥，究竟誰更軟弱，誰更可憐？

　　高榮回來了。我是去到 studio 才知道。看見他抱著結他在彈。樣子好像不開心。看見我也沒有笑。我問他日本的工作怎樣，他只是聳聳肩，說 OK 啦。很敷衍。想不到等了兩個月就得到這樣的招呼。我沒心機練習，他也看出了。但他又沒說甚麼，只是一聲不響自己走了。我坐在一旁，死忍住不哭出來，好蠢。

　　為了高榮的事和貝貝吵了。這比上次政的事竟然更難以理解。上次的事，我們也沒有真的吵過，但今次卻反而弄得很僵。也許，她也在為自己的事心煩著。第一次告訴貝貝再見到高榮，她就沒作聲，好像自己的戀人說和舊情人見過面那樣的反應。我不知道日記裡的高榮給她甚麼印象。她只是不說話。後來再和她提起，她就說：現在的事情很不恰當，你知不知道？我不是說你和一個結了婚的男人交往這回事，這不是重點，問題是這個結了婚的男人是高榮，而且是完全變了質的一個高榮，他是不會給你任何東西的啊！這個人一直傷害得你還不夠嗎？在你能夠漸漸遠離的時候，為甚麼還去讓他再傷害你一次？為甚麼要這樣對待自己？為甚麼偏要做出你口口聲聲說是白痴的事情？是這樣說的。貝貝是這樣說的。我知道她說的都是事實，是我自己也十分清楚的事實。這真是很白痴的

事情。當天練習很不順利，智美因為和阿灰鬧翻了，很沒心機，她說阿灰常常懷疑她跟別的男孩子一起。弱男的bass又糟糕得令人發火。我心很煩亂，就回了貝貝一句。現在回想，那實在是很重的話，但我卻衝動地說了：對啊，我是個白痴，但我不像你那麼無情，只會做個事不關己的旁觀者！貝貝瞪著眼望著我，我也不退縮地望著她，誰也不願意承認傷害了對方。我是從來也沒想到在她的感受裡也有憤怒這種因子吧。然後大家就別過臉，不知所措地左右顧盼，像兩隻找不到棲身之所的受傷的獸。

　　於是又說去兜風，開車去赤柱。坐在沙灘上抽菸。海風很涼。秋天了。我有點冷，高榮就把外套披在我身上。想來好像很尋常，甚至老土的情景，但心裡還是覺得甜。如果一直在沙灘坐下去就好了。我大著膽問他日本女孩的事。他也不驚訝，大概是知道阿灰已經告訴我，慢慢地吐露了一點，怎樣相識，為甚麼喜歡她之類。我再問，她是甚麼樣子的，是不是很美麗，他只是苦笑。我於是又說，我苦練了支歌，想唱給你聽，可惜宜家冇結他。甚麼歌？Wish。噢，你可以清唱。好啊。嘆息刻畫時間，漫漫長夜途中，每每想起，便反覆夢見你，擁抱孤獨，儘管希求永遠，卻不斷感受到剎那，藍色的心情，鑲在時間裡，連回答都沒有。
　　我覺得很累。我說。我也是。他說。想睡嗎？他點點頭。我就把頭挨在他的肩上，閉上眼。我感覺到，他也閉上眼了。藍色的心情，鑲在時間裡，連回答也沒有。

　　我們竟然還來到赤柱，在沙灘上坐了一晚。是不是要把事情都重複一次，我們才甘心接受死亡的來臨？那次是秋天吧，有乾燥的冷。現在是初春了，有潮濕的暖。沙是濕的，空氣是濕的，我抱著雙腿，連牛仔褲也是濕的。吸一口菸，噴出來的煙霧也彷彿是濕

的，像冬天的呵氣。在昏暗的沙灘上，我問了關於他妻子的事，她的樣子，怎樣認識，相處如何等等。他都簡短地答了。內容都無可挑剔，是一段正常的感情的內容，沒有過於刺激性的地方，又或者就算有，高榮都迴避了。那是我心裡早就猜想到的答案，但聽到從他的口中說出，我的心就慢慢下沉，沉到前面暗默無色的海底。突然又發生了那種狀況。一種困在自己的身體內無法出來的感覺。覺得，我是坐在這沙灘上，在這個沙上的凹陷位裡，而不可能在別的地方，不可能知道貝貝在做甚麼，甚至不可能知道身旁這個男人在想甚麼。不可能知道他和他妻子的事，縱使我是聽他說了，但其實不可能真的知道，不知道他吻他妻子時的樣子，和她做愛時的樣子，不可能感到他身體所感到的，那種激動或是呆滯。我只能是我，困在這時，這裡，沒有另外的可能。不可能是沙，是海，是煙霧。頭於是就很暈眩。我閉上眼，倚在高榮肩上。他一定以為我睏了。我不會告訴他這狀況，從來也沒有，因為他不會明白。我真想使勁把自己嵌入他的肩裡，他的身體裡。多想出來，或者進去。

然後他突然湊近，向我說，記住，以後唔好再惹啲嘅人，知唔知道？我以前都係咁，做過啲蠢事，後來鍾意咗音樂，先至努力走出嚟，好唔容易，記住，音樂可以俾你力量，去追求好嘅嘢，遠離啲壞嘅嘢，知唔知？我點點頭，突然又忍不住笑，說，你好似個老師咁！他故作氣憤，拍了我的頭頂一下，說，正經啲好唔好？

音樂會高榮沒有來。我沒有奢望他會來，但我也覺得要告訴他一聲，因為這是我的一部分。我不能在他面前割去自己一部分，而且是重要的一部分，去令他過得好些。體育系第一次演出了，不知會不會也是最後一次。大家幾經練習和調整，迴避無法處理的技術，盡量發揮最有把握的東西，出來的效果令人滿意，甚至是有點

興奮了。在演出開始的時候，我站在台中央，回頭輪流望了各人一眼，向各人點了一下頭，大家就有種默契，好像忽然體會到，大家站在共同的地方，這個臨時搭建的簡陋的舞台，就是大家的共同立足點。也許，這甚至不是一個具體的地方，不是腳下這塊實在的地板，而是一個由聲音構成的類似於保護網的東西，像小時候看日本卡通片裡面的機械人發出的那種把自身團團包圍住的球狀電光防護罩。在這閃耀著刺眼光芒的防護罩裡，甚麼情感的傷憾也暫時消融了。然後我望向台下，突然有種幻覺，覺得看見高榮，坐在遠遠的角落，輕輕點頭示意。好像在向我說：唱得好啊，就是這樣了，音樂可以俾你力量，去追求好嘅嘢，遠離的壞嘅嘢，知唔知？我點點頭，突然又忍不住笑，說：你好似個老師咁！他就拍了我的頭頂一下，說：正經啲好唔好？好，高榮，我好正經，好認真地做著這件事。你看到了嗎？

　　Luna Sea 解散了。終於和高榮一起了。

　　是因為失落我們才在一起嗎？

　　那天我們一起唱〈Wish〉，他是受不住那種孤單感，所以需要找一個人擁抱嗎？那個人必定是我嗎？還是我只不過剛巧在他身邊，所以他就抱住了我？

　　總之，我住到他的家裡，能夠每晚抱著他睡，幻想以後就這樣生活在一起。趁幻想還可以的時候。

　　但我知道他心裡其實有東西已經死了。隨著之前的 Kurt Cobain，隨著 Luna Sea，隨著那個女孩，隨著更多我不知道的過去的事情。

　　我像抱著一棵根部已腐爛的樹木，竭盡心力令它起死回生，但我能做到嗎？

　　到頭來，他會不會像其他人一樣，在一夜間消失？

一想到這裡就很恐怖,有時在半夜哭醒,死命抱著他的身子,但他不知道,他睡得很死。他太累了。

我不想高榮來到我的房子,不想家裡留下他身體的痕跡。於是就和他去了智美那裡。智美見到高榮,有點不好意思地笑了笑,好像妓女遇見從良了的舊伙伴一樣。她已經換了衣服準備出去,說約了阿灰,大家好好談談。我拉她在一旁說了幾句,她就神情凝重地離開了。我問高榮要不要啤酒或甚麼。他搖搖頭,在椅子上坐得直直的,像個乖學生,還故作好奇地東張西望,好像房子裡有甚麼目不暇給的風光。其實房子又小又亂,根本沒有甚麼好看。唯獨是床卻收拾得整齊,隨時準備讓人躺上去。高榮,你又何必一副天真無邪的樣子呢?你為甚麼變得像木偶一樣,我叫你做甚麼你就做,但又沒有半點衝動?我打電話給你,你就向妻子編藉口出來見我,但見了我又沒打算做甚麼。如果我不找你,你就沒反應。你以為這樣就可以減少你的罪疚嗎?就可以說不是你的責任嗎?我開了罐可樂,坐在你對面的沙發上,也不做甚麼,只是坐著。我想看看,我們會這樣坐到甚麼時候。看著變成了木偶的高榮,心很痛。他的手腳是那樣無力地垂下,嘴是那樣僵硬地笑著。我不想質問他甚麼,因為木偶是不應該受到質問的,木偶是讓你去拉扯,去擺布的。木偶做甚麼都無罪,因為他自己不是主宰。高榮大概就過著無罪的生活,因為他不再主宰甚麼。他主管他的清潔公司,但這不算是主宰自己的生命。是兩回事。他用主宰自己來和主管公司交換。就像故事裡的主角用靈魂和黑騎士交換魔術子彈。他甚至不想主宰我。就算我毫無反抗地躺在他面前,他也會無動於衷吧。我放下可樂,猶疑了一下。我不能這樣就讓他走。已經來到這地步,難道就這樣屈服於木偶的邏輯之下嗎?你不主宰自己,就由我來主宰你吧。動啊,木偶!我上去,抱著他的頭,撫他的髮,吻他的額,和頸。木

偶的脈搏在加速，胸口在起伏。木偶的手動起來了，摟著我的肩，撫著我的背，爬上我的後頸。對了。就是這樣了。木偶。

我反駁說，你唔記得你嗰次同我講呀，你話音樂可以俾你力量，去追求好嘅嘢，遠離啲壞嘅嘢！我有諗過有乜前途，總之係做自己鍾意嘅事！追求自己認為係好嘅嘢！高榮嘆了口氣，說，你仲細梗係可以咁講，到你好似我咁仲唔知自己做乜，就太遲啦。我不想聽他說這些泄氣話，這完全不像高榮。

政突然打電話來。上次大學音樂會上見到他，散場後他獨自坐在一旁，我就過去和他說幾句。他看來很沮喪，因為ISM的表現太差勁了。應邀出席的石松在完場前的談話裡毫無保留地把他們的表現批評了一番。音樂技術幼嫩，歌曲內容也粗淺地政治化。不是喊幾句口號就是搖滾，石松以前輩的充滿說服力的語氣說，他擔心這樣會令搖滾變成工具，搖滾既不服務當權派，也不服務反對派。政於是十分低落。他苦心經營的樂隊在第一次演出就得到嚴厲的批評，而且是出自他最敬仰的石松口中。他打電話來，是告訴我，六月會有個大學聯校音樂比賽，到時會有電台和唱片公司的人。他希望我和貝貝參加，而且，是和他合作。他打算放棄ISM了，因為那些人水平實在太低劣，事實上是隊雜牌軍，而且一直和他不太合拍，跟他心目中的理想樂隊相差太遠。但他還沒有放棄音樂介入政治的念頭，他堅稱這是可能的，而且會有一番作為。他說起這些的時候，聲音裡就會顫動著夢想家那種有點滑稽地戲劇化的激情。我幾乎可以想像他的雙眼在閃閃發光的樣子。瘋子的形象大都頗為樣板。他繼續以謀畫著驚世行動的語氣說，所以，他想和體育系合作。我說我們也是雜牌軍，他就說我們的演出令人動容。我說我和智美也不是大學生。他就說會想辦法讓我們參賽，又說這只是一個

名義上的問題，就算最終給人揭發了也沒所謂，最重要的是能在比賽裡出場，吸引音樂界的注意，獎項還是其次。要曝光！他幾乎是喊出來的說，要讓所有人知道！我沒有即時意會到所謂合作的意思，就答應了他。因為，這是個難得的機會。他說得對。要曝光，讓人看見。

回到家裡，已經是凌晨五點。高榮卻不在。現在是7月1日了吧。7月1日和6月30日有甚麼不同？有人在一夜間走了。有人在一夜間來了。但我只想知道高榮去了哪裡。我有一刻害怕，他已經走了，消失了。

很大雨，窗子給搞打得很吵鬧，房間內卻很寂寥，像給一種無形卻很強力的東西罩住，而且要迫破門窗進來了。我抓住筆在寫，好像這能抵抗甚麼。至少這可以讓時間過去得更快。

高榮，就算你脆弱，就算你失敗，我也不會離開你，請你也不要嫌棄我。你回來吧。我不能一個人在這屋子裡啊。它倒下來的時候，我不能沒有你在身旁啊。

沒有下雨的夜晚，但濕度很高，像非要把這個城市霉壞不可的濕度。躲在家裡寫歌，一邊寫一邊冒汗。結他摸上去也是潮的，木質好像變軟，彈出來的聲音像水底的魚叫。智美早蜷在我的床上睡了，無知的睡態好像把所有困惱也忘記掉似的。貝貝堅持著，拿著曲譜，呆呆地挨在沙發上。對於參賽的歌曲，久久未有決定。這次只能選一首，那必定要是最好的，我想再寫新的，但貝貝卻說舊的也可，政又出了很多主意，一時間顧此失彼。貝貝下星期還要考大考，好像也有不少學期功課未完成。桌子上放滿了她帶來做論文的參考書。但我卻在一味思索歌曲的事。不用理我啊！我說，你去做功課吧。貝貝說：你的歌還未填完。我就說：你做你的事啦，我知

道其實你不想參加比賽，對不對？是我作的主意嘛！你是為了不想我失去這個機會才勉強參加的嘛！音樂對你來說是沒有那麼大的重要性吧，不值得為它弄得那麼煩吧。而且我知道，你不慣站在台上，不喜歡做表演者，把自己暴露在觀眾的目光底下。你沒有不對，這是你的個性，是不能夾硬扭曲過來的，我知道。貝貝沒反駁，只是站起來，過去桌子那邊，翻開那些厚厚的書本。我也沒法專心作下去了，放下結他，抽了支菸。潮濕的菸味道特別濃，舌頭也很黏。一連抽了兩支，才說：貝貝，對不起，我知道你有你的事，有你的煩惱，你還要來幫我，我卻沒法幫你，是我不好。貝貝轉過臉來，合上書，說：別這樣說，我是全心為你好，有時我心情不好，其實不是想怪你。我低頭想了想，說：是關於你出書的事吧？和家裡的事？她又打開書，說：部分啦！暫時別談了。是黑騎士？別談了。濕氣像個無形的巨網，把我們也緊緊包圍著。金光機械人失靈了，保護罩變成了牢房。如果能像智美般熟睡就好了。

　　高榮遲遲也未聽我的demo。帶放在床頭，沒動過。前晚他回來，粒聲唔出，忽然把我推倒在床上，說很想很想，我就由他。我何嘗不想呢，高榮。我想一世都同你做愛。但你突然的狂熱是為甚麼？你喝了酒，但沒有醉，你有其他的原因，你連這個都要掩飾，要裝作飲醉。但我還是由他來。也回應他。但動作都帶著悲哀的節奏。我想起我的歌，名字的玫瑰，想告訴他，名字是玫瑰，而我心中的玫瑰，是高榮。Rose。Rosier。但我不能告訴他。我絕不會告訴他，就像我的過去，我每一次的跌倒，我也不會告訴他。我不是不想告訴他。我多麼的想啊！我多次有這樣的衝動，把我短短的人生的一切破爛都讓他看清楚，但我不能，我不能要他因為這些而留下。如果他為了真正愛我而留下，我就會向他展示我的傷口，毫無保留地，最赤裸地，把我的一切都打開給他。但這絕不能成為讓他

同情的手段。絕不。我默不作聲。而高榮在行動著，在我身體內，但卻對我內裡的真相一無所知。他射進來了，很暖的，竟然令我想起第一次在酒吧見他，他那東西在撒尿的樣子。我說，高榮，如果想屙尿，就屙喺我裡面啦。我忍不住哭了。他竟也在哭了，第一次在我面前哭了，像個小孩子。但各自為了不同的理由，互相也不知悉。

和木偶做愛的滋味如何，我現在知道了。性真的像一些文學家所說的那樣，能夠救贖嗎？我是自以為在用自己的身體去救贖高榮嗎？也許，這不過是個一廂情願的想法。有時候，性也許會帶來感悟，但更多時候，性只不過是性，只是肉體的事，就像上了一節體育課一樣。木偶的動作，無論多靈巧美妙，也只是木偶的動作。我沒法救贖高榮，連殘害他也不能。來到這地步，我就不得不承認，一切也是徒勞的了。也應驗了我的預感，和高榮再見面的這段日子，為的完全是把那沒有好好結束的事情，來一個徹底的了斷。把那些殘留的幻想滅絕，把那隻懸空的手慢慢垂下，把遺體好好埋葬。墓碑可以正式樹立了。

高榮走了。我已經預知。在一夜間消失。把房子留下，房子裡的東西也通通留下，包括我在內。我們是在四年前的這個時候認識的吧。那時 Kurt Cobain 剛剛吞槍自盡。那時高榮問我，你話點解要繼續做人？連佢都 fair 低自己咯！但高榮沒有 fair 低自己。我想他沒有。他只是走了。如果他有槍的話，可能他會走得利落些。

我最後一次見高榮，是在他公司對面的快餐店，也不怕給他妻子碰見。反正已經是最後了，有甚麼麻煩，就由他自己去應付了。我把他從前留下來的一大堆模型玩偶放在大紙皮箱內，統統還給

他。其實並不一定要還，而且還了他大概也會在未回到辦公室之前全部掉進垃圾筒。但這沒關係。我只是想找一樣象徵性的行為，就算這是個有點俗套的象徵，或者找有個不必要的藉口，去說出：我們不要再見了，我知道你在等我這樣說，對不對？你這些日子一直不拒絕我，因為你覺得欠了我，而不是因為你還喜歡我。你在等我對你厭悶了，就自動消失。對不對？你在等我去了結我們的事，那你就乾手淨腳。你用不拒絕來拒絕我。我真傻，竟然還要弄了一大段日子才知道這結果。我應該第一天就知道。第一次在地鐵阻攔你的時候就知道。甚至在電話裡你不肯回答我的時候就知道。但我竟然還繼續下去，做了這麼多不必要的事。不過你不用擔心，我會成全你，不要你心裡留下甚麼悔疚。我好好的，沒事，雖然心裡是傷痛，但我看得很透徹，很明白。我以後也不會再找你，也請你以後也不要記起我。你做得到吧？你當然做得到。你是那麼的殘忍。對不起，請讓我說一次。你是那麼的殘忍。但你聽我這樣說，千萬別有一絲歉疚。不必。跟我說聲再見就夠了。我想得到的，只是一聲再見，而不是不辭而別。告別，而不是拋棄。高榮痛苦地低著頭，但我不要再看他這一面，再看是要令人心碎的。我說：再見喇，高榮，好好生活啦。高榮就回應：再見喇，頌心，你都要好好生活。我笑了笑，起來，走出快餐店，沒有回頭望窗內的高榮。雖然徹悟，但少不免還是要哭。但我不在他面前哭。四月終於過去了。

魔術子彈

曲／聲：不是蘋果　　詞：黑騎士／貝貝

在森林裡迷路是最正確的選擇
在城市裡遇上交通意外　　最健康不過
在墓碑上寫下未完成的願望　　用最標準的措辭

有無法達到的目標　　就來找黑騎士
交換百發百中的魔術子彈　　只須原地自轉十三次
保證一命嗚呼　　不用再忍受植物般的人生之苦

想了斷的事情像喪家狗般緊隨
想去的地方總給捷足先登　　小姐請排隊
想見的人老是投身虛榮的懷抱　　晚飯訂位請早

有無法解脫的欲望　　就來找黑騎士
交換百發百中的魔術子彈　　容許我熱情吻你一次
保證如假包換　　包括唇上苦澀中帶甘甜的感官

靈魂的價錢太賤　　連魔鬼也找不到更好的買賣
無人問津的六顆魔術子彈
在久未轉動的槍膛中生鏽
等待著親吻妳柔軟的心臟

（獨白）那天我來廢車場聽你演說人生的虛妄，目睹你舉起銀色手槍，來不及阻止你向空中打出那最後一發神奇子彈，然後人群失望地散去，只剩下我一個，走上前擁抱著頹坐地上的你，撫摸你鐵鏽色的臉龐，打在身上的卻只是無用的雨點，喂，用心去想啊，神奇子彈一定會回來，擊中我們心中的蘋果，因為那是，意志的神奇子彈……

魔術子彈

書名：《給我一道裂縫》*Give Me a Break*
作者：黃敏華
出版：文字工藝
版次：2001年3月初版一刷

序一：致歉辭

　　書本通常也有致謝辭，但這是屬於作者的專利，我不能僭奪。聽說也有人寫過「不致謝辭」（disacknowledgement），跟致謝這種習慣開玩笑。至於我給黃敏華的第一本書寫的幾句說話，大概不得不是一篇致歉辭。致歉的原因不一而足。第一，我加插進去的這段不倫不類的文字，必定會破壞這本書原本的結構，而Joyce把序言後記附錄這些外加的東西，統統包含到小說內文裡去的意圖，極可能會給我這篇突出物所牴觸了。第二，我在去年年中已經不斷催促Joyce寫完這本書，但由於我處事遲滯，令這本書的出版一再延誤，讓作者一再失望。第三，我不得不對Joyce的寫作負上最大的責任，因為，曾經作為她的寫作課老師，我一直在教唆著她繼續陷入寫作這個難以自拔的行為中，結果，如果寫作帶給她的人生任何損失或幻象，我必然難辭其疚。第四，我雖然一直在鼓動她寫下去，但我卻沒有更認真地關注到她寫這一切的心思，這在我準備寫這篇文字的時候表露無遺，因為我不得不重看她的小說，並且發現很多自己從前疏忽的地方。這表示，其實我關心得不夠。第五，雖

然我一直扮演著Joyce的寫作老師，但我給她的意見並不時常合適有理，例如她在〈聖誕〉那一篇中說，「老師」認為「寫溫情的東西很老土」，於是她就不去辯駁，把那段東西刪掉算了，現在回想，自己的確這樣說過，而且其實是沒有道理的。可見有時候我只是把偏見強加在她的作品上。第六，我說過她不懂用句號，還在給她校對的時候把許多逗號改成句號，現在卻覺得，其實根本沒必要一定用句號。這也顯示出我的語言觀的狹隘。第七，是關於我個人待人的習慣的。那天Joyce讀到我最近的一篇小說，看到關於當中的敘事者的一段說話，就把它剪下來，電郵給我，說是對我很貼切的形容，大意是表面上我很隨和，對人無傷害性，有時甚至願意表示關懷，但到了關鍵的時刻我總是鐵石心腸。我想不到，我說自己會說得這麼重，而且這麼透徹，而且也給她看明白了。也許，需要致歉的還不只這些。

在這裡，在Joyce出版她的第一本書的時刻，我無法再用老師的口吻說話，也厭惡說出那些我如何看著她起步、成熟和進步之類的門面話。我想，她也不要再用老師稱呼我了，因為我也再不會用老師的角度來品評她寫的東西了。我就只是一個讀者吧，一個用心去體會的讀者。我要說的只是，我真的感到她寫得很好，有一種很親近我的語調，讓我覺得，那就是我想寫出來的故事，我想寫出來的句子了！就是那種她做到我做不到的東西，總能走到我意想之外的地方的感覺。在這方面，其實是她教導了我。

我嘗試找一個合適的節日來定名這篇文字，好配合這本書的構思，但這似乎徒勞無功。這篇沒有實質內容的東西，只堪稱作這本書的一道裂縫，給它加添了小小的破壞，這就是我唯一的貢獻了。在這個不再失業的時節，你也不至於太忙而沒有繼續寫吧，希望你健康狀況也無恙吧。我為我自己致歉，而為你，我則應該是致謝吧。我感謝Joyce寫了這本書，讓我知道，寫作可以讓人好好生活

下去。

董啟章

2000年7月6日

序二：給大家一道裂縫

我們要的，其實好簡單，不過是一道裂縫吧。

Joyce的書終於出來了。這本書原定是2000年上半面世的，但因為各種出版上的困難而耽誤了，當中當然也包括我辦事的怠慢。

九九年，我籌組了一個叫做Catalog的系列，專門出版年輕新人的作品，希望能做出點新意，一次過出了 *The Catalog*、*Hard Copies* 和 *BCC* 三本小說。同時期又構想了個叫做 The Menu 的徵稿計畫，反應也不錯，收到不少年輕作者的來稿。可是，因為資源問題，結果還是中途放棄了。令不少讀者和作者空歡喜一場，一直感到十分抱歉。

更感抱歉的，是對 Joyce。因為正是在那段期間，我鼓勵她把一系列的意念寫成故事，而且答應給她安排出書。Joyce當真就非常努力地寫，而且寫得很出色，完全是可以作為個人作品出版的水平。不過，完稿之後，這書就一直沒有著落。

和Joyce談起來，原來認識她已經有五六年了。那時候我還在嶺南學院翻譯系兼職教書，記得上課總是有一個常常要喝水和睡覺的女學生。不過，除了上課睡覺，她算是個好學生，幾乎從不缺課，也不遲到，交功課也準時。我有時想問，來課室睡覺會睡得好些嗎？也許我去做催眠師會更有前途。

這個渴睡的女孩，後來是怎樣會開始寫作的，我也無從追溯了。她不是那種從小就很喜愛寫作，老早就發作家夢的少女。她從前可能怎樣也不會料到，自己有一天會這樣誤入歧途吧！如果寫作

帶給她甚麼難過的經歷，那一定是我的罪過了。不過，如果寫作還是有甚麼快樂可言，那應該是她自己去發現和爭取的，我作為老師，帶給她的實在很少。

我看到Joyce的書名，一直在想它的意思。寫作是一種Break嗎？相對於擁擠的人生，是一種假期和休息時間嗎？但它也是會擊碎東西，會令某些事情無法修補的嗎？但當東西碎裂，不也就可以打開一道缺口，去窺見後面的事物，或者乘機從空隙鑽出去嗎？

Joyce的裂縫越來越大了。應該加速地讓它裂下去嗎？還是及時修補？修補之後難道就能掩蓋曾經碎裂，曾經寫作的痕跡？裂下去又會不會有一天不可收拾？Joyce雖然一直叫我做老師，但作為老師的我，對這樣的問題也沒有答案。對於寫作，我並不比她少一點困惑。

也許，也給我一道裂縫吧。我也需要它。

董啟章

2001年2月7日

書名：《給我一道裂縫》*Give Me a Break*
作者：貝貝
出版：文字工藝
版次：2001年10月初版一刷

序一：致歉辭

書本通常也有致謝辭，但這是屬於作者的專利，我不能僭奪。聽說也有人寫過「不致謝辭」（disacknowledgement），跟致謝這種習慣開玩笑。至於我給貝貝的第一本書寫的幾句說話，大概不得不

是一篇致歉辭。致歉的原因不一而足。第一，我加插進去的這段不倫不類的文字，必定會破壞這本書原本的結構，而貝貝把序言後記附錄這些外加的東西，統統包含到小說內文裡去的意圖，極可能會給我這篇突出物所牴觸了。第二，我在去年年中已經不斷催促貝貝寫完這本書，但由於我處事遲滯，令這本書的出版一再延誤，讓作者一再失望。第三，我不得不對貝貝的寫作負上最大的責任，因為，曾經作為她的寫作課老師，我一直在教唆著她繼續陷入寫作這個難以自拔的行為中，結果，如果寫作帶給她的人生任何損失或幻象，我必然難辭其疚。第四，我雖然一直在鼓動她寫下去，但我卻沒有更認真地關注到她寫這一切的心思，這在我準備寫這篇文字的時候表露無遺，因為我不得不重看她的小說，並且發現很多自己從前疏忽的地方。這表示，其實我關心得不夠。第五，雖然我一直扮演著貝貝的寫作老師，但我給她的意見並不時常合適有理，例如她在〈Tiramisu〉那一篇中說，「老師」認為「寫溫情的東西很老土」，於是她就不去辯駁，把那段東西刪掉算了，現在回想，自己的確這樣說過，而且其實是沒有道理的。可見有時候我只是把偏見強加在她的作品上。第六，我說過她不懂用句號，還在給她校對的時候把許多逗號改成句號，現在卻覺得，其實根本沒必要一定用句號。這也顯示出我的語言觀的狹隘。第七，是關於我個人待人的習慣。那天貝貝讀到我最近的一篇小說，看到關於當中的敘事者的一段說話，就把它剪下來，電郵給我，說是對我很貼切的形容，大意是表面上我很隨和，對人無傷害性，有時甚至願意表示關懷，但到了關鍵的時刻我總是鐵石心腸。我想不到，我說自己會說得這麼重，而且這麼透徹，而且也給她看明白了。也許，需要致歉的還不只這些。

在這裡，在貝貝出版她的第一本書的時刻，我無法再用老師的口吻說話，也厭惡說出那些我如何看著她起步、成熟和進步之類的

門面話。我想，她也不要再用老師稱呼我了，因為我也再不會用老師的角度來品評她寫的東西了。我就只是一個讀者吧，一個用心去體會的讀者。我要說的只是，我真的感到她寫得很好，有一種很親近我的語調，讓我覺得，那就是我想寫出來的故事，我想寫出來的句子了！就是那種她做到我做不到的東西，總能走到我意想之外的地方的感覺。在這方面，其實是她教導了我。

我嘗試在餐單上找一種合適的食品來定名這篇文字，好配合這本書的構思，但這似乎徒勞無功。這篇沒有實質內容的東西，只堪稱作這本書的一道裂縫，給它加添了小小的破壞，這就是我唯一的貢獻了。在這個快將畢業的時節，你也不至於太忙而沒有繼續寫吧，希望你健康狀況也無恙吧。我為我自己致歉，而為你，我則應該是致謝吧。我感謝貝貝寫了這本書，讓我知道，寫作可以讓人好好生活下去。

黑騎士

2001年2月6日

序二：給大家一道裂縫

我們要的，其實好簡單，不過是一道裂縫吧。

貝貝的書終於出來了。這本書原定是2000年下半面世的，但因為各種出版上的困難而耽誤了，當中當然也包括我辦事的怠慢。

2000年初，我籌組了一個叫做Catalog的系列，專門出版年輕新人的作品，希望能做出點新意，一次過出了 *The Catalog*、*Hard Copies* 和 *BCC* 三本小說。同時期又構想了個叫做 The Menu 的徵稿計畫，反應也不錯，收到不少年輕作者的來稿。可是，因為資源問題，結果還是中途放棄了。令不少讀者和作者空歡喜一場，一直感到十分抱歉。

更感抱歉的，是對貝貝。因為正是在那段期間，我鼓勵她把一系列的意念寫成故事，而且答應給她安排出書。貝貝當真就非常努力地寫，而且寫得很出色，完全是可以作為個人作品出版的水平。不過，完稿之後，這書就一直沒有著落。

和貝貝談起來，原來認識她已經有四年了。那年夏天我在公共圖書館教一個寫作班，記得上課總是有一個神情十分專注的女學生，幾乎整課連眼珠也不轉動一下。如果不是間中看到她的嘴角在微笑，會以為是個人形玩偶也說不定。她從那時到現在也留著那種乖學生的及肩直髮，連左右擺動起來也不會有失斯文的髮型。甚至裝扮也沒有很大分別，讓人以為幾年來她也沒有長大過。

那時候貝貝還在念中學吧。寫作班之後就沒有聯絡了。後來她進了大學，還是在第二年才來修我兼教的科目，但我第一課就已經認得坐在前面的這個不眨眼的女孩。在這之後，就常常和她談論寫作的事。如果寫作帶給她甚麼難過的經歷，那一定是我的罪過了。不過，如果寫作還是有甚麼快樂可言，那應該是她自己去發現和爭取的，我作為老師，帶給她的實在很少。

我看到貝貝的書名，一直在想它的意思。寫作是一種 Break 嗎？相對於擁擠的人生，是一種假期和休息時間嗎？相對於過於繁富的正餐，會像餐單上的 Tea Break 下午茶時間一樣，可以把人生暫時放下不理嗎？但它也是會擊碎東西，會令某些事情無法修補的嗎？但當東西碎裂，不也就可以打開一道缺口，去窺見後面的事物，或者乘機從空隙鑽出去嗎？

貝貝的裂縫越來越大了。應該加速地讓它裂下去嗎？還是及時修補？修補之後難道就能掩蓋曾經碎裂，曾經寫作的痕跡？裂下去又會不會有一天不可收拾？貝貝雖然一直叫我做老師，但作為老師的我，對這樣的問題也沒有答案。對於寫作，我並不比她少一點困惑。

也許，也給我一道裂縫吧。我也需要它。

黑騎士

2001年7月7日

2013斷想

——黑騎士與貝貝

　　黑騎士這個人物，是和貝貝一起誕生的。他們從一開始就連在一起。那是我在2000年寫的一本關於寫作學習的小說《貝貝的文字冒險》。在這本小書裡，貝貝是一個討厭寫作的小女孩，她爸爸為了鼓勵女兒運用文字，給她設計了一系列寫作練習。奇怪的是，通過一個不明來歷的電郵，貝貝掉進了奇幻的寫作世界，開始了她的文字冒險歷程。貝貝被邪惡的文字魔法師黑騎士脅持，被迫面對重重寫作考驗，並且必須一一通過才能重獲自由。黑騎士臉色粉白，嘴唇鮮紅，頭戴黑色禮帽，身穿黑色燕尾禮服，腳踏紅色高跟鞋，走路一拐一拐，說話陰陽怪氣，怎樣看也不像一個正人君子。這個形象來自Robert Wilson導演、Tom Waits作曲的音樂劇 *The Black Rider*。黑騎士是貝貝的學習旅程的引路人，類似《神曲》裡維吉爾的角色的滑稽版。事實上，他就是貝貝父親的假面。所以，黑騎士和貝貝其實是父女關係。讀者可以很溫馨地理解，一個慈愛的父親不惜扮小丑去逗樂自己的女兒，但也可以充滿疑心地猜想，這個作者有不可告人的動機。從作者到父親到黑騎士，當中至少有兩層假面。而於作者來說，貝貝是個不存在的女兒。

　　《體育時期》是緊接著《貝貝的文字冒險》寫出來的小說。在當中貝貝長大了，變成了大學生，而黑騎士變成了黑老師。貝貝的成對人物不是蘋果也第一次亮相了。

字

曲／詞／聲：不是蘋果

沒有國家還有沒有語言
沒有地理還有沒有文字
報紙倒閉就不用再擔心言論自由啦
飯後卻不能沒有蘋果
正如黑夜的街不能沒有城市

沒有皮膚還有沒有種族
沒有腸胃還有沒有階級
取消政府就不用為選舉制度煩惱啦
睡前卻不能沒有殘念
正如清晨的電郵不能沒有失眠

如果字把我出賣我可不可以報復
在街角伏擊字把它置諸死地
取代以另外一種符號
除了我以外無人懂得
我獨佔的　無面目的　無身分的　親愛的字

沒有醫生還有沒有生病
沒有法律還有沒有罪行
廢除學校就不用為教育作無謂的擾攘啦

生命中不能沒有憤怒
正如善人的死亡不能沒有安息

如果字把我拘捕我可不可以逃亡
在邊境的不毛地帶向字反擊
取代以另外一種界線
除了我以外無人能辨別
隱藏在荒土中的蛇　城市地底的路軌　聲帶深處的句子

請相信我但千萬別相信你所明白的字
如果還有不明所以的　　你就知道我是真的愛你

字

【**陰乾**】這本來是個頗普通的詞，意思和曬乾相反，指把濕的東西放在陰影裡慢慢讓風吹乾。但這個普通的詞在一場政治事件中卻變成了一個焦點字眼，意義好像立即膨脹，成為含義殊不簡單的、關乎到整個城市的人文素質的用語。這件事發生在我們的故事的下學期五月，H大學的一位學者在本地一份英文報章上撰文，指他所領導的關於地方首長表現和民望的民意調查受到校方的壓力。這個我們暫且稱為C的學者，一直任職H大學裡專責進行民意調查的研究部門。自從這個城市九七年回歸大陸，成為一國兩制底下的特別行政區以後，C進行了多次特區首長民望民意調查，結果都傾向負面，而且有越趨低落的跡象。據C博士指稱，首長對這類調查十分不滿，所以派遣手下一名特別助理L先生到H大學了解情況，而且傳達了大學應禁止這類調查的信息。這篇文章刊登以後，在媒體上引起很大反響。一些立法會議員和不少學者也認為首長及校方的做法是以政治干涉學術，損害了學術自由。校方立即拒絕承認有這樣的事實，並要求C博士提出證據。C博士在迫於無奈之下，說出校長本人並無直接向他施壓，而是通過副校長向他表示，應該停止這類調查，否則校方會「陰乾」他的部門的研究經費。這位副校長原來是C博士的博士論文指導老師，也即是C的師父。首長辦公室亦堅拒承認曾派遣首長特別助理左右大學的自主運作。H大學校長本人在事件發生後沒有立即結束外遊回來作出處理和交代，在回校之後舉行的記者會上，表現又十分緊張，處處迴避記者的問題。學生代表不滿校長拒絕直接和他們對話，冒雨通宵在校長住所外靜坐抗

議。在輿論的壓力下，H大學校董會決定召開獨立聆訊。在聆訊會議上，校長的作供前後矛盾，理據軟弱無力。他聲稱雖然有和首長特別助理L先生會面，但「不記得」當時有沒有談到首長不喜歡民意調查一事，也從沒有向C博士下達過要停止調查的指示，只是在一些私人場合和同事談過對大學部門的民意調查的質素的憂慮。C博士和他的上司兼師父則在聆訊裡針鋒相對。副校長戲稱C博士可能看得太多黑社會電影，才會想到「陰乾」這個粗俗字眼，事實上這兩年來他的部門的資源沒有被縮減，所以並沒有「陰乾」一事。C博士則堅稱副校長曾兩次十分明確地向他表示校長希望停止這類調查的信息，他亦多次嘗試向校長求證，但卻得不到任何答覆。雖然校方沒有採取任何直接行動，但他卻感到壓力。至於首長特別助理L先生，則稱兩次對H大學校長的拜訪也是私人性質，而且內容也只是交換學術上的意見，例如民意調查的科學性、可靠性和代表性等方面，但並不構成首長辦公室方面的干預性指示。至於首長本人，則拒絕出席聆訊。聆訊委員會由包括從外國邀請的法官等獨立人士組成，過程歷兩星期，內容經傳媒的廣泛報導。「陰乾」一詞也成為了大眾的焦點。副校長先生是否被他的學生誣捏，或者誣捏了他的學生，事實就算未可確知，但非常明顯地，他公開地誣捏了一個詞。「陰乾」這個一向安分守己的、無危險也無傷害性的詞，突然不幸地被扣上黑社會用語的帽子。可是，對一個字詞來說，這也是一件值得驕傲的事，因為它一夜間從一個毫無面貌的詞，搖身一變成為時代特徵的代名詞。這相信是字詞的生命中最光榮的時刻。

【四月】 英國詩人艾略特（T. S. Eliot）（1888-1965）〈荒原〉（"The Waste Land"）第一句：April is the cruellest month.
椎名林檎〈石膏〉：「四月又再來臨了／這讓我回憶起同一天的事」

【體育系】政和不是蘋果結果還是決裂。起先是政提議不是蘋果她們的體育系參加大學聯校音樂比賽的，其實他是希望藉體育系令ISM復活。這個音樂會表面上是聯校學生會的文康事務組跟電台和唱片公司洽商合辦，事實上卻是政發動起來的新學生組織所促成的。我們姑且把這個以政為中心的新組織稱為搖滾派。事實上這個群體沒有正式的名稱，也沒有明顯和長遠的組織性，當中包括了比較親近和認同政的理念的既有學生會成員，一些新近召集回來的游離分子，和一些一向也沒有人願意收容的憤世疾俗的極端主義瘋子。搖滾派一開始就有祕密會社的性質。大學聯校音樂會籌辦委員會裡有七間大學的學生代表，其中三間的代表是和搖滾派有關的。他們早就預備暗地裡通過看似普通流行音樂的活動，來滲入另類的信息，而另外的學生代表並不知情。因為籌辦單位裡由各校代表負責己方的出賽人選，所以就算政填報的資料不實其他人也不會去翻查。結果體育系隊中有兩個不是大學生的成員也沒有人知道。大家也以為體育系只是ISM的化身。可是，不是蘋果卻並不這樣想。到了具體談到參賽歌曲的時候，兩人就爭論起來。政希望她特別作一首有指定題材的歌，內容由政和搖滾派成員決定。不是蘋果當然不會答應，堅持唱自己的歌。談了兩次，大家就鬧翻了。第二次會談在大學裡進行，但為了避人耳目，並沒有選在學生會辦事處開會，而是在體育館訂了兩個羽毛球場。那是個看來謹慎得可笑的場面。十幾個男女大學生都穿了運動裝，帶齊了羽毛球拍，真的在裝模作樣打起羽毛球來。不是蘋果和貝貝坐在場邊，完全搞不懂這些人在做甚麼。打了半小時，過於投入打球當中而滿臉通紅的政就叫大家休息一下，大夥兒就聚集到場邊，只剩下兩個人在場內虛應著繼續球來球往。這樣深思熟慮的安排和兩人認真地扮演著的煙幕角色看來卻十分滑稽。雖然大家都是二十來歲的年輕人，但穿著滲滿了汗臭的運動裝的大學生們和穿著便服的不是蘋果卻明顯地格格不入。

被一切神祕兮兮的舉動弄得很不耐煩的不是蘋果，直接表明了自己的意思。祕密會社的成員也抱怨為甚麼要和這樣麻煩的女孩合作，他們還以為一早就談好了。糾纏了老半天，不是蘋果就說：你們這些人根本就不是想玩音樂！還有甚麼好講？想不到政卻突然說：如果談不來，你們就別參加好了，我另外找人幫我，反正你也不是大學生！不是蘋果聽見，就站起來，瞪著政，想說甚麼，但又沒有說出來，轉身就往體育館門口急步離去。貝貝見狀，也尾隨著追出去。不是蘋果在黑夜的下坡路上走著，一邊說：如果不是俾面佢，一早就當面炳佢鑊勁了！佢黐咗邊條線呀佢！想甚麼想壞腦呀？不玩就不玩囉！好稀罕呀？好恨同你們大學生玩埋一堆呀？黐尻線！貝貝無話可說。她想，政最近真的越來越古怪，好像常常也處於一種令人不安的激奮狀態，好像有些甚麼積屈在心裡，快要爆發出來一樣。她聽說，韋教授最近暫停了政的助教工作，政也好像想換論文導師，有些親近韋教授的學生組織成員，也因此疏遠了政。不是蘋果向著漆黑無人的山林，大聲說：體育系就是玩體育的，不玩甚麼ISM，叫他食自己啦！

【ISM】自從上次音樂會ISM的表現差勁，政想盡各種可以把ISM改頭換面的方法。體育系既然拒絕扮演ISM的角色，他就要向其他大學尋找合作對象。在H大學一向有一隊Skinners，頗有憤世疾俗之風，政就託人介紹，和那班人談過。既然樂壇上也常常有同一個樂手參加不同組合的情況，他希望Skinners可以臨時以ISM的名義活動。想不到對方對政提出的理念立即深感認同，或者給政的狂熱表現感染了，思想裡潛伏的顛覆因子一下間給激活，變得躍躍欲試，於是ISM就復活了。政希望ISM會變成一種表現形式和精神，而不是一群特定的人，這樣甚至會更加靈活，讓ISM以不同的變身出現。適值H大學發生校長干預民意調查事件，匆匆組成ISM

立刻出動熱身，在大雨滂沱的晚上，和學生會的成員在校長住宅門外抗議，高唱臨時編作的諷刺歌。他們本來把樂器和揚聲器等器材也統統搬到校長住宅門外，準備大擂大鼓一番，但因為大雨的關係，電源出現問題，而且也怕鼓和電結他等給大雨淋濕，所以結果只能以普通木結他伴奏，效果大打折扣。不過這次演出行動也吸引到媒體的注意，報章也闢出小段作花絮介紹，電視新聞中也有為時五秒的歌聲背景。政站在雨中，傘也沒打，頭髮都黏貼在頭皮上，但他一點也感覺不到。他只是在心裡重複著，這就是他要的東西。

【詩／假面】

我一直也無法掌握詩這種文體。無論讀或寫，詩都好像是我經驗以外的東西。直至我聽到椎名林檎，我就發現，這就是我心目中的詩。我試寫過的一些抒情的短詩，技術上很普通，感覺上太沉入，太濫情，太局限於自我表白。縱使寫的感受是深刻的，但寫出來卻很淺很扁平。後來聽到椎名，就想到寫一些仿歌詞的東西，有那種唱出來的感覺，而且不是直接用我自己的視點去寫，而是通過一個女孩的角色，一個叫做不是蘋果的人物，和貝貝，還有黑騎士。那種感覺突然就開啟了。突然就找到了一種形式，一種假面的形式，把心裡面湧動的感覺化為聲音和韻律。我更願意相信，其實我沒有寫詩。不是我寫了，而是不是蘋果，和貝貝。我只是個媒介。她們通過我，寫了屬於她們的詩，她們的歌。而我只是樂享其成。

【體育時期／青春】

青春與上體育課是不可分離的。體育課是成長期的特有經驗，但似乎沒有甚麼人探討過體育課的意義。許多成長期的困惑和不安，可能都和某些體育課的場景有關。那是一個肉體解放與肉體規訓的場合，好像可以釋放青春消耗不盡的體能，但又被課堂的習慣和秩序所調整。所以體育時期，就是青少年時

期，而延續到大學的體育課，也可以視為青年期的延續，青春的最後界線。過了這條線，青春就會一去不返。體育課會成為歷史，無論是喜歡還是討厭，課堂已經結束了。

【誠實】民意調查事件的聆訊結果肯定了Ｃ博士的證供，認為校方有干預學術自由的嫌疑，而對首長特別助理Ｌ先生的評語則是「不誠實」。聆訊並沒法律效力，所以也無做成實質影響。校長和副校長在輿論壓力下辭職，但首長對此事無須負上任何責任，他也拒絕把那位被評定為「不誠實」的特別助理撤換。社會上對這件事有兩極化的意見，一些人認為首長實有干預學術自由，對本市的國際形象和自治自主造成損害，但另一些人卻認為這是一場有計畫地挑戰首長管治權威的陰謀。學生代表在事件中也贏得公眾注目，有人同情學生在雨中抗爭高呼校長下台的行動，但也有人視之為再版紅衛兵，或者不懂尊師重道的狂妄小輩。

【變奏】巴哈（J. S. Bach, 1685-1750）〈郭德堡變奏曲〉（Goldberg Variations），曾由加拿大鋼琴家顧爾德（Glenn Gould, 1932-82）分別在1955年和1981年作過兩次錄音演奏。

【大學】在民意調查事件發生之初，韋教授也在報章的政論專欄裡發表了意見。他略過權謀的觀點，集中討論大學的理念和功能，連帶批評了現在大學教育和內部管理所出現的一些弊端。簡言之，大學的最大價值，就是自由探索的精神。在民調事件中顯現的，只是這種精神自由日漸失喪的一個較鮮明的例子。但他想提醒大家，民調事件只是個關乎狹義政治的事件，而大學其實在廣義政治的層面，早就喪失了珍貴的獨立自主性。大學在新近的政經形勢底下，早就變成了市場的資源供應商。配合著各種企業管理化的改革，大

學教授再無法做一個學者，而是變成了行政人員，忙於應付各種考核、評估、計畫申請和學系推廣。教學變成了負累，甚至是懲罰。缺乏時間和思考空間於是也令個人研究難以進行。除了可以聘請研究助理的量化研究計畫還可以實行，個人思想性的著述已經越來越少。教授和學生的關係也漸漸變成了零售商和消費者的關係，師生間學養和理念上的承傳已經成為歷史故事。在這種種發展底下，大學早就失去了思想自由，而這比一個事件中的干預影響更為深遠。他又連帶批評了傳媒的短淺眼光，只執於一時間看似搶眼的問題，把事情歸結於某幾個人的得失，而忽略了深層更為結構性的東西。

韋教授的文章出來不久，就有人向某八卦周刊發布了一段消息。內容關於韋教授利用權力欺騙一名大學女生，以將會和妻子離婚和深愛著對方為由，誘使當事人到酒店開房，事後卻威嚇當事人如果把事情揭露就無法畢業。還說，就算她說出來也沒有人會信她，因為大學高層都是他的朋友，而她只會自招羞辱。據說已經有四五個受騙女生因此忍氣吞聲，另一個曾經抗爭的女生則因為長期精神困擾而無法專心念書，結果學分不足被迫退學。周刊還得到一批模糊不清的照片，據稱是兩人出現在酒店大堂時給偷拍的。報導刊出之後，韋教授聲言要追究到底。校內的師生都十分震驚，韋教授的支持者更絕對不願意相信這些誹謗之辭。但師生私下開始流傳很多小道消息，好像壓抑多時的祕密突然釋放出來，一時間言之鑿鑿，受害人的數目和受害的情況也出現了很多版本。不少曾經仰慕和渴望親近韋教授的女學生，這時都不約而同地突然記起了幾個可以理解為被他性騷擾的片段。學院裡面自然也出現了兩個派別的鬥爭，支持韋教授的和一向也看他不順眼的也就藉機互相傾軋。詳情無甚新意，不贅。

　　貝貝和不是蘋果也知道這件事，但她們沒有談論過它。沒有因此而快樂，也沒有因此而不快樂。

【搖滾】那次不是蘋果來到大學體育館，和眾人爭論參賽的事情的時候，政對所謂搖滾說了這樣的話：你整天講搖滾怎樣怎樣，講音樂就是音樂，講音樂是自由的，沒有束縛的，但是其實甚麼音樂甚麼搖滾都已經變成了商業社會的合謀！不是嗎？就算是甚麼搖滾巨星也不過是商品吧？都是市場製造出來的！只不過是消費的一部分！外國有些所謂搖滾巨星住大屋開靚車玩女人，成個超級富豪一樣的生活，然後走出來唱甚麼對世界的不滿，這樣不就是虛偽嗎？所以我說我現在做的才是回復搖滾的反建制精神。我們打算在音樂比賽的中途行動，搶奪舞台，唱出真正的反叛的歌曲！不是蘋果就反駁說：你那些歌表面上好似好反建制，其實只不過大叫幾句膚淺的口號，我都唔明，你以前都是鍾意化石的，為甚麼現在品味那麼差，如果你話商業化就沒有自由，那你用音樂來宣傳你的思想，不是一樣將它變成工具！不見得這就好自由。你整天說看不懂我的歌詞，要填些有信息的東西，那不就是將歌詞變成陳腔濫調嗎！在場的一個連打羽毛球也穿拖鞋的長髮男生就加入說：其實你們爭論那些歌詞做甚麼？我說搖滾的歌詞其實一點都不重要，反正那麼吵，人家都聽不清楚唱甚麼啦，最緊要是個姿態！搖滾的力量就是在那種音樂的能量裡面，爆發出來一樣，讓人感染到，就會改變，歌詞反而是之後一步的事。另一個皮膚黝黑但好像如夢初醒的女生也說：其實好多搖滾的歌詞都幾簡單，不會太複雜，就算即時聽不清楚，其實聽眾好容易有個印象，有了基本印象，就出現剛才阿齊講的那種態度。我都看過你的歌詞，感覺上好似是太繁複了點，看字都有點不明白，如果還要唱出來，還要用搖滾唱出來，我想即場都好難有人知道做甚麼。我們不可以忽視，今次是一個一次過的比賽，觀眾不會一早已經認識你的歌，他們是在現場第一次聽，而且只可以聽一次。如果效果不出來，就白費心機了。不是蘋果越聽越不耐煩，就說出了那句話：你們這些人根本就不是想玩音樂！還有

甚麼好講？政也就講出那句冷漠無情的話：如果談不來，你們就別參加好了，我另外找人幫我，反正你也不是大學生！

【同代】法國詩人波特萊爾（Charles Baudelaire, 1821-1867）《惡之華》（*Les Fleurs du Mal*），〈致讀者〉（"Au Lecteur"）: -Hypocrite lecteur, - mon semblable, - mon frere!

【暈眩】不是蘋果在大學的下坡路上走著，貝貝在旁邊緊隨。黑夜裡有兩人合拍的腳步。山頭籠罩著一層薄霧，空氣裡有一種令人暈眩的潮濕，好像頭皮也給濕氣侵蝕著。不是蘋果突然停下來，一隻手按著額頭，另一隻手向空氣中伸出來，好像想抓著甚麼。貝貝就立即扶住她。不是蘋果蹲在地上，蹙著眉，話也說不出來。貝貝有點失措了，說：你沒事嘛？頭暈呀？要不要買藥你食？還是去醫院？不是蘋果想答她，但卻說不出話來，後來就忍不住在路旁的草叢裡吐起來，那種自胃腔穿過喉管湧出來的空洞的聲音，好像要把人體內尚存的氣息也嘔出來一樣。剛巧山路上下來一輛的士，貝貝就截住了它。在往醫院的的士上，不是蘋果挨著貝貝的肩，在路上街燈流轉的投映下，容色如潮般漲退，好像有甚麼在體內衝突著。貝貝就撫著她的臉，和她短亂的頭髮。

【拜占庭】愛爾蘭詩人葉慈（W. B. Yeats, 1865-1939）〈航向拜占庭〉（"Sailing to Byzantium"）

> IV　　Once out nature I shall never take
> 　　　My bodily form from any natural thing,
> 　　　But such a form as Grecian goldsmiths make
> 　　　Of hammered gold and gold enamelling
> 　　　To keep a drowsy Emperor awake;

Or set upon a golden bough to sing

To lords and ladies of Byzantium

Of what is past, or passing, or to come.

【夢】躺在貝貝懷裡，不是蘋果做了個夢。在夢中媽媽回來了，撫著她的臉，和頭髮。媽媽穿著美麗的青蘋果綠色西裙套裝，但套裝的質料有點硬，不是蘋果的臉靠在上面，感到衣襟的壓力，和金屬鈕扣的冰冷。後來就看見媽媽穿著孕婦的裙子，紅蘋果的顏色。她問媽媽肚子裡的是誰，媽媽就說，是小蘋果啊！肚子裡的就是小蘋果啊！媽媽的裙裾開始變成黑紅色，血從她的腿間湧出來，她掀起媽媽的裙子，在分開的雙腿間看見一個圓圓的物體從陰部裡冒出，是個紅紅的蘋果，不知是原來就這樣紅，還是因為染滿了血，大小看來就像一個初生嬰兒的頭部。但那蘋果還未完全跌出來，它就變成了一枝波板糖，以前夢裡也常常出現的波板糖，那種圓面上有旋轉紋的波板糖。那波板糖的棒子插在陰道內，扁圓的一塊東西就露在外面。然後媽媽就變了她自己。不是蘋果看見自己站在無人的黑夜街道裡，下體插著波板糖，襠部被妨礙著，艱難地向前走著。在街道的盡頭有個瘦長的影子，一身套裝西裙在昏黃的街燈下看來是紫色的。那人背向著她，沒有回頭，慢慢地向前走。雖然很慢，但不是蘋果怎樣也沒法追到她。她的下面很痛，她在路上蹲下來。

【語言／方言】用方言寫作，其實就係同銷售作對，因為睇得明嘅讀者有限，除咗喺本地出版，其他華語地區嘅出版社不會感興趣。我成日諗，北方作者喺作品裡面用咗北方土話就係有地方特色，台灣作者喺作品裡面用咗閩南話就係有鄉土氣息，但係本地作者寫方言就係語言污染。有時我哋要問，點解我哋要寫純正漢語？又或者，乜嘢叫做純正漢語？如果我哋生活嘅語言係廣東方言，點解我

哋唔可以認真用呢種語言去寫？點解我哋嘅語言淨係可以出現喺報刊嘅低俗版面上面？點解我哋嘅語言唔可以用嚟表達嚴肅嘅嘢，或者，唔可以用嚟表白自己嘅情感經驗？點解喺小說裡面一用到廣東話就淨係可以用嚟講的搞笑或者粗俗嘅嘢？我哋平時談情說理嘅時候，唔係都係用緊呢種話咩？點解一寫落嚟就變樣？一邊寫，一邊感到呢種困難。原來我哋重未好好咁認識我哋嘅語言。講嘅時候唔覺，到一寫出嚟就發現問題。我覺得自己好似喺度同呢種語言，或者應該話同呢種語言套咗入去嗰啲嘅定觀念掙扎緊。我想試下去除呢種語言俾人甚至係俾自己嘅粗鄙感，用佢嚟寫人物嘅情感，而唔會有搞笑嘅感覺。喺呢個過程裡面，詞彙嘅不足係一個問題，因為好多口語字詞都冇書面寫法，我哋又唔習慣用拼音系統，所以有啲就用同音或者近音字代替，有啲沿用流行嘅方言造字，有啲就真係冇辦法用。用唔到嘅字數目唔少，可以想像有幾大部分我哋日常生活嘅字詞就咁喺書寫裡面消失咗，亦都連帶有幾多我哋嘅生活經驗，我哋嘅自我認知，喺書寫裡面消失咗。喺書寫裡面，我哋冇辦法做一個完整嘅自己。我哋嘅書寫語言嘅貧乏，都係由於呢個原因。我哋豐富嘅生活語言唔可以寫出嚟，學習翻嚟嘅書寫語言又減損咗我哋嘅表達容量同質量。我哋於是淨係能夠寫一種唔三唔四嘅語言。而我哋嘅文學，我哋嘅奄奄一息嘅本地文學，從來冇認真咁對待過呢個問題，除咗少數嘅例子，或者一啲通俗嘅譁眾取寵嘅讀物，幾乎搵唔到有代表性嘅作品係用我哋嘅語言去寫嘅，就算唔係成本用，好有意識咁局部用都係少數。如果文學裡面冇咗我哋嘅語言，呢種文學重算唔算係我哋嘅文學？如果我哋冇興趣去喺文學裡面探索我哋嘅語言，同埋用我哋嘅語言探索我哋嘅生活，我哋聲稱從事文學嘅人究竟喺度做乜？問題係，當我哋將生活嘅口語強行變做書面語，將語音變成文字，將非正統變成正統，將粗野嘅活力變成規矩嘅字行句構，我哋究竟係保存緊佢，提升緊佢，定係扼殺緊

佢？當活生生嘅語音變成文字，佢係咪會注定死亡，或者無可避免咁變成另外嘅嘢？如果係咁，我就係喺度做緊同我所聲稱嘅相反嘅事情。上面呢段聲言亦都只係一篇大話。更加根本嘅問題係，乜嘢先叫做我哋嘅語言？呢種嘢係唔係好似一個蘋果咁已經放咗喺度等我哋去執起嚟，定係，其實一種原本嘅、完整嘅我哋嘅語言，連同一個原本嘅、完整嘅我哋自己，根本唔存在？而我哋聲稱要喺語言裡面搵翻真正嘅自己，其實同純粹嘅漢語一樣，都只不過係一種虛構。我哋能夠做嘅可能只係，喺呢一刻嘅文字同語音裡面，虛構自己，將一個唔存在嘅自己變成存在。無論構成呢個存在嘅係書面語、口語，定係經由各種扭曲變形而產生嘅怪異文體。

【夢想】奧古終於真的要到日本去學藝了。他臨走前來醫院探過不是蘋果，還買了六個富士蘋果。他說是在 Sogo 買的，是真的富士蘋果，不是大陸造的富士蘋果。不是蘋果就說：第日記住寄日本蘋果過來給我。他就笑，說：好呀，你都傻的！還寄甚麼巨峰提子好不好？不是蘋果也笑了：好，我不要蘋果和提子，我要北海道白痴戀人朱古力！奧古輕輕拍打她的額頭，說：你就白痴！我去京都呀，怎麼去北海道幫你買！將來有時間就過來探我啦，到時我帶你去玩。不是蘋果就撇撇嘴，說：你都未去，扮晒地膽咁，有錢才算啦！是呢，你走了，你家裡隻狗怎麼辦？奧古說：沒法啦，送給朋友養，好可憐。不是蘋果說：好可惜啊，他本來都有音樂天分，是隻尺八狗。奧古只是搖頭，說：可惜你這麼憎狗，如果不是讓你幫我養，說不定變了隻搖滾狗。他撫弄著又圓又大的富士蘋果，又說：公司話，我走了，升你做我個位，你出院好快點返工，如果不是個位不等你的了！喂，現在食？要不要切？連皮食？我去洗洗它。說罷，就小心翼翼地把六隻蘋果捧在懷裡，向洗手間走去。不是蘋果看著他像走平衡木般的背影，眼眶突然就濕濕的。

2013斷想
——詩

　　不要誤會導演譚孔文想把小說的複雜意念淺化。就算歌曲直接訴諸情感，不少觀眾還是覺得這個音樂劇場很難看懂。也可以說，這其實是一個詩劇。當中有廣義的由各種劇場元素構成的詩意，也有狹義的詩歌的運用。譚孔文非常大膽地挪用了《學習年代》裡所寫的歌詞〈銀杏〉，在劇終的時候讀出，為原本好像無疾而終的故事作出了很有力的總結。這是個別具創意的做法。〈銀杏〉本來是歌德的詩。在《學習年代》裡，我借用歌德的意念，既寫跨性別者中的內在矛盾，也寫中和阿芝的雙生關係。很明顯，阿芝和中就是貝貝和不是蘋果的變體。

> 二億年的祕密
> 以扇形的葉脈展開
> 左右兩半中間相連
> 是自我一分為二的鬥爭
> 還是二合為一的共生？
> 是撕裂的痛苦
> 還是綑綁的無奈？
>
> 我怎知道你愛的是哪一個我？
> 當你說喜歡我溫柔的眼神

我應該快樂還是悲傷？
我怎知道愛你的是哪一個我？
當我說喜歡你堅實的胸膛
你應該感動還是驚慌？

一個我拉著你的手另一個我放開
一個我擁抱你另一個我逃避
一個心不在焉一個身不由己
一個愛一個傷害

我怎知道你愛的是哪一個我？
當你說喜歡我熱情的嘴唇
我應該驕傲還是慚愧？
我怎知道愛你的是哪一個我？
當我說喜歡你寬闊的肩膀
你應該自滿還是徬徨？

一個我拉著你的手另一個我放開
一個我擁抱你另一個我逃避
一個心不在焉一個身不由己
一個被愛一個被傷害

我是單我是雙
詩人的豪言　　戀人的迷障

速度自白

曲／詞／聲：不是蘋果

黑夜的公路不是回家的好風景　　總好過白天衣著光鮮的擠塞
沉積的靈魂碎屑被刮起　　捲進幽浮而去的紅色鬼火群中
直至陸沉的地方

丟棄吧忘記吧鞠躬吧辯護吧嘲笑吧洗手吧服從吧關掉吧
快快獎賞　　快快懲罰

封閉門窗內培育寂寞的依存症　　欲望的蠍狀星團以光速前進
車廂內穿粉紅裙的女人站起來　　雙手按著玻璃窗回望
眼裡有碧色的閃光

唾罵吧撫慰吧切割吧影印吧簽名吧掌摑吧忍笑吧蔑視吧
匆匆受聘　　匆匆開除

不知人生為甚麼絕無所謂
沒有夢想就可以睡得好好
填滿每天的時間表擠掉真誠
一有空就談電話避免想到愛

拍照吧入場吧低頭吧吸吮吧點火吧開會吧迫害吧皈依吧
早早承諾　　早早背叛

速度自白

如果大家還不算太善忘，而且是習慣順序看小說的話，在第二十二節，我們曾經讀過這樣的一段文字：

我不想高榮來到我的房子，不想家裡留下他身體的痕跡。於是就和他去了智美那裡。智美見到高榮，有點不好意思地笑了笑，好像妓女遇見從良了的舊伙伴一樣。她已經換了衣服準備出去，說約了阿灰，大家好好談談。我拉她在一旁說了幾句，她就神情凝重地離開了。我問高榮要不要啤酒或甚麼。他搖搖頭，在椅子上坐得直直的，像個乖學生，還故作好奇地東張西望，好像房子裡有甚麼目不暇給的風光。其實房子又小又亂，根本沒有甚麼好看。唯獨是床卻收拾得整齊，隨時準備讓人躺上去。高榮，你又何必一副天真無邪的樣子呢？你為甚麼變得像木偶一樣，我叫你做甚麼你就做，但又沒有半點衝動？我打電話給你，你就向妻子編藉口出來見我，但見了我又沒打算做甚麼。如果我不找你，你就沒反應。你以為這樣就可以減少你的罪疚嗎？就可以說不是你的責任嗎？我開了罐可樂，坐在你對面的沙發上，也不做甚麼，只是坐著。我想看看，我們會這樣坐到甚麼時候。看著變成了木偶的高榮，心很痛。他的手腳是那樣無力地垂下，嘴是那樣僵硬地笑著。我不想質問他甚麼，因為木偶是不應該受到質問的，木偶是讓你去拉扯，去擺布的。木偶做甚麼都無罪，因為他自己不是主宰。高榮大概就過著無罪的生活，因為他不再主宰甚麼。他主管他的清潔公司，但這不算是主宰自己的生命。是兩回事。他用主宰自己來和主管公司交換。就像故

事裡人用靈魂和黑騎士交換魔術子彈。他甚至不想主宰我。就算我毫無反抗地躺在他面前，他也會無動於衷吧。我放下可樂，猶疑了一下。我不能這樣就讓他走。已經來到這地步，難道就這樣屈服於木偶的邏輯之下嗎？你不主宰自己，就由我來主宰你吧。動啊，木偶！我上去，抱著他的頭，撫他的髮，吻他的額，和頸。木偶的脈搏在加速，胸口在起伏。木偶的手動起來了，摟著我的肩，撫著我的背，爬上我的後頸。對了。就是這樣了。木偶。

　　普通的讀者也會預期，在這之後會出現不是蘋果和高榮之間的情欲活動描寫吧。就人物的心理和情節的發展來說，這個場面有足夠的揭示性和決定性。就是這個場面令不是蘋果終於明白到，和高榮之間是來到盡頭了。可以說，縱使先前她已經有了這方面的理解和準備，但心理上，或生理上，要知道有時生理是主宰著心理的，卻還未到達那無可逆轉的醒悟。所以，這次性的經驗對人物的抉擇深具關鍵作用。既然它有這樣的重要性，把它詳細描繪似乎也是順理成章的事。但在進入到具體的過程之前，讓我們也來溫習和總結一下所謂情欲描寫究竟是甚麼一回事。

　　首先，就怎樣去指稱這類片段，已經沒有統一的說法。較直接和中性的說法是「性描寫」，但近年也流行比較文藝地稱為「情欲描寫」，似乎暗示這類描寫並非單單為了展示性行為的情態，而是關心到人物的整體身心狀況，既有欲也有情。這也可能是把文學裡的「情欲描寫」和色情文字裡的「性描寫」區分開來的一種做法，正如人們會認為「做愛」和「性交」不同一樣。這區分在指稱事情本質的差別方面，意義不大，就像把「色情」和「情色」硬作區分一樣，說到底不過是語言的詭狡，但把「性」「提升」到「情欲」，卻引申出不少關於文學內部運作的問題，因為「情欲」比較容易而且合理地盛載文學語言裡的各種花巧技術。人物的情欲快感

於是也就可以化為作者和讀者的語言快感。所以情欲描寫說穿了就是一種虛擬的紙上性行為，而文學性較豐富的紙上性行為又比粗枝大葉千篇一律的色情讀物更具快感，因為在這裡我們經驗到字與字，詞與詞，句與句的交媾，經驗到意象的挑逗，節奏的鼓動，音形的刺激。把文學語言的感官性質推到極致，讓它成為一種暴露、激奮、過度、膨脹的語言，就是所謂情欲描寫的語言特質。它不單和想像中的性行為有關，也和文學語言的色情本質有關。某程度上，文學予人的閱讀享受也包含著感官的、色情的成分。所以，沒有嚴格意義上的文學藝術與色情的區分，只有手法和效果的分別。當然，也可以說，分別是，色情比藝術還要坦直一點。因為藝術還要抓著諸如人性和精神、治療和救贖之類的偽裝。我們總不肯認識，其實我們不過是想寫寫和讀讀一些讓我們沉溺一下，快感一下的章節而已。當然，為甚麼不呢？為甚麼不能在文學裡創造和獲得快感呢？為甚麼要否定語言的快感作用呢？

再說到操作方面，情欲描寫已經成熟為一種有既定習慣，也即是有既定預期的東西。它不可能是一段純人體的描寫，而必須發生在一個特定的環境裡。當然一切小說事件也必定發生在某些環境裡，但情欲描寫的環境有一定程度的局限性。除非你寫的是類似於獵奇色情片的異常性行為，否則一般情欲場面是不會發生在健身院、課室，或者於鬧市行駛的車上。如果作者的意圖是較近於寫實的話，我們都知道，現代人類的性行為一般還是十分規矩地發生在睡房或者酒店房間的床上，間有發生在別的地方，也不會過於離奇。現實的場景注定比想像的場景貧乏，正如現實可行的性交姿勢注定比性愛寶鑑裡面建議的姿勢平淡乏味。當然，有些作者還是用心良苦地盡量讓人物們在出其不意的地方享受他們纏綿的時光，所以森林、廢車場、露天風呂、麥田之類超現實的風光會為情欲場面加添色彩。不過，在場景方面，無論作者如何努力，其實也難以大

大超越小電影導演的取景思維。在我們上述的章節裡，作者就放棄了徒勞的場景謀畫，簡單地讓它發生在智美借出來的狹小零亂的小房子算了。不過，就算地點本身十分平凡，一個作者還是有責任去盡力渲染一下現場的氣氛。所以就算是最尋常的睡房，也可以因應各種因素來加以調整和發揮。這些因素包含甚廣，無論是物理上的光線、氣溫、氣味、顏色之類，或者人物的心理狀況、階級背景、職業和年紀，或者故事的時代和地域背景。作者的雜技，就在睡房這個狹小的舞台上演出，雖然失手的情況不多，但可觀程度也會漸次下降吧。

在準備好場地和氣氛，作者就要立即進入到核心行動裡去，因為如果沒有行動，沒有具體的身體接觸，就不能構成情欲描寫了。這個主體部分也可以分多方面去設計。首要的是視覺的外觀描寫。當然也可以輔以聽覺、觸覺、嗅覺和味覺，但始終必須以視覺為主力吧。當然有時色情事業裡也會有諸如淫聲電話或者有味內褲之類的奇門，但這些也是少數人士的癖好，或者多數人士間中轉換口味的小試之舉而已。所以就算文學的情欲片段是在黑暗中發生，我們也不用奇怪，為甚麼作者會像配戴了紅外線夜視眼鏡一樣，把身體的細部看得一清二楚。情欲描寫說明了視覺在人的感官快感裡的主導性。外觀的描寫的手法可分為直述和比喻兩種。兩者的內容各自又再可分為動作和人體的描寫。在直述的動作方面，相信是最令作者為難的考驗，因為我們的語言裡特指這種場合的專門用語可謂極度貧乏，除非是用到地區方言裡的特殊粗俗字眼，否則無可避免地要向一般詞彙裡借取用語。當中比較有心無力的有諸如「進入」、「撫摸」、「撥弄」等，故作激烈的有「抽插」、「衝刺」、「吞噬」等，意味深長的有「探索」、「遊走」、「開啟」之類的。至於人體部位描寫則可以較方便地套用專門用語，這些名詞在日常生活裡並不常常宣之於口，所以初用時可能會因為陌生感而產生某程度的刺

激，但其實它們不過是乾淨而中性的普通名詞，習慣了也就不外如是。某些自以為百無禁忌的作者甚至會淋漓盡致地勾畫出一幅又一幅人體解剖圖，羅列諸如「陰道」、「陰蒂」、「陰唇」（有時也會細分為大小）、「子宮」、「肛門」、「陰莖」、「陽具」、「睪丸」、「乳房」、「乳頭」、「乳暈」、「肚臍」、「臀部」等等的詞語。至於個性婉轉或者做作一點的作者則會用比喻代替，於是就出現「頂峰」、「山谷」、「森林」、「平原」、「玉柱」、「黑洞」、「岩漿」、「三角」、「禁果」之類。當然更為含羞但又勇於嘗試的作者就會用上「巨物」、「下部」、「胸口」、「話兒」、「那裡」這些指涉力疲弱的詞語了。要知道的是，純粹從用語的繽紛程度而言，文藝作品並不比色情作品豐富。這令無論寫的和讀的都容易感到疲乏，好像竭盡了一切字詞，可以說出來的其實也不外如是。當然，更有能力的作者會把比喻的層次擴展，不會自限於細部和動作，有時甚至會全盤轉移到別的事情上，例如把整個過程比喻作諸如山洪、海嘯、地震或戰爭之類的天災人禍，以一系列象徵加以串連和推展，形成一個強力的替代系統。這種寫法通常會被認為文學品味較高，但就性描繪的爽感而言，反而可能是較低的了。至於共鳴感方面，應該是近乎沒有吧。沒有人會真的在做愛的當下聯想到天崩地裂的慘烈狀況吧。除非作者的目的是製造陌生化效果。有時文學的誇張法真的離現實很遠，以至於過分高估了性，誤解了性。不過，我們也不宜天真地用現實來要求文學。狡辯點說就是，文學的性和現實的性在提供官能快感方面可謂殊途同歸，但文學的性比現實的性更貪婪無道，它除了快感之外，還往往在隱喻的層面上包含廣泛的相關主題，又或者，它根本徹頭徹尾也只屬別的主題的偽裝。性描寫可以一點性趣也沒有。

另外，就程序上說，情欲描寫也很難突破規限。其中一個規限，是由有衣服到沒有衣服的過程。在色情表演形式裡，脫衣過程

十分講究，當中大有學問。有謂色情其實就是發生在有和沒有之間的界線上。如果人類社會真的發展到天體主義者主張的地步，恐怕人就會失去性趣，甚至繼而失去生趣也說不定。衣服在脫掉之前是不可或缺的。這句重複語裡面有真理。情欲描寫很難在這程序的表現上有所超越，但又不能跳過這必要的一步，於是往往就要放低身段，模擬色情小電影一樣，把人物的衣服逐件脫掉。當然作者未必要像色情片一樣不必要地拖長每一個階段，讓一條褲子分開幾十個步驟才掉下來，因為在文字裡這種延緩手法遠遠不及電影有效和可觀。在脫光了衣服（半光也可，視乎情況）之後，還要考慮性行為中各種體位和花樣的緩急先後。當然並不是所有情欲描寫也會像色情影片一樣把每一種主要花式都輪流演示一遍，但可做的事其實也不外是口交和前後上下幾種分別。至於較離奇的方式因為較難與人物性格配合，不易採用。由此可見，其實情欲描寫的局限也是人物性格寬容度的局限。和色情作品只要一味照顧花巧不同，文學裡的情欲描寫無論長短多少也必須受制於人物和主題的適合性。它的目的最終也是摹描人物，鋪演主題。它不能喧賓奪主，從小說的整體裡凸露出來，脫離主體獨自奔放。這是它在習慣上的限制，但事實上，很難說作者和讀者沒有為情欲而情欲的誘惑，尤其是在這個已經沒有人能用道德去詬病文學的時代。

所以情欲描寫到底也難逃心理描寫的規限，而所謂心理層面就是上面提到的以性的隱喻為手段所包含的相關主題之一。正如我們遲遲未能展開的情欲場面一樣，作者也盡力為人物作好心理準備，例如高榮的木偶化人生，以被動來消脫自己的責任的心理，和不是蘋果明知一切行動沒有意義，但又不甘屈服於高榮的木偶策略的矛盾心理。情欲描寫畢竟不單是心理描寫。它是心理描寫和性描寫之間，是情和欲之間的尷尬產物。它會誘惑作者以至讀者流連於語言的快感，但也會警醒作者和讀者不要離文學的限制太遠。弄得好的

時候，情欲描寫更圓滿更深刻地呈現人物和主題；弄得不好的時候，情欲描寫變成了一種沉溺的藉口，一種削剝人物以滿足作者和讀者的性癖的藉口。後者假文學之名滿足自己的欲望，比無道德可言的色情作品更惡劣。色情至少是坦白的，誠實的。所以我強烈建議，如果覺得自己只喜歡寫性，覺得從中得到滿足，而且覺得自己技術上也滿不錯的，就索性去寫好看的色情作品吧，不要扮作探索人生真諦了。同理，如果只是為了看性場面，就去看鹹書鹹片吧。不過，如果在承認文學語言的官能快感的前提下，還覺得性描寫應該不止是性愛場面實感的呈現，而是可以包含廣泛的主題的場域，並以此定義文學的性的話，那在這範疇內可以留待我們開發的空間還是很可觀的吧。話說回來，諸如性的治療和救贖這類主題的偽裝，於是就成為了文學的必須。而這也是一種假面藝術。

　　讀者聽罷上面冒充分析的一大段自相矛盾的囈語，如果還未對情欲描寫倒胃口的話，也至少會開始對必須要來一段情欲描寫的想法產生再三的思索吧。我也再三想到，在先前引述的片段之後，要不要把不是蘋果和高榮之間的事展現出來。我花了好些篇幅來思考這個問題，有人可能會覺得無聊或者迂腐。有人會問：為甚麼不呢？人物不是作者的創造物嗎？作者要脫她的衣服，要她躺下來，要她擺出怎樣的姿勢，做出怎樣的動作，甚至要藉文學之名和她做愛，她能不屈從嗎？能反抗嗎？我當然知道，作者其實時刻利用假面，走進自己的作品裡，去享受那原本是屬於他的權威掌管下的東西。注意，我一直在說一個男的作者，和一個女的人物。除了因為這是當下的情況，也因為這種處境實在普遍，和這種關係裡最顯見作者的權威。我花了這些篇幅，無所不用其極地令情欲描寫無味化，為的可能就是防止自己行使這樣的權威，防止自己受到權威的誘惑。但反過來，又有誰知道，這不是陷入誘惑的藉口？不是為自己的遐想開脫的假面懺悔？

如果我要徵詢不是蘋果的意見，她一定會聳聳肩，說：沒所謂！寫吧！為甚麼不呢？沒甚麼大不了啊！也不過是性吧！我會說：我很同意，我不是要回到不能寫性的保守和封閉思想裡去，但我不只打算寫外表的東西啊！還有你的內心的祕密，你當時的身體以至於你內心的整個人的感受。她吐了口煙，說：這些，你已經寫了，如果連最隱密的內心也可以揭露，身體的事又何須隱藏？我無言以對。大家在沙發上對坐著，像作為隱藏祕密的共犯而赤裸著，最後，我軟弱無力地說：你還有祕密，是我沒有寫出來，或者是我不知道的吧。她沒有回話，只是撳滅了菸頭，歪著嘴神祕地笑。也許，如果我真的要寫，不是蘋果也不會怪責我。看，她已經準備好了，她站起來，走進那場景中，當她上前抱著高榮的頭的時候，她吻他的額，他的頸，他也回應她，撫她的背，她的頸，然後她交叉雙手，拉起身上的毛衣，然後，我拿起不是蘋果放在桌上的那罐可樂，喝了一口，站起來，轉身向房間門口走去，門鎖有點鬆，該修理一下，打開門，踏出去，再輕輕關上，咔嚓一聲，連裡面的急喘呼吸也不再聽到。我手中還拿著那個可樂罐，衣服上有菸味。

時間自白

曲／詞／聲：不是蘋果

你甚麼時候會來看我　　穿過蒼色病院給塗成桃色的茶花圍欄
終日在無陰影的長廊看雜色的樹交頭接耳
吟吟沉沉直至給冬夜的蟲大聲喝止

你躲在甚麼鬼地方　　城市給初冬令人發毛的細雨染成鼠色
越過天橋的欄杆看川流的車輛在腳底爬行
其中之一或者有你凝視前方的目光

我是不是沒有你就成了給雨水打爛的紙天鵝
過著漿糊一樣的人生
從此黏住車窗上的風

你想起我間中也會流淚吧　　記憶像浸透雨水卻不能脫下的鞋襪
在冷氣依然強勁的戲院忍受造作的懷舊電影
會否思念我下跪親吻你腳掌的溫柔

沒有盡頭的公路堪稱形式最完美的監獄
移動的風景擦去睫毛上殘餘的濕濡
交換以玻璃窗上拋物線撒落的水珠
說是眼淚未免庸俗得令人頭皮發麻
那不過是在閃映的路燈下散開的
煙花形狀的停滯

時間自白

7:45am

鬧鐘在七點三十分第一次響起，但貝貝在十五分鐘後才正式起床。同房的阿丁已經退宿了。另外的那張床空空的有一種孤寂感。貝貝再多住一個星期，也必須退宿了。要正式結束大學的生活，回到家裡去住，過那種為家庭而工作的生活了。她坐在床沿，雖然知道時間頗急，但也低著頭撫著皺摺起來的床單，好像在觸摸生活的痕跡。天已經大亮，外面很曬。已經是初夏五月了，是開始有蟬鳴的時節了。蟬是甚麼時候從地底鑽出來，爬到樹上去鳴叫，卻無從看到。她利落地梳洗，換上昨晚已經燙好的衫裙，拿了文件夾，穿了高跟鞋，就出發去今天的面試。來到火車站，她拿出手提，想打個電話給不是蘋果，但又怕吵醒她，就把手提放回手袋裡。蟬當真的在叫了。

周期

我的月經一向好準，最多過一兩日，但是今次過了兩個禮拜，我就知道一定是了。就算我未檢驗之前，我已經可以肯定。那種感覺，在一個朝早突然來到。當我剛剛睡醒，還蜷曲在床上，迷迷濛濛間，就覺得身體裡面有些新的東西，有些屬於我自己的，但又不是完全屬於自己的東西。覺得好似是痛，但又不完全是。我試試坐起身，但是頭好暈，有些甚麼在胃裡面想湧出來。好突然地一下，毫無防備的，然後突然又好似沒事。我坐在床上，心想，呢次大鑊喇，望下窗外面，又望下間房，望下房裡面每一樣東西，突然覺得

東西都變了，表面上一樣，但實際上卻變了一點點，好難察覺的一點點，好難講出來。但是明明是不同了。有甚麼不同呢？就好似其實是另一個世界，另一個空間，跟原本那個好似是一樣，但是就算是完全相似，事實上都不是同一個。我坐在這個不知甚麼時候來到的新世界裡面，因為好陌生，是好陌生，雖然看來一樣，因為好陌生，所以有點驚，有點徬徨，但是，不知為甚麼，同時間又有點興奮，好似覺得，在這個世界裡面，有些東西不會再循環。這個世界的時間完全不同，不是周而復始的，不是重複又重複的，不是永遠都走不出去的，而是，一直向前的。有些甚麼打開了，我想像自己打開門，走出去，就算這段路不是永遠，至少我已經不是在以前的地方。

9:15am

貝貝來到面試的學校，校務處的祕書叫她到休息室裡等候。裡面已經坐了四個應徵者，三女一男，樣子都十分新嫩，相信同樣是今年的大學畢業生。五個人在沙發上沉默地坐著，雖然沒有敵意，但也並不表示友善。貝貝悄悄掏出手提電話，猶疑了一下，就把它關掉。她今天早上不知怎的一直想著不是蘋果，好像有甚麼在呼喚她似的。她嘗試忘掉這些，集中精神預備如何應付面試。這個面試已經是同類的第十三個，但她也不敢掉以輕心。可是她還是無法不想起不是蘋果。貝貝一直坐著，不方便起來四處走動，或者時常轉換姿勢，臀部也坐得有點麻痺。另外那幾個人進去又離開，其他人又陸續加入，貝貝有一刻覺得好像是來錯了地方，好像其實面試沒有她的份兒，好像她在這裡是多餘的，再等下去也是白等。但她如果不在這裡，她又應該在哪裡呢？她不是在這個面試場，就會是在另一個面試場吧。好像，整個世界也變成了一個大面試場，去到哪裡，你也要乖乖地坐下無了期地等，然後回答人家的問題，聽候人

家的評核。哪裡可以逃出這種目光呢？祕書叫貝貝的名字了。她站起來，盡量掩飾大腿的麻痺，跨開大步走進校長室去。

剎那

我看著驗孕棒那條藍色的界線。在方格裡面淺淺的一條藍線，看完又看，好似不敢肯定真的有條藍線。如果貝貝在這裡就好了，可以叫她幫我看。明明是有條藍線，但是我硬是驚住看錯。條線的藍色那麼淺，好似沒有一樣，但是又不是甚麼都沒有。條線是甚麼時候開始顯現出來的呢？剛才起身，在去第一次屙尿之前打開驗孕棒的包裝，雖然以前都用過這東西，但是都將包裝上面的說明看完又看，好似多看幾次結果會更準。然後屙尿的時候將支東西放近。說明書話五至十分鐘有結果。我坐在廁所裡，一直望著支棒上面個方格，開始的時候好清楚是甚麼都沒有，空白的，但是不知道看了多久，就覺得看到條藍線。藍色線好似一剎那間突然出現，但是又判斷不到是甚麼時候。好似頭髮或者身體部位生長，雖然一直在進行中，但是我們總是有一剎突然察覺得到，原來頭髮已經長了，原來已經有乳房，原來自己已經不同了。好慢的事，但是在一刻間顯現出來，就好似驗孕棒的藍色線，之前還好似甚麼都沒有，還可以認為沒這回事，但之後就覺得有些東西已成定局。雖然事實上有沒有那支棒事情都是發生了或者沒有發生，但是支棒上面的藍線令事情可以看見，可以在眼前慢慢展現出來。就在那個辨別不到的剎那，你知道有些東西已經不同了，已經不可以扭轉了。

11:30am

貝貝在坐火車回大學的途中，手提電話響起來。她當時戴著耳筒，聽著椎名的 Single〈幸福論〉，因為電話沒有震動裝置，所以她一直把電話拿在手裡，不時注視屏幕。來電顯示出現不是蘋果家裡的電

話號碼。她拿開耳筒，接了電話。不是蘋果在那邊說：貝貝，我有咗。貝貝竟然說不出話來。她好像早就有預感，今天早上會收到這樣的一個消息，但到真的聽到，她卻不知該說些甚麼。不是蘋果見這邊沒有反應，以為她的電話接收不良，再重複了一次：貝貝，聽不聽到？我有了BB。貝貝慢慢才恢復過來，說：好呀！說得非常笨拙，好像很敷衍似的，好像對方說的不過是買了一個新電視機之類似的。不是蘋果見她沒有反應，就問：你在哪裡？貝貝說：在坐火車，面試完，在回大學。不是蘋果就說：那麼遲點再講啦。掛了線，貝貝望著手裡的手提電話，想打回去給不是蘋果，但又沒有。她重複想著電話裡的話，好像要很努力才能明白當中的意思。再戴回耳筒，播放著的是第三首歌〈時光暴走〉。貝貝記得，這是她第一次去元朗找不是蘋果的那個早上，在她打開門的時候從屋裡面傳出來的歌。貝貝旁邊坐著帶著嬰兒的年輕母親，那孩子看不出是男是女，兩條小腿蹬著母親的胸口，掙扎著想從懷抱裡跳出來，眼睛定定地望著貝貝，雙手在空氣中亂抓。火車停站，一個拿著報紙的中年男人走進來，坐在她們對面，男人的髮很短，眼超常地小，嘴巴有點歪，雖然雙手把報紙完全張開，但視線卻盯著對面的小孩，頭頸有點不自主地抽搐，好像很激烈地搖頭。貝貝再轉臉看那嬰孩，只見他老是想撲向自己，而且向自己笑。貝貝就握了他的小手一下。很軟的小手，好像無骨一樣。

過去

過去究竟有多長？可不可以用我的人生去衡量？如果我現在就快二十一歲，加上在阿媽肚裡面，有差不多二十二歲，我的過去是不是就這麼多？老人的過去是不是比後生的人更豐富？如果我沒有記住，或者沒有寫下來，我的過去是不是就會統統消逝？我怎樣才可以將過去保存下來？我又怎樣才可以將過去拋棄？為甚麼我想保留

的東西總是不見了，想拋掉的東西卻不肯消失？我連自己的過去都掌握不到，就開始製造另一個人的過去。它在我的肚子裡面有多久？已經有整個月了。就算它現在還未知道，它都已經有一個月的過去。但是這一個月的過去對它有甚麼用處？如果它不會想起來，那這個月還有沒有意思？為甚麼我們會有想不起來的過去？如果我要幫它去想，我記不記得這一個月內的每件事？就講第一日，它的過去的第一日，它生命裡面的第一個時刻，我還記不記得？記不記得當時發生的情況？唔，當然嚴格來說，那個時刻它還未有生命，但是，那個時刻都是它生命的關鍵。然後，經過了一日還是兩日？它終於開始了生命的第一步。終於成為了有過去的存在。這個時候我正在做甚麼？在食飯還是睡覺？還是在跟高榮說再見？如果我現在開始幫它去想，幫它記下它一路在過去中的過去，它將來的生命會不會更豐富？喂，你聽不聽到呀？有一個月的過去的人呀！

12:37pm

學期已經結束，考試也差不多全部完成，午間的飯堂已不再人頭擁擠。貝貝隨便買了快餐票，來到櫃位卻忘了自己想吃甚麼。那個後生伙計就滿滿的盛了碟價錢最貴的飯菜給她，向她神祕地笑。貝貝也就回了個笑。貝貝常常來這裡吃飯，和後生伙計都有種默契，互相無言地友善，但又知道其實甚麼都不會發生。貝貝坐在戶外的桌子前，看著飯堂旁邊泳池裡急於行下水禮的學生，想到，畢業前再來這裡游一次水吧。然後又想到，可不可以也叫不是蘋果一起來呢？但她已經懷孕了啊！想到這裡就覺得很奇，幾乎想輕聲地說一次「懷孕」兩個字，好像是很神祕的兩個字，好像不應該用在她們這個年紀的女孩身上的兩個字。如果是用在自己身上呢？她悄悄說了一遍：「我懷孕喇！」說完自己就偷笑，好像作文用錯成語似的。她無意間一抬頭，看見飯堂入口掠過一個像是黑騎士的身影。

會是他嗎？是他回來拿學生的學期功課嗎？她想過追出去，但她剛剛才開始吃飯，而且，那個影子已經消失無蹤了。自從學期完結，沒有機會再去旁聽他的課，最近都沒有他的消息了。試過給他電郵，也得不到回應。貝貝想，這個人，為甚麼在某些事情上總是退避呢？身邊響起鈴聲，貝貝連忙掏出手提，但那不是她的，是鄰桌的電話。

二十一歲

二十一歲是個怎麼樣的年紀？依然好幼稚？還是已經太老？椎名二十二歲，前兩個月就突然宣布懷孕，男方是結他手彌吉淳二。報紙話兩個人已經祕密結婚，但是她自己的公布裡面沒說。親筆的公布最後寫著椎名林檎二十二。是二十二，但是好似已經經歷了不少事情。我就快二十一，我又做了些甚麼？如果我二十一就有了BB，我三十的時候它就九歲喇。我四十的時候它已經十九，跟我現在差不多。到時它又會已經做了些甚麼？會不會又有了它的BB？二十一這個數目有甚麼意義？跟二十，十九，十八，十七有甚麼分別？寂寞的十七歲。十七為甚麼會變成了一個座標？寂寞的總是十七歲，不會是十九歲，更加不會是二十一歲。真無癮呢！二十一歲！一個無特色的年紀！已經不年輕，但是又未夠老練成熟。一個不三不四的年紀。

4:00pm

貝貝來到第二間面試的學校。今次她準時四點正走進校長室。校長是個五十來歲的男子，長了一臉濃密的鬍鬚，樣子看來很嚴肅，只是輕輕點了點頭，就一聲不響地翻著貝貝的履歷。貝貝直著腰板坐著，看著校長的眼珠在眼鏡後面轉動。校長放下文件，開口說話，聲音卻清亮，有一種輕快感：你讀中文系，那有沒有看甚麼本地文

學作品？貝貝冷不防會問到這方面，心裡一驚。這麼多次面試，沒有一個校長和科主任對本地文學有興趣。她說了幾個名字，和幾本看過的書，然後她提到黑騎士。校長好像很高興，立即從書架上抽出幾本黑騎士的小說，很在行地談著書的內容。貝貝瞥了書架一眼，看見上面都是本地的文學書，於是就大著膽子說：我是黑騎士的學生，跟他都幾熟，將來有機會，我想可以請他來學校演講或者教同學寫作。校長對這提議很感興趣，又問：那你自己平時有沒有寫甚麼？貝貝就怯怯地說：都有寫點小說和歌詞。不過她沒有提到出版的事。校長說：填詞？貝貝補充說：我跟朋友組織了隊Band，她作曲，我都有填詞，一齊玩下唱下，好開心。校長抬著眉，說：真的？將來可以來學校表演下，教學生們打下Band。下次記住帶點作品來看看，等我學習下，我們學校需要這樣的老師。是呢，你隊Band叫甚麼名字？貝貝說：體育系。校長好像很驚奇的樣子：噢，叫體育系！那你都可以兼教P.E.啦！貝貝出來的時候，感覺很奇怪，好像不是去了面試，而是認識了個新朋友。校長雖然沒有明確答應聘請她，但從他的語氣，她覺得他是會用她的。竟然還有這樣的校長啊！她的心突然就輕起來了，但想到自己說和黑騎士稔熟，又不期然有點沮喪。

將來

好似我這樣的女仔有甚麼將來？我時時幻想，如果我可以成為歌手，我有好多東西想做，作好多好歌，將我自己最鍾意和最在行的東西盡力發揮。但是，如果我做不到，我還可以做甚麼？就在唱片鋪賣一世CD？除了賣東西我還可以做甚麼工作？難道還可以從頭讀書嗎？就算讀書，我難道又會去寫字樓返工嗎？我二十一歲，但是望到盡都只是望到二十一歲的事，再遠一點都看不見。現在覺得，見到的將來就只有八個月，加上過去那一個月，總共九個月。

這個就是我實在見到的時期。將來，就好似等於預產期。但是生產完之後呢？之後的將來呢？我好似個只剩下八個月命的病人，到期之後，會有復活嗎？會有重生嗎？還是其實真的是個死期？

5:37pm

巴士沿著高架路高速前進，窗外是已經封閉的舊機場，停機坪外面是海港，和海港對岸的城市景象。潮濕的晚霞積聚，混合了城市自己生產的和從北方吹來的污染物，形成了一層灰黃色的霧。高樓在霧中只剩下幢幢的剪影，像巨大的碑石群，亂糟糟地堆疊在一起。碑石上的刻字也模糊不清，記載的史跡都被酸性的空氣侵蝕，變成殘缺的槽溝。貝貝想，如果說這就是城市的遺址，大概也相差無幾吧。巴士掠過化石群的風景，向廢墟的中心進發，不知是航向未來，還是過去。巴士裡的乘客都沒有看外面的景物，讓自己在車廂裡下沉，沉到機件單調運行的漩渦裡。貝貝心裡泛起莫名的忿然。一種對荒蕪的忿然。暗綠色的荒原。無聲的竭力嘶喊。快要斷氣的面容。她想揮動鐵鏟，把眼前這一切也擊毀，徹底擊毀。

生日

有一日睡醒，你會跟自己講，今日是我的生日。但是為甚麼今日是生日？你生出來的日子只得一個，這一日是不會重複，不會再來的，怎可以話今日是你的生日呢？距離你出生的日子三百六十五日的另一日，跟你出生那日有甚麼關係？之後的三百六十五再三百六十五再三百六十五，或者有時是三百六十六，又跟原本那日有甚麼關係？我自從中一開始，好似就一直沒有慶祝過生日，就算每年跟朋友在那天去哪裡玩，說是慶祝，其實都不過是消遣的藉口，根本就沒有那種慶祝的感覺，不覺得這個日子有甚麼特別。有時，我甚至好想忘記這一日，覺得這天每年都回來一次，好煩。但是今年我

想到自己的生日，就想到它都會有一個生日，大概會是明年1月裡面啦。這個時候又會覺得生日這東西好離奇。我自己有這一日，我又會為另一個人造成這一日。可能它的這一日，比我自己的這一日更重要。到時我就會記住，噢，這一日就是它生日了，不可以不記得，在這一日它從我的肚裡面出來這個世界，在這一日，我跟它都開始了新的生命。就算是我的死，都要是它的生。真的要這樣的話，我做不做得到？我就算不重視自己的生日，都不會不記得這一日，一定不可以。

7:05pm

貝貝有點餓，但已經沒時間吃飯，晚上的補習要遲到了。她擠在旺角街頭的人群裡，明明只要三分鐘的路程卻走了十五分鐘。電話響起，是補習學生的家長打來的。貝貝道歉了，說因為面試延誤，又塞了半天車。她想向前衝，但是無能為力。鬧笑的青年、下班的無面目的人、急於會面的情侶，形形式式的人和貝貝碰撞。電話再響起，這次貝貝卻聽不到，相對於大街上匯聚的繁囂之聲，手袋裡的呼叫太微弱了。在來到路口想衝過馬路的時候，交通燈卻剛巧轉了，不耐煩的車輛立即起動。貝貝及時在路旁停住，突然襲來一種被困感。這是她從前沒有試過的，是一種停在某個空間動彈不得的情況。事實上，就是困在自己的身體裡無法出來的情況。那是多麼的離奇。平時沒有自覺的身體意識突然浮現，好像在大街上赤裸著一樣的，全身毛髮也醒來，每一寸肌膚也聯合起來，抵消內部的膨脹，防範內裡想衝出來的東西。貝貝站在街頭，在心內對抗這種凝固感，彷彿竭力拒絕變成鹽石柱一樣，但沒有人會知道，正如她不會知道別人是不是有相同的經驗一樣。那種感覺在一剎那襲來，但又在一剎那消失無蹤。綠燈了。車輛停下。人群擁簇著貝貝橫過馬路。貝貝的身體回復自然的無意識狀態。她終於體驗到，不是蘋果

的恐懼。

現在

下畫好唔舒服，請了半日假，回家休息。本來應該去看醫生，但是不想去。不想這件事這麼快變成被人檢驗的東西，不想躺在床上，擘大雙腳，讓金屬儀器放入去，搞來搞去。想再保存住它，藏起它，好似祕密一樣，不想在醫院這種地方去暴露它。好似一日不看醫生，一日還可以騙自己可能沒有這回事。我只是想回家，躺在自己的床上。回到家裡，真的躺到床上去，就不知道時間。日頭好似過得好慢。每次看鐘都是四點半。四點半。四點半。四點半。現在永遠是四點半。好辛苦才能起身打了個電話給貝貝，但是打不通。可能又是在見工。為甚麼還是四點半？難道個鐘壞了？沒壞，有聲的。枝針會動。沒理由。或者她五點鐘會見完工。為甚麼還未五點？我躺在床上，張被蓋到上頸。好熱，但是不能不蓋被子。好累，但是又睡不著，整天好似望著個天花板。再睇鐘，依然是四點半。困了在四點半。沒法出來。但是，如果永遠都是現在，我是不是不用再想有甚麼過去，有甚麼未來？困在現在裡面，是不是可以舒服點？好似沒有記憶的動物一樣，只是靠本能生存，不會有多餘的煩惱？剛才的現在跟現在的現在有甚麼分別？是不是每一刻的現在都是一個不同的我？還是每個現在的我都是困住了？好多困住了的我，好多困住了的現在。如果只有現在，它還會不會成長？我又可不可以選擇另一個現在，不是下午四點半一個人睡在家裡的現在，而是找到一個人在我身邊陪伴我的現在？一個肚裡面還未有人的現在，或者是，一個肚裡面的人已經出來了的現在？終於可以出來了，從我的身體出來了，不會再困住了！快點過去吧！現在！

9:21pm

補完習出來，走進地鐵站，掏出手提電話，貝貝才發現不是蘋果打過來，但她聽不到，錯過了。她一邊入閘一邊打回去，但電話響了很久，從行人電梯一直響到到月台。是不在家嗎？正想收線再打她的手提，電話就通了。不是蘋果的聲音很虛弱，乍聽好像是另一個人。貝貝站在排隊的黃線上，說：對不起呀，剛才趕著去補習，聽不到你的電話。不是蘋果就說：過了四點半沒有？貝貝不明所以，抬頭看看告示屏，下班列車一分鐘內到達：甚麼？甚麼四點半呀？現在是夜晚九點半喇！說罷，看看手錶確認時間。不是蘋果好像漸漸清醒，問：你今日見工怎麼了？貝貝說：OK啦！上午一間下午一間，下午那間學校好有眉目。不是蘋果靜了下來，貝貝還以為她睡著了，後來才聽見她說：貝貝，你是不是不開心？列車進月台了，貝貝向後退了一步，說：為甚麼？我為甚麼會不開心？列車到站的氣流聲和機件停止聲很吵，不是蘋果說：我見你今早在電話裡沒話說。貝貝擠進車廂，鑽到扶手柱前面，說：不說話就是不開心嗎？列車開動了，貝貝站不穩，連忙拉著扶手柱，不是蘋果好像微弱地笑了一下：這就好了。兩人都停下來，沒有說話。貝貝握著扶手柱，身體微微搖擺著，她想起在路口的那種被困感，就說：我來看你好不好？我現在就來。不是蘋果輕聲說：好啊。貝貝看看手錶，心裡盤算一下，說：一個鐘頭十五分鐘，十點七八左右到啦。不是蘋果不知有沒有聽見，只是說：現在就來，這就好了。

寂靜的初夏

作曲：劉穎途　　作詞：許少榮

汗在冒　汗在滴　預示著氣候變
當身邊　漸熱鬧　但內心中快樂嗎
絕望地　被鬧市陌生所掩蓋
希罕的都變改　怎去證實還存在

這聲音　這觸感　混合著　某年某月
通通都　找不到　但自己相信過吧
步入烈日　我那信心　崩潰嗎
影子都失去嗎　火傘裡面　我的心　都瞬間矮化

室溫中　冷氣裡　高溫中　烈日下
手機響　爭吵聲　每秒也混合吧
偏偏　已再沒蟬聲了吧
如像有瞬間虛脫感覺吧
感觀開始退化　無形無狀漸覺可怕

當身分　當心聲　都不可被辨認
呼不出　聽不到　這世界愈寂靜
通通　也化做塵埃了吧
原來獨個殮葬青春了吧
用剩下勇氣吧
撲向這初夏

2013 斷想

——形體

　　《體育時期2.0》是一個形體劇場，很多場景也用形體動作表現，免去了長篇大論的劇情交代，把表演時間大大濃縮了。但這樣做並非單單為了方便，而是為了豐富劇場語言。在舞台上，演員的身體就是最強大的表現工具。事實上，《體育時期》本身就是一部關於身體的小說。小說裡的核心意象體育課制服（簡稱P.E.衫），就是那樣的一件既約束身體但又釋放身體的事物。所以在劇場裡運用形體動作，幾乎是一件必須的事情。上次演出沒有好好地這樣做，是個缺失，今次在編舞林俊浩的指導下，卻是個超乎滿意的完成了。可以說，形體動作的編排令整個演出由平板變得立體，為劇情的進展提供了動力，也大大提升了演員的能量。

　　記得二十年前我看過香港舞蹈家梅卓燕所編的一支雙人舞，舞裡有兩個長髮糾纏的女舞者。我回去寫了一個叫做〈兩個長頭髮的女孩的故事〉的短篇。這是我試寫小說之初的最早短篇之一。在《體育時期2.0》裡，兩個女演員在導演的指示下留著幾乎一模一樣的鬈曲長髮，具象地表現出那種命運相連糾纏不清的關係。她們的髮型在原著中完全不是這樣的，但這個改動卻更具劇場感。在進行舞蹈動作的時候，兩把長髮非常富有表現力。演員的身體髮膚，在舞台上律動和互動，或溫柔或激烈，或靜止或疾速，都實現了「體育」這一意念所蘊藏的可能性。

語言暴亂～超倫溯妓ㄓ砧戳辨钂ㄛ斃厥巜

曲／詞：不是蘋果／貝貝　　聲：不是蘋果

吸菸熏到眼睛就是說不如分手的時候
寫得多好的詩都可以隨手測試拋物線的軌跡
就算講粗口都冇里意思啦
靜靜坐著　　齒縫咬住一個字

鼻腔隨天氣轉壞自然閉塞就連懶音也不必說
最好的歌話唔唱就唔唱不用向誰交代
堆砌成語不如亂用成語啦
字字珠璣　　喉頭湧出隔夜飯

說話可以亂講　　嘢唔可以亂食
靚可以亂扮　　女仔唔可以亂識
食幾多著幾多係整定
講幾多錯幾多睇心情
如果嫌太淺就▽堵厥亂刣☆啦
如果嫌太深就吞槍自盡吧

趁有拍子就好盡情跳舞啦
越吵耳就擺得越勁啦腦袋
思想條件高速攪拌
意識果汁變成糊仔形態

喝令字詞排好吧長官喊以甚為勉強的威嚴
獻計槍斃那個不聽話的歐化句子
得閒我會來字典裡探監架喇
吹下煙圈　　今日風勢向東南

報上全版刊登淫蕩的政府周年報告
電視全天候播映兒童不宜的樓盤廣告
批判現實也很令人作嘔啦
扮下女王　　品味今季大閘蟹

至少應承我　　之前之後唔好講嘢

□ㄌ亂亶Ⓗê冂代刜交妓丼瞔尸瑲冋或厨
与亲厩会氮厶狗¬瑲矗瑲几丟丕

語言暴亂～超倫溯妓屮砝戳辨鑼ㄛ斃厰ㄍ

新時代造玩派～～唔玩絕食玩搖滾！

　　邊個話我哋啲年輕人冇創意，一舊飯？自從連唱粗口歌嘅LMF都紅到發紫，Band勢力好似又再抬頭。就算啲狂野派對接續被冚，新一代嘅反叛同憤怒都照樣無可阻擋。

　　這股反叛潮流最近仲湧進大學，成為大學生熱門話題。事關冇耐前嗰單大學校長多手事件，學生會同學除咗用傳統嘅靜坐方式，仲拉埋成隊Band去校長屋企門口開騷，結果唱到校長倒台，都咪話唔得人驚。

　　大家唔好以為這隊叫做ISM嘅人馬，仲係以前拿住木結他唱校園民歌嘅清純大學生。佢哋六個成員個個長毛金毛，成身戴晒金屬鏈，台型同真正嘅Band友冇乜分別。自從喺傳媒曝光，聽講即刻成為大學女生嘅新偶象，撼低晒啲流行歌星。喺五月考試之後嘅一場小型演唱會，竟然仲吸引到一大班Fan屎特登返學校支持，直情係上堂都冇咁神心。

　　ISM自稱有個其他Band冇嘅特色，就係專炳社會上有權有勢嘅人。連學者都撰文分析，話係政治同流行音樂元素嘅結合，有後現代混雜性嘅特色咁話喎，聽落都唔好話唔勁。但係佢哋怕唔怕好似咁深奧嘅姿態啲觀眾會唔明？成個翻版木村拓哉嘅主音阿Ming表示，其實啲人聽唔到唱乜都冇緊要，最緊要係有feel，夠嘈，夠激，夠勁，釋放晒啲不滿同壓抑。鼓手細碼反町隆史就話，佢哋要打爆大學裡面死氣沉沉嘅局面。

問佢哋點樣兼顧學業同打 Band，佢哋都齊聲話，入咗大學就係神仙，側側膊就畢業，最緊要乘機搞作。咁佢哋將會有乜搞作？聽講話會參加六月嘅聯校流行音樂會，到時會有造玩大行動！究竟到時點玩法，就要大家密切留意了。

造玩勢力咁勁，睇嚟大學音樂系都要考慮改下啲收生標準喇！

比卡超

貝貝約了政三點半在泳池旁邊的飯堂見。

政三點四十五分才來到，手裡捏著一份周刊，臉上沒有表情。

對不起，遲了。剛剛開完會，為了這事情。有沒有看過？

說罷，把那份周刊掉在貝貝前面。

班友仔真是離晒譜，以為讓他們曝下光，造下氣勢，怎料他們亂講話，讓人寫到那麼 cheap。寫那條友又是，他根本都不明白，還說甚麼翻版木村拓哉之類的，真係頂佢個肺！

貝貝對這件事沒有意見。　預了周刊是這樣的啦！有人講好過沒人講嘛！

總之班友的質素有問題，好煩！他們其實只是想出名，做大明星！政望向遠山，呼了口大氣，臉上還是忿忿不平的樣子。

大家也不說話，好像他們為了這件事在吵架。

政突然記起大家是約了要見面的。　是呢，找我有甚麼事？

你上次話叫我們最好退出比賽，是真的嗎？　我這樣說過嗎？哦，對，其實是有些委員，第二間學校的，對你們隊體育系有點懷疑，因為資料裡面有兩個人沒有填學系。

政彷似事務性地交代著。貝貝定睛望著他，沒有答話。政停下來，就滿不自在。

做甚麼？　　是你自己供出來的，是不是？你不想我們參加，覺得我們不跟你合作，阻住你，你就拿件事出來講，推說人家話有問題，是不是？　　你講甚麼？我不明白。　　政，你最近做甚麼？其實我不是惱你，而是擔心你。你最近好怪。　　我沒事，一路都是這樣的啦！　　但是你不想我們參加，是不是？　　我不是這個意思。　　當初是你叫不是蘋果參加的，你給她希望，然後你現在就踩熄它，你根本就是在報仇。　　別這樣說好不好？我為甚麼要報仇？我甚麼時候跟你們有仇？　　你知道的。

政嘆了口氣，望向別處。突然又站起來。　　我去買杯東西飲，你要不要？是不是還飲檸水？　　貝貝點點頭。

政走開了，貝貝坐在那裡，沒事可做，就讀那份周刊的報導。

政回來的時候，放下檸水和奶茶，貝貝給兩杯都落了糖。

聽講話你想換論文導師。　　嗯，不過好難，好少發生這樣的事，系裡面不喜歡學生隨便提出話換老師，覺得學生沒權揀擇。

為甚麼？你跟他搞甚麼？　　沒甚麼，唔鍾意咪換囉。　　因為他那件事？你信周刊講的東西？　　這個人信不過，我以前傻仔，當他是偶像，但是他不是好人。　　你怎知？　　你說不是嗎？不是蘋果為甚麼要打他？　　你不講都沒所謂，我還知道他好多東西。他都知道我想甚麼，所以他留難我，話我篇論文方向怎麼怎麼不妥，找好多理由，好似叫我不要念下去一樣。我沒這麼容易就放棄，於是就想換導師。況且，他沒資格做我老師。　　停了一下，又說。　　其實，你為甚麼有事不早點話我知。

貝貝心裡一驚，不肯定他說的是甚麼事。政呷了一口奶茶。

我見過你跟他一齊。有幾次，我見過他的車子在你宿舍後面。有一晚，我還見到你上了他的車。　　你一直跟著我？　　不是跟著，是想見下你，但是又不敢直接找你，就想找機會撞下，怎料給我撞到他。　　我跟他沒有甚麼。　　我知，我知你跟他沒有甚麼，

你話有我都唔信，但是我驚你應付不到他。他這個人不簡單，講說話好似識催眠人，好恐怖。我驚你給他騙了。但是那次你上了他的車，我跟不上去，站在那裡望著那車子載著你走了，個心就好痛，又好驚，好驚因為我沒有及時出來保護你，令你受傷害。覺得自己好沒用。　　那你又不打電話給我問下？　　因為初時覺得，你可能不想我理你的事。　　那晚他真的，講了些好怪的東西，不過，我走了出來，我自己走了，沒有理他。　　是嗎？這就好了。

政疲乏地笑著。貝貝低頭沉思著。

你知不知道，韋教授給周刊揭醜聞那件事，其實是我做的。

貝貝更驚訝了，一時說不出話來。　　我跟阿清一齊跟蹤他，張相是真的，真的在一間好僻的酒店大堂影的。我聽過幾個古仔，還見過其中一個女學生，是阿清同系的師妹，我信她，真的有這樣的事。篇報導的情節是有點誇張，但是大至上是真的。這次是我第一次覺得周刊都有真嘢，或者是不介意周刊有假嘢。　　他知不知道是你做的？　　他一定懷疑過我，但是沒證據，屈不到我，就找別的東西來整我。我看他今次都好傷，不過多數死不了，因為證據不是太有力，張相好濛，好暗，因為太遠，影不清楚，而且其他都是靠幾個不肯出面的女仔的片面之辭，而且他有人撐，雖然他在大學裡有不少敵人，但是他的敵人又有敵人，所以變相又多了班朋友。這些東西就是這樣，我現在才知道，我真的是太天真，以為這樣就可以打垮他，有點後悔，太心急，應該部署得好一點才動手，真蠢！白費心機！　　政拿起周刊，拍打在桌子上。貝貝想起自己和不是蘋果打碎韋教授的車窗玻璃的事，但沒有說出來。

如果你話我報仇，我都算幫你們報了仇。雖然不可以說只是為了你們，但是，都跟你們有關。

但是參加比賽的事……。　　我知，我知我講過一些難聽的話，我不應該這樣講。其實，好坦白講，我有想過不讓你們參加。

為甚麼呢？我自己都不知道。我最近半年來都好不明白自己。不明白自己有甚麼做得不對，不正確，會得到這樣的結果。你無端端話要跟我分開，她又無端端出現，我又無端端覺得自己鍾意她，然後又無端端變回甚麼都沒有。我在反省自己，是不是一個其實不知道感情是甚麼的人，好似除了書本得來的東西，我甚麼都沒有把握。就算我現在搞樂隊這些事，我其實都沒有把握，時時會懷疑自己是不是在做蠢事。我要理論些甚麼，我都可以講到頭頭是道，但一到要實行，要接觸人，要處理人，我就好怕，真的，其實我好怕，好怕理人，好怕跟人打交道，更加怕跟人針鋒相對。搞這件事，跟好多人反了面，韋教授的人又排擠我，令我好難做。講真，今次比賽是最後一擊了，如果今次都不行，都沒有預期的效果，就沒有人再信我，沒有人會再和我做事。搞了這麼久，甚麼都做不出來，書又快要念不下去，連⋯⋯你說我還剩下甚麼？

貝貝聽他說完，微微搖著頭。她不是反對，也不是認同。

我知道你有你的原因，但是，不應該這樣就覺得可以合理化自己做的所有事。你可能依然會覺得我不明白你在做甚麼，但是你不可以因為失望就講到自己是個受害者，講到自己一無所有。為甚麼你不去看看你可以去為人做些甚麼？我不是說你沒有做，你做了好多事情，但是那些都是好似好大件事的，是跟甚麼力量對抗的事情，但是我講的是切身的，對個人的關心。我知你偷偷跟住我都是關心我，但是你不說出來，不是在相處的時候表現出來，這樣是沒有用的。就算你在韋教授件事算是給我們出了口氣，但是，這都是跟我們沒有直接關係的啊。我不是只是一味怪你，我都要這樣質問自己，因為我有些東西都沒有講出來。有些東西我不想這樣講，因為我自己都有責任，但是我們以前的問題就是，沒有一種好切身的共同感。我知道，我們分開了，不是蘋果又離開你，你心裡面其實一直不忿氣，是不是？好似想找機會發洩出來。所以你後來就當我

們好似是實現你的想法的工具，你不理會這樣會令人好難受。我們其實好擔心，不知道為甚麼你會變了一個這樣無情的人。但是，我想想自己，原來不是蘋果都這樣話過我。其實我們大家或多或少都有無情的時候。我都是。我們都應該承認這一點。在這點上面，原來我們最相似。

政沉默了。剛才辯解的時候還是滿有道理的，現在卻低著頭，咬著嘴唇，好像無言以對，又好像極力壓抑著甚麼。

大家不知沉寂坐著多久，貝貝指指周刊報導說。　那你打算怎樣做？　怎樣做？沒怎樣，照樣做囉。雖然周刊都揚了出來，但是都要照去。　你不是想破壞個比賽吧？這樣即是害我們。看你怎麼看破壞吧，某方面來講是破壞，ISM會唱一首沒有人可以預料到的歌。　新作的？講甚麼的？　想知道？

貝貝點頭。政從褲袋掏出一張摺疊起來的紙，打開，放在貝貝前面。

貝貝湊前看著，眼裡卻出現驚訝，好像讀到了非常離奇的東西。她抬頭，困惑地望著政。

這是甚麼來的？怎麼唱呀？　歌詞囉！不是蘋果不是說過，我的歌詞太簡化，好似口號，好幼稚，變了政治宣傳，簡直侮辱了搖滾。我想了好久，終於想通了，所以寫了些新東西。　但是，這些字是甚麼意思？

政神祕地笑。

是一場語言暴亂。我要橫掃一切，我忿恨這個世界，好想將所有東西都統統炸爛！沒有值得相信的東西！根本就沒有意義！

政眼裡閃著詭異的光芒。貝貝忽然一凜，這是個她從來沒有見過的政。

貝貝別過政，回到宿舍。今晚是她最後一天住宿了。明天就正

式退宿。是結束的時候了。她收拾著東西。主要是衣服和書本。原本的生活圖景漸漸消失，直至只剩下床單枕被，和明天穿的衣服。紙皮箱和紅白藍膠袋堆滿了房間中央。收拾到深夜，最後處理的是手提電腦。她打開電腦，最後一次在宿舍上網。想看看有沒有黑騎士的電郵。有郵件進入，但不是黑騎士的。是政傳過來的信。她打開，卻只看到一堆亂碼，轉了幾次字型和語言，也看不到，不知是哪裡出了問題。整座宿舍只剩下貝貝的房間有燈光，在僅餘的檯燈下，手提電腦的屏幕亮著那些符號。雖然全看不明白，但貝貝卻試著逐個逐個去讀它們。

??

彌毂朥晈摽乙启玲眭釱斐饒孨乙矼皴彌腔？彌眫腕乙启？腕朥珩俏启珩屸？腔乙启渾乙渾启腔乙？飲祥綎屸堤趏燴癲乙堤趏启陥醴筐腔燴矼燊腔？矼乙祥屸堤糤启腔淩筒启腔淩屸朼乙启眒？祥眭耋趏彌睿祥屸妱弊腔屽乙启憩隔祥婬矼稇蚼启祥屸矼墅？彌善政斐乙墅？掞珩衂砩很筒稇屸屽？启祥嬰婬矼稇蚼朥启參启腔溇？茈善錫偭腔屽孨乙筒磬弊珩追政饒祥綎屸錫玲意酵砶稇屸启珩祥諫創庥腔乙筒踏毕彌启創庥朥玲筒創庥朥乙溇？憩芼？腕椰薯启漲鷗乙秖森楊孟厭善屸璃腔佲磬糤启秖遳奧酏朥替屸乙启憩咁耋珩衂砩很朥筒启袪屾襫眕創彌乙矼煇楊？彌？籛鶯樓掀？筒趏森乙彌？腔屽憩睿启燊朥乙启腔屽珩睿彌？燊朥憩咁启狪邽善載浬腔酵乙饒珩屸启趏撩玲？創忋腔朥彌鍔启艘善趏撩腔遰乙筒彌楊筒袁启乙嬰筒袁启启？祥眭耋趏撩眒？瓷詮躇乙饒启？襫眕玲？華砨忋郔摽腔腔觬
渼

復合

曲／詞／聲：貝貝／不是蘋果

切割成兩半的肥皂
沖洗成渾圓的外形依然殘留分裂之苦
在風中的菸絲毫不費力地燃燒
就知道沒有了的東西永遠補不回來

鑽研切割影子的方法
傾聽膝蓋在水泥地上跌碎的聲音
如果你不打算扶我就一起跪倒吧
在殘廢的日子裡多少想有人同睡

在無甚可觀的冬日輪流吸一支雄性情態的菸斗
無論菸絲多甜美到最後也不過是燒焦的氣味
珍惜那初嘗的第一口吧
分不開是櫻桃還是雲呢拿
直到聽見那微弱的爆炸
還在死命噴著那絕息的煙圈
你這個人

草叢有葦鶯嬉戲　　同是雌性
如果雲可以連成一體
人為甚麼要不同的名字

水泥路上有死蜻蜓　　金屬色無存
撕開風景　　掏出城市鏽色的內臟

千萬別要撕照片這麼濫情
也不用獨自遠行或者發狂工作去凸顯失落
到頭來只要決心面對鏡子
誰知道奶油和護膚膏是不是已經混合為一

在無甚可觀的冬日輪流吸一支雄性情態的菸斗
無論菸絲多柔細到最後也不過是變成灰燼
珍惜那初嘗的第一口吧
分不開是 Virginia 還是 Burley
直到聽見那微弱的爆炸
還在死命塗著那絕色的眼圈
我這個人

復合。（左）

　　落羽松的新葉剛開始長出來，樹蔭還是比較薄，下面有斑斑的影。貝貝坐在影裡的長木凳上，看著不是蘋果沿著池塘對岸的小路走過來。小路一旁是學院運動場圍網，另一旁植滿了及膝的觀賞植物。陽光投在不是蘋果短嫩的髮上，像頂著蓬蓬的金冠。她穿了紅色背心，下身在植物間若隱若現，看來是條牛仔裙，不是牛仔褲。她走到橋頭，從貝貝的視野裡消失了一刻，很快又在橋上冒出頭來。這時候，她看到樹下的貝貝，就向她招手。經過紅色涼亭，再過一段橋，她就來到池畔草坪。貝貝這才看到，她身上斜斜掛著幼帶布袋，一邊走一邊低頭往袋裡掏東西，遠遠就聽到她說：「你看我買了甚麼？」

　　不是蘋果來到跟前，貝貝才看到她手中拿著的是一個小巧的菸斗。簇新的，彎彎的斗柄，和淺棕色的斗身。

　　「哪裡弄來這東西？」貝貝好奇地問。

　　「特登去買的！只有在Sogo才找到。不太貴，買給你玩的。」

　　「是你自己想玩吧？」

　　不是蘋果坐下，從袋裡掏出一包菸絲，打開，拈了少許，用指頭塞到菸斗裡去。空氣中有車厘子的甜味。

　　「好甜！」貝貝把鼻子湊近菸絲。

　　「一陣還甜呀！」不是蘋果輕輕壓了壓菸絲，塗了棕紅色的指甲和菸斗的顏色很調和。把菸斗銜在嘴裡，拿出打火機，點上，吸噴了幾下，煙霧就像蒸汽火車頭一樣從菸斗冒出。沒有風，甜甜的菸味圍攏在她們身旁。

復合。（右）

　　想必是那從隧道口出來的時候突如其來地遇到的一陣教人茫然站住的熱風，使貝貝產生了如初夏天空給灰凝污染物堵積著的預感。換了是不是蘋果，就會把它形容為鼠色或者死狗皮模樣的天空。那其實也不算是條像樣的隧道，只不過是離開元朗市區往不是蘋果家途中經過的一條高架高速公路下面的通道。這條通道的長度只有六線雙程行車高架路的闊度的距離，也沒有下挖到地底，而只是把橋底的一個橫面建成長方形通道的模樣。通道內壁也鋪上了淺藍色的細磚片，並且在每隔幾米的距離裝上光管，但因為貝貝經過的時候是早上，所以未知晚間的照明情況如何。不過只要瞳孔適應了內部的光線，就可以察看到頗為簇新的裝修因為手工粗糙而變得過早殘破，牆壁磚片有零星剝落的跡象，露出了傷疤似的石屎底層，天花板也呈現凝視久了會催人作嘔不適的脈狀裂縫。在地上中軸線鋪有凸出的石屎條，把頗為寬闊的通道分割成行人路和單車路，但因為標誌並不明顯，而且當時並無人車，所以貝貝並不知道自己是走在行單車的路段上。從通道一端的外面，可以直接穿過長方狀管道看到另一端外面的空地，和空地上積木般堆放起來的貨櫃。但因為光線反差很大的緣故，如果注視貨櫃的話，在透視法般呈現的由闊到窄的通道壁就會變成一個黑暗的框框。貝貝毫不思索地踏進這個黑暗框框，不單因為對這條路途已感熟悉，也因為她心裡實在無暇顧及途中的絕對算不上是宜人的風景。她的腳步在通道內聽起來是在回音還未反彈回來就已經再踏出的速度，她就是以這種急促但均衡的速度穿過隧道，並在剛剛跨出另一端的時候被彷彿

「喂，試下！」

貝貝接過菸斗，試著放進口裡，噴了幾下，舌頭上有點清涼和潮濕。不是蘋果就說：「怎可以一味噴！你要先吸入去才行！對喇，如果不順暢就多吹幾下，讓菸絲燒開去。」

再吸了幾下，就再沒有煙。原來熄了。「初學好容易熄。」不是蘋果說。

「你好似好在行咁喎。」

「扮嘢咋！昨天才買，回家練了整晚。」

不是蘋果想拿回菸斗，貝貝卻不肯給她。「你小心個肚呀，還食這麼多菸！想死呀！」

「我都是想健康點才買這東西來玩，我決定戒菸仔，只是得閒玩下食菸斗。聽講食菸斗不吸入肺，比較好。而且，都不會整天食啦！」

「給你激死，你當食菸斗是美沙酮戒毒呀！」

「你都不知道，我其實是為了你才買的。」說罷，搶回菸斗，銜在嘴裡重新點著。

「甚麼意思？」

不是蘋果沒有答，吸了幾下菸斗，又說：「話時話，黑騎士好久沒音訊，搞乜？」

「怎知道。他這個人，整天唔聲唔聲咁。」

「那你本書怎麼樣了？」

「不知道。聽天由命啦！反正其實都不是那麼重要。都等到慣了。我想你最好連菸斗都不要食！」說罷又想去搶不是蘋果的菸斗。

「好，好，我應承你，一個禮拜才食一次，好不好？」

「不好，一次都不准食！」

「那今次最後喇！」

猛然展開的光亮卻又灰啞的天空擋住，像遇上了一堵無形的障礙物似的驟然停下。她站在那洞口，感到熱風在頸側竄越而過，髮絲末端有那麼的一瞬從肩膀盪開，整個身體就流過一股一直潛藏在皮膚下面的暗湧，從腳底一直衝往頭頂。在那麼一刻的時光停頓的暈眩中，她幻聽到一下刺耳的煞車聲，或者是近似於淒厲的尖叫。她一回頭，黑框洞洞就以相反的角度在她身後延長。高架路上的車子川流不息，時光回復了運動。沒有事故發生。初夏的潮熱慢慢下沉。

那可能算不上是預感。反而有一種回顧的色彩，好像把早已在裡面的一些東西重新給掏出來，所以有一種可怕的似曾相識。那絕不是指這條通道，這個地域的似曾相識，而是這個實際地景狀況所隱喻的似曾相識。她有點心慌，但又不知道是為甚麼。只回頭望了那一下，就低頭往前疾走，匆匆越過貨櫃場散布出來的鐵鏽色的空氣，朝那條連狗也懶得出來吠叫的小村子走去。她今早天未亮就收到不是蘋果的電話，只聽到她說不兩句就開始抽泣，不停地說，我到底還是個可恥的人，所以要得到這樣的懲罰。貝貝知道有甚麼不妥，但她沒有在電話裡問，她幾乎不用考慮地立即動身來找她。不是蘋果在電話中那種聲線，就像是她們第一次通電話的那種聲線。那是深夜至清晨之間特有的一種電話中的孤寂的聲線，是在其他時段和情景中絕對聽不到的音質，彷彿能夠在電波的背景中聽到一種深邃的空洞，一種說話者跌落到孤立無援的耳窩狀的黑暗裡的哀戚。她立即起床換衣服出來，坐早班地鐵轉火車再轉長途巴士趕來。在巴士上她想起第一次見面的那個清晨，那天的陽光，熾熱，和自己單薄的 T 恤。今天也熱，但卻是潮濕得讓牆壁冒汗的熱。在路上跑了一會，皮膚已經蒙上一層黏膜似的東西。

來到不是蘋果的家門外，貝貝沒有按門鐘，而是直接從信箱底撈出藏在那裡的後備鎖匙，自行打開閘門。一推開門，迎面而來的是壓縮成死魚狀般濕腥的空氣。她一眼就看到，陰暗室內的窗子都

「最後今次呀話明，食完菸斗要充公。」

「新買的！這就充公我！你想據為己有吧！」

貝貝拿出放在超級市場膠袋裡的紙包裝鮮奶，說：「嗱，飲這個啦，有益呀，人家說有了BB食多點鈣會不那麼容易作嘔。」

「是嗎，你怎麼知道這麼多？」

「看書囉。」

「你甚麼都看書，好搞笑。話時話，我都沒怎麼嘔，好彩。」

「遲點你就知！飲啦快點！這麼多話！再不飲嘔死你！」貝貝撕了一包高鈣奶，遞給不是蘋果。又拿出一本育嬰指南給她，說：「買給你看的。」

「嘩，咁多謝呀！你不怕買書的時候給人撞到，以為你有了呀？」

「你鍾意仔還是女？」

「唔，鍾意女多點，不過仔都好。」

「改甚麼名字？」

「不用那麼快啊，你幫我想吧，你讀中文的，識字都多點。」

「扮蠢，最鬼憎你！其實有沒有想過，如果那時候一路讀書讀下去會怎樣？」

不是蘋果呷著奶，說：「或者跟你做了同學。」

「是師妹呀，你小我一年。」

「是嘛，那豈不是要叫你做師姐！不過甚麼都會不同吧。可能我不會玩音樂。可能，就算我們見到面，都未必會做成朋友。」

「說得也是，這些事情說不準。其實我們算不算是朋友？」

「你說呢？」

貝貝聳聳肩，說：「不知道呢。上次跟你講那間學校，請了我。八月就正式上班。」

「真的！那個校長有鬍鬚那間？問你有沒有寫東西那間？」

緊緊關上，在床上給毛巾被包裹成蟲繭形的是不是蘋果的身體。那身體有微微的起伏，大概是睡著了。貝貝嗅了嗅氣味的源頭，走進廁所，開了燈，看見馬桶裡浮滿了未沖走的混合了尿液和赤色碎塊狀東西的穢物。她喉頭湧起了一陣酸味，立即伸手拉了沖水把手。她洗了手，用肥皂很徹底地擦遍手指間的罅隙。再出來的時候，看見不是蘋果已經在床上坐起來，把枕頭墊在背後。來到她旁邊，就可以看見她的臉有一種放了血的被屠宰的豬的顏色。她穿了條鬆鬆的無袖睡裙，胸口的鈕沒有扣好，露出了同樣地缺血的透現出青藍斑脈的鬆弛的奶。頭髮像水草般黏在臉面旁，發出霉腐的氣味。總之，是整個身體也被抽取了類似於精魂的元素，而剩下乾癟的無用的物質。貝貝把她的手從被子裡拿出來握著，手的肌膚在發著黏膩的冷汗。不是蘋果退色到近乎隱形的唇吐出了虛弱的說話：它走了，走了，像所有人一樣都走了。貝貝不用問，她知道她說甚麼，也知道那話不假，但她不知道應該怎樣反應，因為縱使是同樣擁有著女性的身體，她也無法憑藉想像或近似的經驗推斷那是怎樣的一種感受。她甚至有點怕害去想像它。當不是蘋果想說下去，她就問她累不累，要不要再休息一下。不是蘋果沒有躺下來，雖然她身心受創的程度很難讓她支持坐著的姿勢太久，但她還是拒絕躺下來。於是貝貝唯有讓她倚傍著，承受著那單薄的身子不知哪裡來的沉沉的重量。

　　那是昨晚深夜開始的事。不是蘋果說。我還在寫打算參加音樂會的新曲，一邊抱著結他一邊填詞，不知怎的下面就開始痛。我還以為是休息不夠的狀況，後來卻演變成劇痛，不得不拋下結他衝進廁所去。還未坐到廁座上去，血已經流出來了。那是濃稠的血，後來就是塊狀的東西。我蹲著，蜷曲著腰，感到裡面有東西在剝裂，很可怕，是很明顯的，感受很清晰的剝裂，好像聽到聲音，感到撕扯的動作一樣。我不知道是不是害怕，還是怎麼樣，也許當時只是

「就是那間，還說將來請體育系去演出呢。」

「好嘢，正呀！去跟學生們打Band。對呀，或者我可以去學校教打Band，好似黑騎士那樣，可能都是一條謀生的路數。」說罷，自己就哼起歌來，雙手一邊扮作打鼓，突然又問：

「個音樂比賽我們是不是真的可以出場？阿政條友不要又玩花樣！」

「他說已經搞妥了。這次他是講真的，不會騙我。是呢，智美最近怎麼樣？跟阿灰和好了沒有？」

「好似好一點，我都幫他們調解過。其實他們好襯，但是阿灰受不了智美對個個男仔都那麼好。」

「但是弱男真的退出？」

不是蘋果有點氣憤，站起來，說：「條友真的沒信用，看他都是怕到時有人搞事，即刻閃，他走了更好，他的bass屎到七彩，我自己彈好過。色色不會縮沙吧？她不走就沒事，我彈bass，你彈結他，智美打鼓，色色keyboard，都還算完整。」

「那決定了唱哪首歌沒有？」

「作了首新歌，叫做〈復合〉，你們看看好不好。」

「個名甚麼意思？」

「講一塊肥皂切開了，可不可以再黏在一起。」

「很有趣呢？」

「其實不是真的有趣，有點悲。唱第一段你聽聽！
切割成兩半的肥皂
沖洗成渾圓的外形依然殘留分裂之苦
在風中的菸絲毫不費力地燃燒
就知道沒有了的東西永遠補不回來」

唱罷，大家沉默下來。歌聲好像在空中凝住不散。然後不是蘋果走到橋頭的垃圾筒，把空奶盒掉進去。回頭見有一隻大白鵝坐在

茫茫然，好像在惡夢當中，就算是怕，也有意識在等待著它中止，回復正常的狀況。但沒有回復這回事。撕掉了就是沒有了。我想呼叫誰幫我，但我覺得全世界只剩下自己一個人。就在那最痛楚的一下破裂的一刻，我一陣暈眩，眼睛閃著貧血的火花，覺得有甚麼從體內出來了。那真是諷刺，不是嗎？終於出來了，可以從困著自己的身體出來了，但卻是以這樣的一種慘況實現。可是那一刻我真是出來了，從旁看見了痛苦中呻吟著的自己，扯起了皺舊的睡裙屈曲著赤裸的下體把可憐的屁股嵌進廁板裡排泄著濃血和肉塊的自己。你知道那是怎樣離奇的景象嗎？那是一種恥辱感啊。不是流產的恥辱感，不，流產帶來的應該是失落和哀悼之情才是。那是旁觀的恥辱感啊！那是眼睜睜看著自己受難而還可以站在旁邊加以細察的可恥的感覺。但為甚麼我會這樣旁觀自己呢？是我一直對懷孕這件事抱犬儒的，甚至是暗地裡厭憎的態度所致的嗎？為甚麼我不覺察到自己心裡有這樣的一面呢？為甚麼我還以為自己就算有點緊張但也是滿懷著興奮的心情來迎接它的到臨呢？我是為這一點而感到可恥，感到自己縱使是對這個未成形的生命也表現出虛偽來，就好像父母曾經給我的十一年的虛偽的愛。那就是我所繼承的假面啊，黑騎士說的好看而且看來很真的假面。但無論看來怎樣真，也依然是假面吧。我好像親眼目睹自己的假面在子宮的剝落裡逐漸裂開，露出裡面可怕的、醜陋的真相來。我連這最後的一點真誠也沒有。這對待自己的骨肉的真誠。如果我真的把它生下來，我會是一個怎樣的母親？會是像我媽媽一樣的任由兒女自生自滅的母親嗎？

不是蘋果奇怪地並不激動，反而像沉澱了濃稠的傷痛而濾隔出表層的清澈溶液一樣，毫不含糊地說出了自己的狀況。貝貝本來是真心誠意地起來扮演安慰者的角色的，但此刻卻被不是蘋果的坦白反過來威脅著，好像終於等到的說真話的時機來臨時，才知道真話是需要身心剝裂的痛苦代價。作為安慰者，她竟然無言以對，而且

草坪上曬太陽，就躡足走過去逗弄牠。貝貝見她把手指合攏在一起扮作鵝頭，在白鵝面前晃來晃去，就覺好笑。不是蘋果望望這邊，做了個頑皮的笑，又繼續扮鵝，脖子一伸一縮的。貝貝就笑得更厲害了。

　　玩鵝也弄到滿頭大汗，不是蘋果一邊抹汗一邊走回來，說：「知不知道奧古已經去了日本。」

　　「去日本？學尺八？」貝貝有點驚訝。

　　「是呀，去京都，都不知幾時回來，可能學一世，一世都不回來。」

　　「好犀利呀，這個人，真的這樣都做到！他真的一點顧慮都沒有，話做就做！」

　　「奧古真是個奇人。」

　　「好羨慕他。」

　　「將來儲到錢，一齊去日本探他吧。」

　　「我有排都不會有錢去玩。」貝貝說，若有所思。

　　不是蘋果點點頭，表示理解，也說：「其實我都不會有錢，將來這個東西出世都不知怎麼養它。」

　　貝貝遲疑了一下，才說：「有沒有想過不要？」

　　「不知為甚麼，沒這樣想過。雖然覺得好大鑊，但是覺得，會生它出來。」

　　「因為是他的？」

　　「不是，因為是我的。我跟他再沒有關係。」

　　不是蘋果說得很決絕，然後又點菸斗。靜靜地噴著煙。深呼吸著。陽光穿過疏落的松樹新葉，像雨點般灑在她面上和手臂上。一隻蜜蜂在前面的灌木花叢裡徘徊，一時想飛過來，卻被噴出來的煙驅走。貝貝察覺到，附近沒有蟬鳴。是因為樹種不同嗎？

　　「你穿大肚衫一定好搞笑。」

開始退縮，希望回到和不是蘋果那和氣融洽的無關痛癢的日常相處中，而不願意直視彼此一直被隱蔽著的難堪的面容，就像她不願意想像到不是蘋果把赤裸的臀部嵌在廁所板裡抽搐著排出體內的肉塊那樣的慘象一樣。她情願繼續看著不是蘋果那張好看而且看來很真的假面，那個永遠是散發著性感的誘惑和光芒的才華的不是蘋果。可是不是蘋果的虛脫並沒有減損她的銳利，她從貝貝的無力的握手中看穿了她的畏縮。所以她反而以病人之軀奮然充當起治療者的角色，忍受著傷患的痛楚接受無麻醉的自我解剖。

　　她叫貝貝給她倒一杯水，慢慢地喝下去。可以聽見水穿過她脆弱的喉管時發出的像要撐開狹窄的管壁的聲音。她待恢復了一點力量，才繼續說，記不記得我們談過罪與罰的問題？在很久之前，我們剛剛相識的時候？你問我信不信罪與罰，是吧？那時候我告訴了你那個無人遊樂場和小丑的夢，還有關於波板糖和口交，這些，你也知道得很詳細吧。我就是一直那樣覺得，我接二連三遇到的不幸事，也是我先天地犯了甚麼罪的懲罰。我表面上是個倔強的，不肯輕易認錯的人，但其實我是帶著罪有應得的心態一直生活著。因為除此之外，我找不到別的解釋了。一切發生在我身上的壞事也是有道理的，我也因此有了承受壞事的心理準備。高榮離去，我也會歸咎於我是一個不懂得去愛和不值得被愛的人。所以，就算我沒有宗教信仰，但也會和某種宗教式的罪疚感有相似之處吧。昨晚至今早一直坐在廁座上時，罪和罰的意念，或者，不是那麼清晰的意念，而是近似於這意念的情緒，就反覆在劇痛的陣發中像回音一樣不斷地提示我，這是我應有的懲罰。你知道嗎，起先我以為懲罰是指失去了體內的生命這件事，因而發瘋似的忿忿不平。我在哭號聲中拍打著廁所門板抗議著，不可能的，不可能因為我先天的缺憾而這樣懲罰我的，尤其是當我願意在這新生命身上補償我的罪！這是多麼的荒謬！多麼的殘酷無道！我就是在這種慘然的絕望中打電話給你

「唔好搞我，我死都不穿那種衫。」

「應該是1月出世，是不是？你就是，二十還是廿一？」

「下個月就廿一了。」

「廿一歲就做媽媽。不知道我幾多歲會做呢？或者不會都說不定。」

「誰知道？」

貝貝沒答話。運動場那邊傳來零星的呼喊，但已經放假了，不會有人上體育課。

「你們這麼大個還要穿著P.E.衫褲上堂，不是好戀居嗎？」不是蘋果笑著說。

「是必修科來的，不修不能畢業。」

「咁毒？有甚麼好玩？」

「要修兩科，甚麼都有，好玩易玩的就很多人爭，好似網球、羽毛球那些，我修過排球，以前都鍾意玩，第二個學期遲了，沒得揀，只剩下體能，好要命。」

「玩甚麼？鐵人賽呀？」

「差不多啦，最慘是環校跑，跑到抽筋。」

「是嗎！要著P.E.衫褲周圍走？那撞到同學豈不是好搞笑？」

「是呀，有些女仔好鬼貪靚，差不多要遮住個面來跑。不過，P.E.衫褲這東西，要著的時候覺得戀居，但是不能再著就會覺得，⋯⋯不可以說是懷念，而是，有些甚麼過去了，不會再回來。」

「不是每個人都好似你這樣想。」

「你都穿過。」

「你又是說那天？」

「我好記得。」

大家停下來，好像要讓記憶沉澱一下。過了一會，不是蘋果才

的，但當你來到，坐在我身旁，聽著我的說話的時候，我就開始想到，流產本身不是懲罰。不。懲罰是那刻的發現，發現自己在對流產袖手旁觀著啊！是突然揭開自己的假面，看到了自己羞恥的真面目時的那種折磨啊！為甚麼我會發現到這一點呢？可能是因為，你曾經說過關於旁觀的羞恥感的事情吧。那其實就是作為你人生的背景色調的一種情感形態嗎？那會是一種像天亮之前的青鬱的孤寂色調嗎？我以前怪責過你的這一點，事實上也同樣是我自己的虛偽個性的核心吧。

不是蘋果停了一下，又喝了一口水，垂下頭來休息的時候，敞開的衣衿露出的奶也像隻剛剛被奪去親子的受傷的獸般懷著失落和自讀下垂，微微的起伏就像還未從慘烈的反抗戰鬥中恢復的喘息。她不自覺地摸了摸那奶房，像是安撫獸的痛楚一樣，又開始說，於是我就被迫從這種旁觀的角度開始翻看一次過往的包含著虛偽的片段，無須很長時間，只要那麼的一瞬間，就掃描了一次，而且準確地找到那些時刻。例如兩次和黑騎士的單獨見面。一次在去年年底，另一次在今年年初，在剛剛重遇到高榮之後不久。這兩件事本來也未必構成虛偽，至少是沒有夠得上是羞恥感的範例之一，如果那只是我和一個有妻子的男人之間的事情的話。但完全是因為你的關係，這件普通的事就變了質，給愧疚的漩渦捲進了核心。他大概沒有把事情告訴你吧。正如我也一直沒有說出來一樣。很誠實地說，如果我還有資格用上這個詞的話，我是沒有帶著甚麼明確的意圖去找他的，我只是模糊地被那句好看而且看來很真的假面誘惑著，並且覺得以這句話為據點可能會發掘出關於自己的甚麼來，而通過黑騎士這個帶著魔術師的性質的人物，可以得到某種神祕的啟示。我就是帶著這滿腦子荒誕的幻想去找他的。那不能不說是他的書，以及你和他所一起組成的那個寫作的虛構世界所造成的一種有力的假象。也許，也包含了我是特別地容易受假象的引力牽動的個

說。

「那個人現在怎樣了？」

「好似話沒事，沒有人站出來指證他。不過，都已經好沒面子。」

「這樣都有？這樣都可以沒事？」菸絲差不多燒盡了，煙越來越稀細。

「如果你現在再見到他，會怎樣？」

「我想，我不會再理他。我覺得，自己有些甚麼不同了。不知是不是因為有了肚裡面這個，看事情好似不同了。有些東西我不會再理，沒意思啦。我不會再打他那麼蠢。雖然，我一樣不會原諒他。」

貝貝低著頭，看著自己的波鞋，鞋頭擦著地上的泥沙。菸斗真的熄了，怎樣用力吸也沒用，只有風穿過菸斗的聲音。最後的菸絲有焦味，沒那麼甜。不是蘋果試試用掌心握著斗身，好焫。拈著斗柄，望了望周圍，不知該放下還是拿著。樹上傳來嘰嘰呱呱的鳥鳴。幾隻大棕鳥降落到草坪上。

「這些黑面雀是甚麼？」不是蘋果指著鳥群說。

「好似叫做七姊妹。」

「怪不得叫聲那麼嘈，吱吱喳喳的。」

「我們兩姊妹文靜點。」

「鬼做你個妹！你又來屈我。喂，影不影相？」說罷，把菸斗放在凳上，從袋裡拿出像玩具一樣的小型即影即有相機。「我們都未一齊影過相。」

「去哪裡影？」

「我去後邊草地上面影回來。」不是蘋果跑開幾步，回頭，觀景窗裡有松樹、木凳、和木凳上的貝貝。拍了一張，把照片抽出來，放在凳上讓它自動顯影，又拍另一張。貝貝也幫不是蘋果拍，

性傾向，畢竟我也一直是個假面製造者啊。第一次見面其實甚麼也沒有發生，大家只是吃飯，期間我告訴了他自己跟你和政之間的事，好像是一種坦白，但其實可能是塑造新的假面的一種舉動。我想把那句話裡面的好看調整到某個角度，令它更為可觀。簡單地說，就是我想讓他受到誘惑。我不是說我一早就很特定地計畫要誘惑他做甚麼，沒有，我只是想得到那種連他這樣的人也被我誘惑的感覺。我在心裡想像到，也許我和他結帳後會到甚麼地方睡。而當他反過來向我說出他自己的混亂狀況的時候，我就知道，無論他是真誠與否，無論我相信他與否，他心裡已經產生了和我相同的欲望。也許，就算結果不必要真的睡，我們在心裡已經做了那樣的事。可是，那次真的沒有這樣發生。也許正因為這樣，那種虛構的魔法才沒有消除而得以保存下來吧。之後我縱使想過，也沒有再見他，買了帽子也只是讓你去送給他。我認為這樣是補償了不向你說出來的歉疚。但到了後來我再次碰到高榮，而且持續地和他見面，卻壓抑著甚麼似的無法說出來，我又再打了電話給黑騎士。我大概是把他當成了驅魔師而想讓他趕走我身上附著的邪靈，或者把他當成了神父而向他告解我的罪孽。我需要找一個有法力的人給我說出來，但因為那時候你對高榮的事情的激烈反感，令我更不能和你傾說。也許我在不斷繞圈子也不過是想為自己找一個心理分析的下台階，說穿了可能很普通，那不過是因為我個性的惡劣，和先天缺乏忠誠的能力。總之，我和他再見了一次，這次我到了他家裡。那裡的情況和我們一起去的那一次幾乎看不出分別。我沒有問他甚麼，我知道既然是這麼的約定了，而我又是這麼的答應了，事情就必會這麼的發生了。問題是，我滿腦子也想著高榮，我猜他也是一樣想著別的，好像我們只是合力上演了一場和誰復合的劇目，作為角色的我們裝作激烈地投入，作為演員的我們卻縮在角色的軀殼裡，或者逃出了那兩個木偶一樣交互活動著的人體，坐到旁邊觀看這場滑

兩人在池塘畔來來去去取景。剩下兩張，不是蘋果望望四周，說：「沒有人幫我們拍呢。」

「沒有自拍鍵嗎？」

「當然沒有啦，這樣的玩具。來，自己來，近點影一張。」

兩人把臉湊在一起，不是蘋果伸長雙手，把相機鏡頭向著自己和貝貝，按了快門。「好，再來多張。」

木凳上排滿了十張咭片般的小照片，以不同的速度顯影著。最早拍的已經出來，中間的出了一半，最後的兩張只有含混的形影。在察覺不到的瞬間，影像都浮現了。最後兩張合照因為太近，人臉很大，看不到背景，又對不準焦距，笑容濛濛的，而且兩張臉偏向一邊。

「影到個鼻和個口好大。」不是蘋果笑著說。「一人一張啦。」

「我得閒一路幫你影點相，影住你個肚越來越大的，一定好得意。」

「好呀，要不要脫光衣服給你影？好似人體紀錄片那樣？」

「這就最好啦，清楚點嘛！」貝貝說，雙手就在肚腹前模擬出大肚子的形狀。兩人也笑著。樹上的黑臉鳥也呱呱叫著。很響亮的。

笑到累了，貝貝望著天色，嘆了口氣：「又夏天了。」

不是蘋果也望著天空，說：「對呀，又夏天了。」

「又整個朝早了。」

「嗯，整個朝早了，坐在這裡。」

「如果天天都是這樣就好了。無無聊聊地傾計。」

不是蘋果點點頭。

「這麼熱，找天一齊去游水好不好？趁我還有學生證，上去大學泳池游，沒出面的泳池那麼迫人。大肚都可以游水的，是最適合大肚婆的運動。」

稽諷刺劇。結果笨拙而且可笑。我記得的就是這種偽裝給揭露出來的狼狽感，好像演員沒有好好排練而在台上出醜一樣。不過觀眾並不介意，看來還覺得這樣比較有娛樂性的樣子。那種虛構的魔法突然就解除了。他不再是驅魔師或者神父，而顯露出挫敗者失措的臉面。這時候，我終於覺得我可以相信他的話，正如他也願意相信我的話一樣。我們就那樣坐著，說了一些事情。

不是蘋果雖然依然虛弱，但說話卻漸漸地膨脹成一個具實質的形狀。貝貝一直握著她的手沒有放開過，但卻不自覺自己的手在顫抖著。那竟然不是她完全沒法想像的事情，所以襲擊她的並不是驚訝，甚至不是被欺瞞的憤怒，而是目睹那最隱蔽的景象而不能動彈的無助的恐懼感。她有那麼的一刻想縮回手，或者一巴掌打歪不是蘋果的嘴巴，讓她不能再說下去。但不是蘋果才是此刻的驅魔師，或者女祭司，發出了那虛構的語言的魔力，讓她僵硬在當場，接受著掛滿荊棘的真話的鞭撻。不是蘋果繼續用那平緩而有力的語調說，那之後我們就沒見，是知道沒有必要了，以後就算有機會見到，也不會再回到那回事了。我知道你在聽我披露這件事的時候，一定是多麼的難受。我相信，連你自己也不會承認，你是喜歡黑騎士的，因為喜歡這詞語太疲弱了，根本無法確切表達你的感受，對不對？但無論我們怎樣稱呼這種複雜而難以定形的感受，你知道我，和他，背著你做了這些，然後又向你隱瞞，你一定有權覺得，這是多麼卑鄙的行為。但是我今天體會到的，並不是事情本身的卑鄙，而是在你的目光下無力地暴露出真面的卑下感。我已經沒有時間考慮，你會不會因此憎恨我，因為我是這樣一次又一次的傷害你。也許，如果你是要向我報復的話，我也是無話可說的。無論你要對我做出甚麼，咒罵我，離棄我，任由我一個人面對失去了孩子的無意義的人生，或者狠狠揍我一頓，我也是無話可說的了。但我在奢想著，在你向我作出報復之後，我們在心底裡還可不可以繼續

「是嘛？你再教我啦。我怎麼學都不懂。」

樹上的鳥又在吵和著。不是蘋果抬頭望向枝葉間。

「那些雀真是好鬼嘈！會不會有雀屎掉下來？」

「有都不奇。雀當然會屙屎啦！」

「那邊個球場可不可以入去？」

「做甚麼？」

「想入去行下，費事只是坐著。」

「去睇下啦！」

不是蘋果把菸斗裡的灰倒進垃圾筒裡，和貝貝收拾了東西，離開池畔草坪，過了橋，向運動場走去。從鐵絲網望進去，運動場空空的，只有一個男生獨自在籃球場投籃。男生曬得黑黑的，穿一件背心，和卡奇及膝短褲。貝貝和不是蘋果走進運動場，在跑道上漫走著，男生就不時望過來，誇張地大力拍球，又格外落力地走籃。跑道有太陽蒸騰出來的沙粒味。盪著那種球場上特有的風。縱使今天潮濕而且無風。但也有一種湧動的類似風的空曠感。或者是隱形的氣流。不像風般可見。一種空空的，無定向的氣流，混合了草、泥土和沙粒味的氣流。讓人的身體變輕的氣流。好像可以乘著它飛起來的氣流。

「你猜我們比賽有沒有機會？」不是蘋果說，聲音給廣大的氣流吸走。

「有嘅！盡力囉！」貝貝點頭。

「你猜我可不可以做到歌手？」

「你可以，你一定可以！」

「你都可以做到作家！」

跑道沉默地聽著，跑道沉默，不說話。

「我生仔的時候你要來陪我呀。」

「梗係啦！」

成為朋友？我們不是問過這樣的一個看來很普通的問題嗎？我們算不算是朋友？還是，朋友這個詞，跟其他指稱人與人的情感關係的詞一樣，也是那麼的疲弱，那麼的遠離真相？是甚麼使我們互相認識，讓我們彼此接近？那不就是你早就通過奇妙的啟悟而說出來的隱晦的共同感嗎？那就是我和你在看不清對方的黑暗中，站在共同的一塊地方，感受到，並且是確信著對方的存在，因而不再害怕孤獨的一種共同感啊！而這種共同感是那麼的隱晦，那麼的難以察覺和理解，以至於我們都只差那一點點就錯過了。但我們事實上是遇上了，是沒有錯過它啊。我們甚至是在很久之前就遇上，在我們還未認識之前，在我們幼稚的年紀，在那本來是那麼的純潔無瑕的幸福生命中，突然第一次被那可怕的力量襲擊，而毫無還手之力地任由它肆虐的時候，我們就已經站在一起，作為施辱者和受辱者，旁觀者和當事者。只是，我們還未看到，縱使我們是兩個截然不同，永不可能融合為一的身體，但我們腳下的地是共同的地，包圍著我們的空氣般的牢房是共同的牢房，我們身處的是共同的更衣室，或者共同的體育館，共同的舞台。我這樣說了一大堆不是想再次利用狡猾的語言來說服你原諒我，來防止你真的向我報復啊。也不是想把罪惡的陰雲也蓋到你的頭頂上去，讓你看來也和我一樣墮落。我只是想告訴你，在我可恥地旁觀著像獸一樣的自己赤裸地屈身在廁所內排泄著那早夭的不能成形的小小的另一個自我時，我只是想到你，和非常珍重地恐懼失去了這和你共同分享的東西。

　　不是蘋果被她那些不合常態地蜿蜒著的句子弄得不停喘息著，好像害怕不一口氣在一句裡說出來，就沒有力量再說另一句。貝貝感到有甚麼在迫近她的身體，好像是猛獸一樣的某些人的低吼和腳步。不是蘋果無力地抬起手，指著雜物堆那邊，說，球拍，可不可以去拿那枝球拍過來？貝貝不明白這奇怪的要求，但她卻像中了咒一樣照著去做了。那枝斷了線的羽毛球拍不重，手柄沾滿了灰塵，

跑道依然沉默。

「喂，你看他！想吸引我們注意。去跟他玩下吧！」

「吓？」

「來啦，打下籃球啦！」

不是蘋果說罷，拉著貝貝的手臂，往籃球場上的男生跑去。

跑道就開始說話了，遠遠都可以聽到的，兩人的步伐。

她只有拈著細長的金屬拍杆。不是蘋果小心地接過球拍，拿紙巾抹乾淨手柄，把拍柄握在手裡，往空中無力地虛晃了幾下，好像選手在出賽前適應一下器材的重量。然後，她把球拍遞給貝貝。貝貝不解地握著球拍，看著上面扭曲的斷線，不知道應該把它舉著還是放下。不是蘋果晃著好像要隨時因貧血而昏厥的臉色，有些微顫著嘴唇地說，你不是告訴過我小宜的事嗎？你在初中的時候，在更衣室目睹的好朋友小宜給幾個女生按倒在地上，給扯掉校服裙底下的P.E.褲，然後用羽毛球拍插下體的場面。你就是把那場面，聯繫到我在卡拉OK攻擊姓韋那人的時候，給按倒在地上，露出網球裙下的P.E.褲，無助地蹬腿掙扎的場面吧。而你在兩個場面裡，也是甚麼都沒做地站在旁邊，好像是驚惶失措，事實上卻是合謀地用可鄙的目光參與著羞辱的事故，你一直也無法不這樣想是不是？也無法忘記當中的罪疚感是不是？但你心中竟然也有一種神祕的享受，體驗到一種奇怪的愉悅的光芒是不是？這就是你所說的隱晦的共同感對嗎？但你憎恨自己的旁觀，你一直想知道真正參與羞辱的罪惡的感覺，好像這種感覺最終可以令你體會到被羞辱者的悲慘，並且在這悲慘的分享中得到不再孤獨的確證吧？是不是這樣子？不是蘋果疲累的噓氣中有銳利的碎片，刺痛地刮在貝貝退卻的臉上。渾濁的思緒在她的腦袋裡翻滾，她像頭盲了的獸般作出無效的和無方向感的奮力還擊。她不停說，沒有！沒有！你胡說！沒有！聲音尖銳，幾乎成為了哭叫，蓋過了不是蘋果薄片似的聲線。但在貝貝突然被甚麼卡住了喉頭而再喊不出話來的時候，不是蘋果卻也同時沉寂下來。翻滾停止了，空氣在一瞬間開始沉澱，污濁的沉積物下降。不是蘋果慢慢掀開被子，把殘舊灰白，沾了乾黑血跡的睡裙扯起到肚皮上，張開雙腿。同樣灰白的光線投映在她突然變得粗糙的皮膚上，使她看起來像個還未磨滑的一敲即碎的劣質石膏像。那雙腿間的陰毛給黏濕的黑血糊成一團，發出那種死魚般腥臭的氣味。貝貝

定定地望著那張開的陰部，中間就是她曾經在泳池更衣室想把手指插進去探知它的可恥程度的陰道。她無法否認這一點，也連帶無法否認不是蘋果剛才發出的一連串質問。不是蘋果說，插它吧，拿球拍柄插進去吧，向我報復，求求你，這是你，和我，唯一解救的方法。

球拍柄沒入那泥淖般的血污裡的時候，貝貝就放開了手，開始號哭。她一生人也未試過哭得這麼大聲，像要和記憶中的某種哭叫聲的回音相融一樣。

不是蘋果在無聲地流淚。和流血。

2013斷想

——影印機

劇中的影印機是神來之筆。導演把高榮後來開清潔公司這件事，改為開影印鋪。他採用了那個章節的標題〈複印〉的意象，一方面是說生活的重複、平庸和單調（沒有比開影印鋪更卑微、沉悶和無聊的事情），另一方面也點出了不是蘋果想複印和高榮的過去的虛妄。把一台影印機放在台上，在漆黑中閃動的光影極具舞台效果。修讀舞台及服裝設計出身，對物件異常敏感和迷戀的譚孔文，完全發揮出這部影印機的精髓。他後來打趣說：這不就是deus ex machina嗎？對啊！應該說是「神來之機」吧！

——從尺八到太鼓

當初寫尺八，是因為真的有奧古這個人，而他是吹尺八的。把奧古由吹尺八改為打太鼓，不但沒有違反原著，反而豐富了舞台的可能性。兩者都是日本傳統音樂，當中有關修煉的精神有互通之處，而太鼓在舞台上更具表演性，更具震撼力。太鼓作為意象，涵蓋對力量的控制和對節奏的把握。劇中的奧古去日本學藝，寫信給貝貝說，他的師傅要他去靜心聆聽不同的聲音，而不是急於學打鼓。有一天他無意間在林中的廟宇前看到一個能劇演出。他一

直看到火光熄滅，然後他回去告訴師傅他的領悟。師傅說，他能夠在一張臉上看到兩種神情，就好像在廢墟中聽到蟬鳴，從今以後無論遇到甚麼事情，他也不會急，不會亂，會有自己的節奏。自此，他就可以拿起鼓棍打鼓了。這是整個劇的結局台詞，不是來自書中，而是譚孔文寫的。我認為這是個很好的總結，寫得非常有意思，配合結尾那個定鏡畫面，極為優美。這，也是所有創作者的自我期許吧。

出演絕拒

曲／詞／聲：不是蘋果

挾著穿洞的椅子離去　　　拒絕演出
可惜不是人人可以當三十一歲的顧爾德
在極北的森林中有疏離的枝條

狂抽菸也不是辦法　　　肺部萎縮
竭盡心力換來零星的拍掌又算是甚麼
人人都認識的話就成了過街老鼠

沒有前台就沒有後台的風景
沒有私生活床上活動的曝光
沒有所屬的星座和最喜愛的動物
和刻意令人難堪的初出道照片
沒有沒有　　　有也沒有

親愛的如果你愛我的話請讓我去照照肺
醫生會指出 X 光片上的斑點告訴我不宜唱歌
既然如此就讓我永遠沉默下去吧
我會在大街的人潮中忍住咳嗽
假若你碰見面紅的我就會知道
其實我一直介懷你的目光

偷偷把門票弄丟　　無可如何
期待太久的事情只有期待下去才是真實
沒有人認同也不過是妄想

出演絕拒

大學聯校新聲爆發音樂比賽
Working Schedule

9:00am - 10:30am	Technical Setup
10:00am - 10:30am	Competitors' Briefing
10:30am - 12:00 noon	參賽者排位
12:00 noon - 12:30pm	Lunch Break
12:30pm - 2:00pm	MC試稿，individual參賽者彩排
2:00pm - 3:00pm	表演嘉賓彩排（Moon, Pinky）
3:00pm - 4:30pm	Group參賽者彩排
4:30pm - 5:00pm	頒獎彩排
5:00pm - 6:00pm	Break
6:00pm - 7:00pm	Standby, all staff and competitors
7:00pm - 9:30pm	Show Time

9:00am - 10:30am
Technical Setup

　　大家約了九點半在比賽會堂門外等。貝貝、不是蘋果和色色都準時到了，就是沒見智美。打電話給她，原來還未起床。不是蘋果罵了她一頓，叫她立即趕來。都不知道昨晚又跟阿灰搞甚麼鬼！死懵婆！說罷，別過臉沉默下來。

今天大家約定都穿小格子恤衫，裡面穿背心，下身穿牛仔褲。飾物自便。不是蘋果在低腰牛仔褲上掛滿了金屬鏈。十隻手指有九隻都戴了金屬戒指。耳朵上掛滿銀環。頭髮染了紅色。昨天去染的。她簡短地說，神情有點凝重。貝貝只是簡單地戴了些手環，不是蘋果說太不顯眼了，就除了四隻戒指叫她穿上。又幫她把頭髮束起來，別了許多彩色髮夾。色色戴很多膠珠膠環，顏色不錯。不是蘋果用訓示的語氣說：到時再弄些特別的化妝，雖然重點是唱歌，但是不可以沒看頭。揚了揚手裡的化妝箱。兩枝結他挨傍在入口石階上，藏在黑色的套裡，好像還沉沉睡著。門外陸續聚集了些人，可能是來彩排的參賽者。貝貝走近門口，從門縫窺看。不是蘋果坐在梯級上抽菸，沒說話。裡面好像有人聲，和斷斷續續的音樂。突然就有人拉開門，是個穿黑衫的女孩，向外面問：彩排的來齊了沒有？

10:00am - 10:30am
Competitors' Briefing

會堂不大，大概有六七百個座位。十時五分，參賽的人都聚集在前面，聽工作人員的簡介和指示。有六個形狀特異的男孩，打扮不能說是前衛，而是怪誕地穿著自製的塗滿了紅色的不知是甚麼符號的闊大白底Ｔ恤，應該是ISM的成員。他們坐在一旁，擺出不合群的姿態，好像對在場的一切十分蔑視。派了今天的程序表，負責舞台監督的女子就開始講解。旁邊還有比賽的大學籌備委員。貝貝四顧，看見政在禮堂旁邊的入口，和一些人湊在一起談著甚麼。他可能也看見她，但他沒有走過來，好像很忙的樣子。不是蘋果蹙著眉，不時看門口，但智美還未到。想打電話，又不便走開。監督說完，一個女子就從台上跳下來，走向參加者。她的裝扮特別誇張，電得蓬大起來的厚髮，紫紅相襯的衫裙，看來會是一個角色。她一

開聲，貝貝才知道是電台著名DJ Monique。DJ和大家打了招呼，好像很熱情似的，說她是今晚的MC，一會也會和大家一起彩排。又說今天的表演嘉賓是阿Moon和Pinky。貝貝問不是蘋果Pinky是誰。不是蘋果低聲說：你未聽過嗎？是比阿Moon還要新的女歌星，剛剛出道，碟都未正式出，看來是唱片公司安排她在這樣的場合亮下相。講到一半，不是蘋果的電話響起，她走到一邊接了。智美說在塞車。不是蘋果看看程序表，抿了抿嘴，低下頭來，下巴抵著胸口。

10:30am - 12:00 noon
參賽者排位

參賽者輪流上台排位。先是個人參加者，逐個說明自己的要求，站還是走動，音樂的處理，有沒有特別的表演方式之類。有個穿一身緊身恤衫的男孩在台上弄了很久，說揚聲器的位置阻礙他跳舞，又要求開頭一段有閃燈，結束時就用一支射燈照住，諸如此類。在台下等待的時候，不是蘋果突然和貝貝說：你說我們改唱另一支歌可不可以？貝貝吃驚道：現在才改歌？我們都夾好了！色色也緊張起來，說：喂，即興這東西我不行啊！不是蘋果：不用怕，這首歌的音樂我們以前夾過，不過我昨晚填了新詞，好想今日唱。說罷，拿出新的歌詞和歌譜。貝貝面露不悅，說：為甚麼不早點說？又是你一個人自己決定！色色也附和說：是啊！怎可以你失驚無神話改就改？不是蘋果嘆了口氣，張開雙手，聳聳肩，說：那就算啦，都是我不好。大家沉默地僵持著，像快要繃斷的弦線。貝貝突然拿去不是蘋果手中捏著的曲譜，一邊讀著，一邊嘗試輕聲唱出來。台上輪到樂隊組合排位了，智美還未來到。貝貝看完歌詞，說：歌詞是好過原本那首的。不是蘋果想把曲譜搶回，說：算了吧，不要勉強。貝貝卻說：你讓我們一齊決定好不好？我只是擔心

應付不來吧。不是蘋果就說：好，好，對不起，總之我覺得我們一定應付得來，我和智美都好熟手，即刻轉都得，你們都不用怕，編曲跟以前試過的差不多，一陣有機會夾下就可以，到時看譜都沒關係。又向色色說：鋼琴家，我想你的Sight-reading都OK。色色說：我考Sight-read都不錯。這就行，我覺得，我唱這首表現會好一點。貝貝望望色色，又望望不是蘋果，就點點頭。但是大會准不准我們臨時轉歌？不是蘋果說：有甚麼所謂？你跟政說說，看看怎麼樣？這時候，台上召集體育系排位。她們三個站起來，有人在門口大叫，回頭一看，是智美，一邊鞠躬道歉一邊跑上來。

12:00 noon - 12:30pm
Lunch Break

大家都無心吃東西，只是吞了幾口三文治。在會堂外面找了個僻靜的地方，就準備試夾新歌。貝貝從會堂側門走出來，說：政話可以幫我們辦妥，反正其他人不知道我們改歌，那我們是不是真的改？不是蘋果說：來試下，再決定，好不好？她們拿出結他，調了音。不是蘋果說：好似我剛才講，編曲跟以前試過的差不多，都約莫寫了在這裡，有甚麼不明白或者有意見隨時講出來，還可以改，現在這裡只得兩枝結他，智美跟色色要彩排的時候自己執生了，我枝bass開始先，來了。結他沒上電源，聲音很薄弱，不是蘋果唱著，貝貝彈著，智美就雙手拍打，色色也想像琴音。第一次不太順利，大家又再試。中間智美和色色問了些問題，大家調整了。慢慢就覺得新歌很不錯，雖然不夠原本的熟練，但也願意一試。色色問：首歌為甚麼叫做〈妄想〉？是不是有不好的預感？智美就說：別講喪氣話啦！我好鍾意這首歌，我想我都會打得好的。貝貝突然又提出：我寫多段歌詞好不好？我剛剛想到一點東西想寫。不是蘋果有點驚訝，說：我還以為你不鍾意這首歌。貝貝搖頭說：怎會

呢，傻啦。不是蘋果就振奮起來，說：我想沒有人會好似我們這樣，臨上台前還在作曲！智美拍手說：對呀，對呀！好正！好興奮！好刺激！快點可以打出來就好了！說罷，口中又在砰砰彭彭地模仿鼓聲。貝貝很快就寫了一段，給不是蘋果，她滿意地點點頭，說：好，一於這樣吧。智美問：喂，有沒有帶枝槍來？又話到時開槍的？不是蘋果往袋裡一抽，抽出銀色左輪手槍，在空中晃了一下，狡獪地說：到時指著評判個頭，話，不給我們冠軍，就打爆你個頭！她的語氣不像講笑。

12:30pm - 2:00pm
MC試稿，individual參賽者彩排

雖然未到自己彩排，但體育系都回到會堂裡，圍坐在角落裡練歌。問另外的隊伍借了個手提Keyboard，在牆邊接了電源，給色色練習。台上的DJ司儀Monique在彩排開場白：今日個地方雖然小一點，觀眾不多，不似歌星在紅磡體育館開Show，但是今日的意義好重大，是大家一展身手的好機會，在座的唱片公司老闆和電台電視高層，都可能在留意明日新星都不定！說不定將來你在紅館開Show，回想這一天，就會跟fan屎講，自己當初怎樣在這個比賽冒出頭來！喂，O唔OK？聲音好似好大echo，搞乜鬼呀！又不是唱卡拉OK！後面的人搞搞它啦！應該找多個拍檔給我嘛！一條冷好難搞氣氛！這麼慳皮都有！喂，後面的大哥得未？還是回音谷一樣的！喂喂喂喂喂…喂…。因為沒有鼓，智美無事可做，就拿著手提蹲在一旁，打電話給阿灰，叫他晚上一定要來。貝貝聽到，想起前晚寫了電郵給黑騎士叫他來看，不知他會不會來。第一個參賽的女孩唱的是阿Moon的〈愛情教室〉。貝貝認得她，是同校的，好像是念B. B. A.的。通識課上見過她，坐過她旁邊，但那女孩好像不認得貝貝，整天都沒有和她打招呼。

2:00pm - 3:00pm
表演嘉賓彩排（Moon, Pinky）

　　阿Moon沒有來彩排，公司方面說沒問題，她駕輕就熟，不用花時間。到時到場就可以演出。聽說今晚唱的是新歌〈痛不痛還是痛〉，不會和參賽者撞歌。Pinky卻早就來了。坐在前面的座位上等著，旁邊常常圍著兩三個唱片公司人員。Monique和她打了招呼，好像很熟絡的樣子，但可能是第一次見。Pinky進來的時候，眾人的目光都轉到她身上，想看清楚這個新星的樣子。她人不高，但很纖巧，樣子雖漂亮，但那是一種平均的漂亮，不算搶眼。可是，她神情裡有一種驕傲，或者至少是一種自覺，自覺到他人的注視和羨慕。雖然背向觀眾席坐著，但總好像腦後有眼睛睥睨著眾人似的。聽說她只有十七歲。比在場的大學生都要年輕。Pinky來了不久，娛樂版記者就像蜜蜂一樣聞香而至，又拍照又問問題。台上台下的參賽者立刻成為布景板。過了不久，又來了另一隊記者，但他們不是娛樂記者，而是電視台的新聞部記者。貝貝認得其中一個很喜歡故作尖銳地追問被訪者的年輕女記者，是同校的師姐，畢業只三年多。女記者穿著米黃色套裝衫裙，和那邊穿T恤牛仔褲的娛記形成強烈的對比。沒有人知道為甚麼會來了電視台新聞部的人。攝影師們站在觀眾席通道上，向場館四周指手畫腳，好像在謀畫取景的角度。黃衣女記者向工作人員查探著，後來就有兩個學生籌委走出來，給她拉在一旁問話。貝貝想找政的蹤影，但不見他。台後有人跑來跑去，好像在找誰。舞台監督和司儀Monique沒理台下的狀況，請了Pinky上台。音樂開始了，Pinky的身體簡單地舞動起來。貝貝覺得她唱的歌好像有點耳熟，大概是剛剛才開始吹捧的新歌。不是蘋果覺得這個女孩有種狠勁，就算歌和舞不算怎樣，也必會是可以在這個圈混下去的人。

3:00pm - 4:30pm
Group 參賽者彩排

ISM消失了半天，組合彩排時間開始才施施然出現，看見彩排完在台下被娛記包圍著的Pinky，臉上就露出冷笑。貝貝她們也跟著眾人到後台去等著。有工作人員來問她們出場的要求，器材的擺放等。貝貝在布幕後面窺看外面的情形。黃衣女記者和攝影人員嚴肅地談著，好像有重大的事要發生。後來又來了兩個記者，穿著某報館的背心外套，坐在後面，看來也不是和娛記一夥的。學生籌委好像變很緊張，四處走動，又交頭接耳。還是沒有政的蹤影。ISM的人和體育系的人百無聊賴地站在後台，那個叫阿Ming的主音就跟不是蘋果說：你們就是體育系呀？不是蘋果抬了抬眼眉。他又說：剛才在出面見你們還在練歌，好緊張呀？不是蘋果就說：首歌剛剛作的，隨便夾一下吧。阿Ming有點驚訝：剛剛作歌今晚唱！你們都幾夠薑！不是蘋果就回他：你們今晚是不是搞嘢？阿Ming故作神祕地說：你看新聞記者都來齊了就知道，一定有激嘢啦。不是蘋果故作漠不關心地說：好彩你們排在我們後面，要不都不知會不會給你們累死。阿Ming又笑著，說：我們特登排最後的。不是蘋果就沒好氣地說：你班友，聽晒阿政籠嘢。阿Ming更驚訝了：你認識阿政的嗎？不是蘋果沒理他，只是草草笑了一下。輪到體育系彩排了，大家就了位，稍微移了點角度。不是蘋果就望望大家，點點頭，笑了笑，握了下拳頭。這是她今天第一次真正的笑。Bass響起來了。智美的鼓一上手就進入狀態。Keyboard和結他也加入了。不是蘋果就用顫動的輕聲開始。

> 童年的記憶向我伏擊　　多麼美好
> 彈不準的鋼琴練習曲有空房子的背景
> 過短的雙腳老喜愛在半空搖擺

竭力追求牆壁的回音　　振幅大小
因為無法講出而慢慢褪成孤寂的顏色
代之以噴漆一樣的花言巧語

巴士開走無論吼多大聲也沒有用
香菸燒到最後手指不過是一種姿態
丟掉重要的東西去報失倒不如寫詩悼念
排列遭遺棄的言詞等待認領
諸如承諾　　諸如信任

請讓我為你犧牲無論這聽來是多麼的虛妄
雖然知道愛情也不能保證明天的我還會留在你身旁
一旦對真誠地生活下去感到絕望
除了向哭泣的自己示意沉默
任由渾濁的夜空充塞半張的嘴巴
還有能力緊緊咬損自己的下唇嗎

請讓我為你犧牲無論這聽來是多麼的虛妄
雖然知道愛情也不能保證明天的我還會留在你身旁
一旦對真誠地生活下去感到絕望
還有沒有比懸在半空的天橋更遠的終點

　　不是蘋果在唱著的時候，看到石松坐在台下，向她舉起拇指示意。其他東西，她都看不到了。她看不到政悄悄進來又出去，看不到黃衣女記者和學生籌委爭論著，看不到娛記擁著Pinky從側門出去外面拍照，看不到場內醞釀著一種高氣壓。她彷彿還看到高榮，坐在最後的座位上。看到高榮膝上坐著一個孩子，一個小女孩，會

彈鋼琴，雙腳會在琴椅上搖擺的小女孩。唱到後面她就激動起來，聲音嘶竭。旁人都奇怪，又不是正式比賽，花這麼大的力氣做甚麼？獨是貝貝看在眼裡，也受到感染了。結他的敲動也愈趨狂熱。收音的時候，她倆相望，眼裡好像有甚麼碰撞。好像是說，對了，就是這樣了，這就是我們盼望的演出！雖然台下沒有掌聲，但這就是我們夢寐以求的東西了！回到後台，碰到準備出場的ISM，阿Ming收斂了先前的輕佻，低聲和不是蘋果說：好嘢！好勁！今晚應該你們贏！你們贏不到就天冇眼！不是蘋果就有點疲乏地笑。

4:30pm - 5:00pm
頒獎彩排

參賽者都彩排完畢，有些人出去了，有些在台下流連。工作人員都忙著做最後的準備。有工作人員扮作頒獎嘉賓，拿著紙包裝飲品作獎座，Monique在台上宣布得獎者，隨便亂說了些名字，有人就出來接過了紙包飲品，向觀眾席高高舉著，大呼阿媽我得咗喇。在場的人都爆笑。獨是記者們和籌委們面容繃緊。後來政帶著H大學的學生會成員從側門進來。早前他們已經因為H大學校長干預民意調查的事件，在傳媒上常常亮相。敏銳的黃衣女記者立即衝上去，攝影師也緊隨著，其他報館記者見狀，也都一窩蜂加入。場內響起一陣擾攘。記者七嘴八舌地問著問題，也聽不清是問甚麼和答甚麼。後來又來了幾個貝貝的大學的人，她認得，那些是政的同學，那時一起跟韋教授念書的。那幾個人連同另外幾間學校的籌委大聲地阻止場邊的訪談，雙方爭論起來，後來不知怎的，記者和學生又紛紛從側門出去。門關上了，剩下工作人員和參賽者，也留下令人不安的寂靜。Monique站在台中央，望著剛才人們出去的門口，神情茫然，突然好像很累似地在台沿坐下來。過了一會，有個穿深灰色西裝的男人從正門進來，站在最後的座位後面，雙手按著

椅背，審慎地察看場內的情形。再過了一會，另一個裝束相似的男子走進來，和先前的男子握手招呼，然後兩人一邊肅穆地交談著，一邊向外面走出去。貝貝推推身邊的不是蘋果，說：後來進來那個是我們學校的學生事務長。不是蘋果知道她的意思，心裡也有點擔心了。

5:00pm - 6:00pm
Break

貝貝在會堂外，四處找政。Pinky不在，娛記都散坐在地上在抽菸，講粗口，有人說：這個Pinky好鬼串，如果不是公司指明要力捧，真的想唱衰她！另一個就說：慳翻啦你，你看她威得多久？好快又有第二個出來蓋過她，不用理她，她自己就會失勢！然後貝貝又碰到黃衣女記者，帶著攝影師趕回會堂裡部署，一邊打電話回電視台，說：快點派多幾個同事來幫手啦！我都說搞大鑊啦，你又不信，是呀，有料到呀，我問過那些學生代表了，現在校長們好緊張，學生事務長都出來了，還不派人來，我一個怎麼應付呀，走漏了就沒機會了，是呀，我都說是呀，報紙來了幾間了，怎知怎樣收到風？是那些學生自己放風的吧，隔籬台都就快來到了，快點啦，七點開始的了，不看緊一點就沒有獨家的了，快點啦，就這樣吧！貝貝聽到，心裡一驚，就打政的手提。響了很久才有人接，她就問他在哪裡。他在那邊說：我暫時不可以出來，那些記者把件事搞大了，本來想通知他們來看，讓他們報導我們的特別表演，怎知他們追著我們來問，揚開晒，籌委們都知道了，好似電台和唱片公司都知道，但是他們不知道除了ISM之外甚麼人跟我們有關，又不知道我們會搞甚麼，好緊張，驚住我們會在比賽裡面攻擊校長，搞示威，連學生事務長都來了，抓了好些人回去查問，搞到我們失了預算，現在要避開一下，讓他們以為沒事，個比賽照去，總之，你們

自己小心點啦！說罷，就收線了。

6:00pm - 7:00pm
Standby, all staff and competitors

　　參加者都聚集在後台作準備，Monique坐在化妝桌前，一聲不響地畫眉。不是蘋果幫貝貝化妝，智美就給色色化。她們都塗了種誇張的紅眼影，眼眶也塗成深黑色，樣子有點嚇人。智美袋裡盛滿了飾物，倒出來給大家揀。她自己架了個橙色大太陽鏡。突然有個人從後抱了她一下，她驚叫，一看，才知那是阿灰，就打罵他。阿灰看看眾人，做了個鼓勵的V字手勢。化完妝，正準備再確定一次演出的細節，有兩個別校的男生走過來，問：你們是不是體育系？不是蘋果點點頭，他們就說：可不可以出來一會？貝貝心知不妙。跟他們出去，在後面的一間房子裡，還坐著另外幾個學生籌委，場面好像要進行一場審訊似的。他們讓四個女孩坐下，坐中間的那個男生就開始問：你們認不認識劉學政？不是蘋果說：認識又怎樣？另一個就翻開一份材料，說：請問黃頌心和周智美是幾年班？讀甚麼學系？學生證號碼是幾多號？不是蘋果和智美相望了一下，不是蘋果就說：我們不是大學生。貝貝搶著說：報名的時候是用我的名義！我叫沈貝貝，是中文系，今年畢業，我問過的，你們說當是我參加，她們幫我彈樂器都可以的！人家播帶都是這樣啦，我只是找人幫我彈，沒有甚麼分別，是不是？我才是參賽者，她們玩樂器，這樣也沒有違反規則啊！一個男生就打斷她說：這些都是劉學政指使你們的，是不是？貝貝反駁說：甚麼指使？他沒有指使我們做任何事，我們都不知道他在做甚麼，我們只是認識他，你看看我們參賽首歌就知，我們完全沒有問題，你們剛才有沒有聽清楚？哼，我再讓你們看，看看！不是你們想的那些東西！有人立即提出：剛才ISM彩排唱那首也沒有問題啦，怎知道他們出場會搞甚麼？另一個

和貝貝同校的女生插嘴說：沈貝貝是劉學政的女朋友！我在學校常常碰見他們一齊！眾人聽到這個揭示，一陣愕然，更認定她們一定有古怪。貝貝無法再分辯下去，正想再說甚麼，不是蘋果按住了她，說：再講都沒用。坐中間看來是頭頭的男生叫大家靜下來，嘗試用一種平和的語氣說：請你們不要覺得，我們在審問你們，其實，我個人來說，就算知道你們當中有人不是大學生，都不緊要，我們搞個比賽，都是想大家玩下音樂，意思好簡單，都不想樣樣執正來做，但是劉學政班人一路暗中在搞事，搞到好麻煩，今日學校方面話一定不可以在音樂會裡面見到針對校方的東西，合辦的電台和唱片公司都不要見到個比賽滲入任何政治成分，這個不是純粹學生會搞的活動，電台和唱片公司都有話事權，又是他們出錢的，所以我們才這麼緊張，有鑊我們一齊都揹不起，你們明白嗎？等他說完，不是蘋果就問：那你現在想怎樣？想取消我們的資格是不是？男生猶疑不決，望望其他籌委，但大家也不敢拿主意。然後，有人敲門。進來的是另一個男生，他說：剛剛幾間大學的學生事務長跟電台和唱片公司高層開完會，決定要臨時取消比賽！大家都很震驚，有人大叫出來，喊出各種粗話。那個男生頭頭呼了口大氣，頹喪地倒在座椅裡。不是蘋果就拉了貝貝她們，靜靜離座而去。

7:00pm - 9:30pm
Show Time

她們落了妝，走出前台。場內沒有觀眾，只有不知該做甚麼的工作人員。七百個空空的座椅荒廢著。不是蘋果停下來，回頭望了舞台一眼，就只是短促的一眼，然後就大步往大門口走去。工作人員在咪裡宣布比賽因技術上的問題臨時取消，技術員就無奈地坐在控制台前，好像因為無故變成代罪羔羊而很消沉。Monique 勾著布袋，第一個離開會場，好像所有事也與她無關。石松還在，上來捏

捏不是蘋果的肩,大家就苦笑了一下。大家從側門出去,看見阿灰在人群裡鑽,就大聲叫他。他過來摟著智美,智美一伏在他肩上就忍不住哭。不是蘋果叮囑阿灰安慰智美,在她耳邊說了些甚麼,摸摸她的頭,就和兩人說再見。色色很茫然,但未至於太失落,因為一直只是抱著玩玩的心態。只是,見著其他人這般樣子,也不免低沉。既然無事可做,就別過。不是蘋果謝了她的幫忙,說將來有機會再一起玩。然後,就剩下貝貝和不是蘋果。會堂門外依然紛擾,有些觀眾不肯散去,政方面的人混在人群裡起閧,和韋教授的學生爭吵起來。那邊空地上ISM在大唱大鬧,不知從哪裡立即弄來了鼓和揚聲器,可能是早有預謀的。攝影機都對準他們的表演,黃衣女記者獨力大戰同行,幾乎要揪著到場的學生事務長的衣領,質問他關於校方的決定是不是個政治決定。增援的同事也趕到了,立即對唱片公司和電台的代表展開圍捕。現場變成了個混亂得可笑的大型捉迷藏遊戲。不是蘋果和貝貝揹著結他,穿過人群,往昏暗的大街走去。在階梯下面,站著兩個黑影。走近,才知道是黑騎士和一個女子。見她倆走近,黑騎士就說:我們還以為可以看到你們的演出。然後介紹:這個我太太。大家也無言地點頭招呼,貝貝勉強打起精神說:怎麼都好啦,多謝你們來看。黑騎士望了望不是蘋果,聳聳肩,好像說甚麼都是多餘的了。不是蘋果甚麼都沒有說,只是慢慢地眨眼。告別了,黑騎士和太太的身影消失在街的盡頭。貝貝和不是蘋果往街的另一邊走,其實她們不一定要走這邊,走這邊和走那邊結果都一樣。

妄想

曲／聲：不是蘋果　　　詞：貝貝／不是蘋果

童年的記憶向我伏擊　　　多麼美好
彈不準的鋼琴練習曲有空房子的背景
過短的雙腳老喜愛在半空搖擺

竭力追求牆壁的回音　　　振幅大小
因為無法講出而慢慢褪成孤寂的顏色
代之以噴漆一樣的花言巧語

巴士開走無論吼多大聲也沒有用
香菸燒到最後手指不過是一種姿態
丟掉重要的東西去報失倒不如寫詩悼念
排列遭遺棄的言詞等待認領
諸如承諾　　　諸如信任

請讓我為你犧牲無論這聽來是多麼的虛妄
雖然知道愛情也不能保證明天的我還會留在你身旁
一旦對真誠地生活下去感到絕望
除了向哭泣的自己示意沉默
任由混濁的夜空充塞半張的嘴巴
還有能力緊緊咬損自己的下唇嗎

請讓我為你犧牲無論這聽來是多麼的虛妄
雖然知道愛情也不能保證明天的我還會留在你身旁
一旦對真誠地生活下去感到絕望
還有沒有比懸在半空的天橋更遠的終點

妄想

　　我和我們的故事的兩位女主角在會堂外告別之後，就在心裡看到這樣的景象。必然是這樣的一個景象，就像我沒有和她們告別，而是和她們一起，化身為夏夜下降的灰塵黏在她們的衣領上一樣，繼續和她們一起，在她們毫不知情下，陪著她們度過這無名的夜晚。

　　她們坐上了長途巴士，雖然這個城市的長途巴士其實車程不長，因為這實在是個非常小的城市，但那也是她們可以坐到的最長途的巴士了。如果有更長途的，也許她們這晚會毫不猶疑地跳上去吧。如果有一生這麼長的長途巴士，她們也會坐上去，情願不再下來吧。但那不過是極其量一小時十五分鐘的長途巴士，而在交通暢順的晚上，只需四十五分鐘就走畢全程了。那是多麼令人洩氣的長途巴士。

　　她們坐在尾座位的大玻璃窗旁，互相倚傍著，結他放在地上，夾在大腿中間。巴士上沒有其他乘客，好像有預謀地把整車的空洞留給她們。玻璃窗外的東西幾乎看不見。只有空洞的車廂座位的倒影。大家可能會突然記起，在我們的小說的上學期結束章節裡，也有一個幾乎完全相同的片段，記述不是蘋果和貝貝在除夕音樂會之後一起坐夜車回元朗。對了，車程可以說是完全一樣的，是相同路線的巴士，甚至是相同的一輛巴士，相同的一塊玻璃窗，相同的景物。燈彩煌惑的青馬大橋。事情在重複，毫不出奇。但上學期之後還有下學期，下學期之後呢？下學期之後可以升班，或者留班。可是，如果是畢業年呢？畢業年的下學期之後是甚麼呢？已經再沒有

學期這種東西了，沒有上課下課，沒有小息和午飯時間，沒有這些座標了。之後的，就是界線含混的人生了。學期真的結束了。

我們一定可以猜想得到，她們在下車之後將會到哪裡去。對，她們不會回家。她們好像已經沒有家了。她們一定會去那個她們私下稱為「我們的體育館」的地方。我們都很清楚，也如此期待著。可是，當她們下車，走一段長長的夜路，來到曾經共度多少親密的時刻，曾經共做多少互通的美夢的地方，她們發現，地盤已經消失了。圍板都拆掉。路旁已經植滿了能抵耐污染物的灌木。頭頂已經跨壓著巨型的、完整的高架天橋。而且，上面有汽車滾滾來去的聲音。完美無瑕的高架天橋，從底部看上去是那麼的荒蕪，像死魚的肚。她們站在公路旁，高架天橋底下，迴望四周，難以相信，「我們的體育館」已經不存在了。可是，我們不要這樣殘酷吧！好嗎？我們已經剝奪了她們的音樂比賽，剝奪了她們的夢想，難道我們連一條未建成的殘缺天橋也要剝奪她們嗎？連在這條天橋上說說夢話的夜晚也要剝奪她們嗎？

於是她們看到，遠處荒田後面，又正在架起新的高架天橋，像以前的天橋一樣，在半空中止。她們也不用說話，不用討論要不要去，甚至不用伸出手，指著那邊，說：看！在那裡！去吧！不用說這些。甚麼也不用說。大家同時看到了，同時感到了，非去那裡不可，同時知道，那就是她們要找的「我們的體育館」。那天橋看似很近，但要走很迂迴的路才能去到。過程的困難我們就不要敘述了。我們已經花了整個小說差不多二十萬字去說它了。到了尾聲，就別再說這些吧。總之，她們終於還是來到目的地，揹著結他，雙腿痠痛，衣服都濕透了汗水。那個地盤的圍板必然要穿個洞洞，讓她們鑽進去。很小巧的洞洞就夠了，因為她們都是纖巧的女孩子。遠遠看去，還可能會以為是頑皮的小孩，一副還未長成的樣子。穿過洞洞，好容易就找到天橋的起始點。那是條六線雙程行車的巨型

天橋，將來會大大提升南北交通的客運和貨運量吧。她們沿著其中三條行車線上去，也不知是上行線還是下行線了。我們且別理會這些。天橋斜度不大，走得並不吃力，至少比剛才的崎嶇路途好走多了。但天橋十分長，一直走也未走到盡頭，有一刻令她們以為自己是上了一條使用中的天橋，好像隨時也會有重型車輛從看不見的地平線冒出，到時必然走避不及。她們慌慌地望望前面，又回頭望望後面。橋上總好像有車聲，驅迫她們走開。

終於來到橋的盡頭了。前面很遠的地方是元朗市區。雖然不是個可以代表這個城市，象徵這個城市的地方，但已經是她們視野裡最接近的市區了。旁邊過一點，地平上濛糊一片的燈光所在，是邊境以北的城市。她們解下結他，放在橋面，站直身子向著光之所在眺望著。還有甚麼好說呢？向著光之所在，還有甚麼好說呢？初夏的晚上是污染物最豐盛的時候，星星也都像給蒙了眼睛。彷彿可以具體地看到空氣下沉的景象，重重地壓在地面，把高樓擠得透不過氣來。潮濕的風加添了汗水的分量。她們站著，脫去恤衫，穿著露出肩臂的背心，同時感到，毛孔的舒張，水分的流失，肌肉的酸楚，精神的疲累，是那種體育課結束時站在空曠的操場上的感覺。那是一種身體意識全然浮現的時刻。那是令自己知道自己就是自己的時刻。無可逃脫的時刻。必須面對的時刻。

無須誰的提議，她們都知道在這時刻想做甚麼。她們拿出結他，兩枝結他，一人一枝，掛到肩上去，相望了一下，就像她們今天午間站在舞台上的時候，互相示意，點頭，微笑，握拳，然後不是蘋果就開始勾打低音結他的重弦，貝貝也加入結他的充滿勁力的和弦。她們無須看譜，也無須看歌詞，一切都刻印在她們心裡，在她們的記憶裡，彷彿發自體內深處，無須思索便流湧出來。兩個人的歌聲，就糾纏成一個。

如果我們把角度拉開，或者從上而下觀看，我們會看見，兩個

在還未建成的懸空高架天橋的尾端上大力拍打結他，竭盡力氣唱歌的女孩。在宏偉的天橋上，她們的身影是那麼的小而脆弱。在廣大的夜裡，她們的歌聲和結他聲是多麼的微渺。如果我們繼續把角度拉開和上升，她們的身影就縮得更小，她們的歌聲也近乎聽不到了。再遠一點，就甚麼也聽不到，看不到。就像她們並不在那裡一樣。在不久的將來，天橋將會竣工，繁忙的車潮會在她們現在站著的地方湧過，巨大的貨櫃車會毫不留情地輾過她們流下汗水的地方，而車上的司機和乘客也不會有一刻想到，在這個地方，這個點上面，在一個沉積著灰塵的夏夜裡，有兩個上完體育課的女孩子，曾經站在這裡大聲唱出她們自己作的歌。沒有人會想到，這條毫無特色可言的天橋，這個毫無景色可言的曠地，曾經叫做「我們的體育館」。沒有人會知道這些。除了我們。讓我們也不要忘記，讓至少我們還會記得，這兩個女孩，一個叫做不是蘋果，一個叫做貝貝。她們就生活在我們中間。

　　至少，我不能忘記她們。

Aria：Period—期限

曲：不是蘋果　　詞／聲：貝貝

青春一切
並不殘酷
也不空虛
只是無用

當無用結束
有用並不開始
如果需要同情
只要向著變冷的雙手呵氣

2013斷想

——P.E.衫褲

穿 P.E. 衫褲的少女，是整部小說以至於整個劇場的核心意象。有別於上次一開場貝貝就穿著 P.E. 衫褲，在今次演出中這個意象到了接近尾聲的時候才出現。在不是蘋果流產那一場，兩個女孩有一段激烈的形體動作。貝貝穿著黑色鬆身裙，不是蘋果穿著白色睡裙，兩人在布滿白色粉末的地板上像相撲手似的角力。雙方倒地後再爬起來，互相幫對方把裙子從頭頂扯下來，露出了裡面的白色體育衫和深藍色體育褲。兩個女孩相視而笑，好像一切只是一場好玩的遊戲。最後她們穿著 P.E. 衫褲，坐在象徵天橋的鋼琴頂上，一起抬頭望天。這是小說裡沒有的畫面，是個完全屬於劇場的畫面，也是如夢境一樣的畫面。

——天橋

我太太在看戲的時候跟我說：不知為甚麼一看到兩個女孩一起坐在天橋上的畫面，就想哭。在小說中，那是一條位於市郊的未建成的天橋。在夜深無人的時候，貝貝和不是蘋果爬到上面去，坐在斷崖似的邊緣上。她們把那裡叫做「我們的體育館」。那個狀態，也就是貝貝稱為「隱晦的共同感」的狀態。這也是她們之間的關係的一個說

法。在劇場裡天橋是一台黑色直立式鋼琴。兩個女孩第一次爬上天橋就是用這台鋼琴。第二次是在布景後方真的像一條天橋的高台上。最後劇終時她們又再坐在鋼琴頂上，望著遠方。奧古戴著能劇面具站在旁邊，也抬著頭。黑老師站在另一面，一隻手搭在鋼琴上，而政抱著結他低頭頹然坐在地上。那是個文字無論如何也無法形容的定鏡。我終於明白到劇場的獨特力量。

後記

音樂會那天之後，政就失蹤了。過了幾天，貝貝卻在家收到一個電郵，好像是一段遲來的預告。

你那次說看不到我的電郵，我現在再傳一次，希望不會再是亂碼吧。那大概是我想說的最後的話了。

貝貝

你走了之後，我一直坐在那裡，想著你的話。你說得對，我變得無情了。也許我從來也是個無情的人，我對待人，對待我愛的人，其實都不過是出自理念，出自我心目中的理想關係的構想，並不是出於我的真情。但我的真情是甚麼，我已經不知道。自從你和不是蘋果的事，我就決定不再去想這些。我不是想怪責你。到現在，怪責誰也沒有意思。但這是事實。我不能再想這些了。我把我的整個人投入到另外的事情裡，但結果也發現那不過是另一種幻象。這是我從來也不肯承認的，但今天你迫我承認了。一旦承認了，整個人就突然變得乏力。我害怕，因此無法支持到事件的完結。對於我因為執狂而做了的蠢事，我就算道歉也沒有意思了。但我至少可以應承你，會想辦法讓你們繼續參加比賽。但自此，你們的事就和我無關了，我的事也和你們無關了。就算我要遇到更大的幻滅，那也將會是我自己一個去承受的了。你令我看到自己的傷患，但你無法治癒我，無人能治癒我。我情願不知道自己已經病入膏肓，那我還可以一廂情願地享受最後的奮戰的時刻。

政

2013 斷想

——黑老師／黑／獨裁者

　　我不能不討厭黑這個人物。我多次鄭重強調，我不是黑，黑不是我。作者和人物的不對等，是基本文學知識。但我不能斷然說黑跟我毫無關係，正如我不能斷然說獨裁者跟我毫無關係。只可以說，我抵受不住戴上假面成為參與者的欲望。我意圖通過黑把真實世界和虛構世界聯繫在一起，但我又無法完全承擔這樣做所引致的後果。於是我試圖去「醜化」黑的假面，甚至不惜在《學習年代》裡把黑的鏡像人物獨裁者「殺死」。黑看起來像個偽君子，滿口文學理想，對後輩循循善誘，但到了關鍵時刻卻退縮不前，或者以「我只是個普通人」來敷衍。作為黑的存在從來都不能堂而皇之，而是充滿愧疚和不堪的。那是身為作者的原罪。而通過獨裁者之死所作的贖罪似乎於事無補。黑還是以那永恆的老少年的姿態，繼續介入到我的小說世界裡，甚至漸漸取代了我在真實世界裡的位置。讀者開始通過黑的假面來建構我的形象，而真正的我卻不為人知，甚至可能不為人所接受。這可以說是自作自受。有一天我可能會因為無法符合讀者對黑的期望而被認為是假貨。當讀者發現我不是陰陽怪氣的黑騎士，不是春風化雨的黑老師，不是狂放偏執的獨裁者，也不是精神分裂的佩索亞，而只是一個守護著個人的小世界的丈夫和父親，那會是一件如何教人失望的事情。但是，我當初不就是為了建構現

實裡的身分（無論是丈夫、父親，還是老師），才選擇成為黑的嗎？還是，我其實是為了逃避這些身分，才以黑的假面來一招金蟬脫殼？當我聽到舞台上的演員以貝貝的假面在呼喚黑老師的時候，我變回一個置身事外的旁觀者。我旁觀著自己親手設計的戲劇，也旁觀著自己的替身黑。也許我還未至於像佩索亞一樣，把自我完全消解，物化為一個空舞台，讓演員在其中進出，達至一種超越個人意志的客觀性。但那個從舞台到觀眾席的距離，對我來說卻是必須的。那是令舞台上的假暫時變成真的先決條件。沒有這個距離，就沒有所謂真和假的辯證，藝術裡的虛構世界就無以成立，而生活裡的真實世界也無以自我確認。讓黑站在舞台上，而作者自我消隱，這樣黑才能擁有獨立的生命，而作者才能保持自我的完整。當然，也不排除兩者最終還是同歸於盡的可能性。真實與虛構共生，生命與毀滅並存，那又是另一層辯證，或證悟。

2013導演演後感想

董：

　　在彩排過程中，偶爾聽到Billie Holiday的〈Solitude〉，她的聲音不知為什麼一直在我腦海盤旋，彷彿是一個作家（創作人）在創作時一定會聽的歌。現在我嘗試在腦海中一直播這首歌，一邊寫這一篇《體育時期2.0》演後雜想。

　　由我第一次讀完《體育時期》到今天《體育時期2.0》演出已經差不多八年，仍然記得當我讀到下學期最後不是蘋果拿起羽毛球拍那一幕，我在乘搭地鐵，正值繁忙時間，整個車廂也是人，書裡的貝貝和不是蘋果正活得死去活來，周邊的人卻是沉默不語；然後八年後當她們真的活生生在舞台出現時，原來發覺一切都是回應自己的直覺而已。

　　有一次排練完畢，已經晚上十一時，離開排練室，看見阿蕾和翠怡走在我前面，在昏暗的街道下，二人的長髮背影何其相似，原來貝貝和不是蘋果本來就是一體，於是就想起《銀杏》，最後成為演出的結局。

　　朋友說，劇場的發展最終必須回到祭祀；當大家要定時定刻來一個地方觀賞演出，某程度上，到劇場與上教堂的性質其實是一樣；觀眾與信眾都希望在這段時間內通過演出與崇拜得到心靈的滋潤，遠離世俗的煩擾。那麼，我希望《體育時期2.0》是一場青春的祭禮，貝貝就是一位巫師，隨著Billie Holiday的〈Solitude〉響起，戴上假面，祭禮開始，那祭品呢？當然是蘋果，滿台也是紅蘋果。

這場祭禮希望在我的生命中一直地不停地演下去。

朱天文曾經說過，她心目中的讀者是一位「發達資本主義時代的抒情詩人」，而我也希望有這樣的觀眾。

譚

2013年3月29日

《體育時期2.0》演前分享會

——「體育時期—文學與劇場的虛實對話 暨 迷你音樂會」

日期：2012年2月23日

時間：下午3:00-4:15

地點：香港文化中心行政大樓四樓二號會議室

主持：陳智德

嘉賓：董啟章　譚孔文

陳：歡迎各位今天蒞臨《體育時期2.0》演前分享會！今天很高興
　　邀請到劇場演導及編劇譚孔文先生，以及小說的原作者董啟章
　　先生！有關譚孔文，相信大家都曾看過他的劇作，其於2007
　　年9月已把董啟章的《體育時期》改編過一次，那次的演出我
　　也有到場觀賞，是一個相當獨特的演出，有一個很不同的改
　　編。而今次的改編，有一個新的概念值得我們待會兒去探討。
　　同時，董啟章先生是香港其中一個很重要的小說家、文學家，
　　曾寫過很多文學評論。《體育時期》在香港出版初版以後，在
　　台灣曾經再版，在中國內地也曾再版，今年暑假也將推出一個
　　更新的版本，非常令人期待。

陳：第一條問題想問，為什麼譚孔文先生會有興趣重新演出《體育
　　時期》呢？

譚：從我第一次看董啟章的《體育時期》，就有一個很強烈的感
　　覺……書中透過兩個女孩子，在一個學期中經歷的故事，她們

如何掙扎、努力。如果純粹從故事情節出發，它未必很能吸引我，它最吸引我的地方是寫作的手法，小說盡用兩個女孩子以及她們身邊的所有人、物、情景、通話等不同形式，又甚至作者跳出來去討論這些角色，這種手法當時很吸引我。尤其是看小說一般以追看情節為主，以一種看 melodrama（通俗劇）的狀態來看，但這次有很大的 Breakthrough。看這書的情況有點不同，這種寫作手法不只沒有窒礙我看整個故事及了解人物，反而令我更清楚了解兩個主角的心路歷程。因而萌生起改編這本小說的念頭：能否把這種小說演出來？因為當時我是一個劇場導演，所以我便嘗試聯絡董啟章，第一次見面時其實非常忐忑，見面後發現董啟章非常健談，於是便落實改編。說來已經是 2007 年的事。

事實上自 2007 年首次改編後，我心裡面有一種沒有把功課完成的感覺。原因有二；其一在於當時只改編了《體育時期》的上學期，並非完整的版本；其二在改編的過程中，我發現即使小說並以情節為主，但回歸劇場，則無可避免變成 Drama（戲劇）。但我一直認為，如果要把這部小說搬上舞台演出，其實有很多可能性，我甚至直覺地認為要把戲劇的元素抽走。以劇場的述語：即全能劇場（Total theatre），以任何的劇場元素把小說中值得談及或分享的東西拿出來，於是在這種情況下便進行是次的改編。剛才亦有提及，是次的改編不再在情節上追逐，而以整部小說的中心思想為主，以它的想法變成我的想法，再加以濃縮。如果上次有看的朋友很擔心三個小時會很長，請放心，今次即使上、下學期一併改編，也只會長約兩小時。

陳：我也非常期待！因為 2007 年的首演我也有到場觀賞。一直以來我都覺得譚孔文是一個對文學很敏感的劇場工作者，除了

《體育時期》，2008年他曾改編舒巷城先生《鯉魚門的霧》，並數度公演。我想文學跟劇場互相有很多可以對話的地方。

關於文學部分，或者可以請董啟章多談一點，譬如如何看《體育時期》被改編？如何構思、創作《體育時期》一書？

董：《體育時期》寫於2001或2002年期間，那時開始想轉寫長篇小說，之前幾年時間都以寫短篇為主。但幾年後漸漸習慣了寫短篇的形式，或者發展的可能性變得較小，於是開始醞釀寫長篇作品。嚴格來說，我也不肯定《體育時期》是否一部長篇小說，因為形式上較為零散，每一個章節都有很多不同方式表達，因此可能是一個過渡形式。想轉寫長篇小說是觸發我寫《體育時期》的其中一個原因。其次是題材，即寫青年的故事，我往後的長篇小說，都是圍繞青年人物而發展。至於為何要寫年輕人的故事，其一源於那幾年間教很多寫作班，接觸到很多年輕的朋友。當然寫作班的學生，未必每一個的表現都這麼理想，也會出現不太理想的情況。但當中可見有部分人，對於運用一種形式去創作有很大的渴求。結合這些經驗，會感覺到年輕人當中的渴求，或者面對這個世界時的困惑、掙扎等等各方面，當時的感覺比較強烈。結合這種經驗以及想寫長篇小說的嘗試，便產生出這部作品。

剛才譚孔文提及一點很有意思，就是關於Melodrama的問題。其實《體育時期》頗為奇怪⋯⋯或者在我的小說當中都有這種成分，我不知道其他人會否有同樣的感覺，雖然大部分人會覺得我的小說很深奧、很學術性、很疏離、很冷靜、很理性，但我總覺得自己有一種傾向，有一種Melodrama、煽情的心理。所以這一點很奇怪，當我寫《體育時期》時⋯⋯其實這種題材很難不變成Melodrama，寫青春、青年的題材就很難拒絕這種傾向。剛才譚孔文提及小說的每一章都以不同形式來寫，即從

形式入手做很多變化，甚至有人可能會覺得這種方法很花巧，其實原因有一點點是想對抗這種傾向，即一種很Melodramatic的題材，你如何去抵抗它呢。可能其中一種方式就是不停轉變形式去隔開它，製造很多距離、層次去檢視事件的本身。我不能說是把它消滅，因為它仍然存在；又或者它的存在是好的，我也不知道，可能是必須存在的。因為有這種傾向，於是出現這種方式去抗衡，這兩者之間是否會出現很有趣的結果呢。我回想可能有這樣的動機。

至於改編的問題，其實寫的時候我絕對沒有想過會變成其他東西。事實上到今天亦然，寫小說的時候從不想像它會改編成為其他東西，電影、劇場諸如此類。但當幾年前譚孔文表示有這樣的想法，我也覺得是有趣的，不妨一試。而我的角度是，如果有人想改編我的小說，我也沒有想過或期待要求他們忠於原著、傳達我本來的意思。我覺得導演的創造力和個人對小說的看法，可以把作品重新創造出來，因此我覺得這是值得一試的。

上次的改編跟今次雖然很不一樣，但上次已經把小說的其中一些元素發揮出來，或者見到譚孔文把自己的創意放了進去。而今次的新構思，我也略為了解他的新方向，又發現了新的發展的可能性，所以對是次的再改編也非常期待。

陳：譚孔文你曾經把《體育時期》改編過兩次，五年前的改編集中在書的上冊，是上學期的部分。我記得當時已有觀眾問到何時才會公演下學期，大家都非常期待。事隔五年，再作改編，剛才你已提及是次上、下學期一併改編，可否談談五年前後的差別在哪裡呢？

譚：其實五年前改編完上學期後，我真的很有衝動立即改編下學期。如果真的實行，就會變成一個六小時的演出。整件事的看

法就會變得不一樣。我曾經有想過，如果上學期原封不動，是一個關於幾個青年人追逐的夢，或者一個這樣題材的故事；到了下學期，我就會把它完全解體，變成把六、七個青年人困在課室中，變成一個討論，我的確曾經想過以這個方法來處理下學期，如果真的要把上、下學期一併演出的話。但當然沒有成事，亦經歷了時間的洗禮後，我怕觀眾未能夠和我一起捱或享受這五、六小時。反觀寫小說是一件很「經濟」的事情，亦很環保，所有東西只結集成文字，我覺得是一件很珍貴而經濟的東西。但劇場卻不可以，我們需要找資源，就算再簡單去做，人力、時間也是一種資源。這幾年間我從沒放棄去思考如果再做《體育時期》該怎樣做，到了知道有這個機會，第一時間我想到的是希望以整個小說來看，因為我發覺如不以這個角度切入，中間定必遺漏一些很重要的東西，因此我決定完整地改編上、下學期。其次，在今次的改編過程中，正如董啟章剛才所言，沒錯，《體育時期》有很多 Melodrama 的可行性，於是他用了很多形式去追求一種距離。於是這次的排練和方向，跟他寫書的時候也很類似，思考的問題也同樣，我嘗試用很多不同的劇場形式，把本身可能是很 Melodrama 的故事，不停地割裂。而割裂的方式，我不能單靠演員純粹進入角色，我構思了很多不同框架來進行改編。換了是從前較為純粹的做法，我只會著重思考如何把它改好，演出的時間可能是無限長。但今次改編，我一開始已規限了演出只能長兩小時，不能更多或更少，我只能集中在 120 分鐘內把小說改好。當有了這些外在的框架……譬如我已經落實了演員的班底，每個人都有自己的性格特質，他們在我心目中有一定的分工。我會先定好了這些框架，而非從「究竟這齣戲想說的是什麼」的角度去切入。好像下棋般，每處找一些不同的棋子，自畫棋盤，然後才下棋，現

在我就是以這樣的一種方法入手。這種方法的好處，對我而言，這種思考模式，是比較貼合劇場人的思考方法和執行，能讓觀眾更直觀地感受到內在的東西，而非單純地追逐劇情。但我要強調一點，這並不是說這齣戲沒有劇情，我反而希望是次更能清楚地表達當中的故事。希望我的說法並沒有把大家嚇倒，誤以為演出只是純粹表達「感受」，其實不然。對我來說也許是「踩鋼線」的做法，我希望有劇情，但同時間卻不想放棄對形式的探索。所以是次演出各種的劇場元素分別擔當不同的角色。

陳：事實上《體育時期》一書的形式非常有趣，除了董啟章剛才提及Melodrama的部分，但針對這些傾向或取向的情節，他設計了許多小說的架構……或者小說中的「零件」、設計部分，例如加插歌詞，兩個角色之間的故事亦非常獨特，包括她們的語言。另外，可能對一部分讀者而言，希望問清楚小說中有一個部分，是透過一個角色提出或借用一個作家Pessoa對於「假面」的想法。其實董啟章你想說的是什麼？或者你為何對Persona「假面」的講法產生興趣呢？

董：其實這有很多源頭。你講才提到的是一個葡萄牙的詩人Fernando Pessoa，他創作的方式非常有趣，他設計了七十二個人物，不單單是筆名，他利用不同人物的名義創作風格不同的作品，有些是詩人，有些寫評論，有些寫散文。其實很像劇作家，設計了很多人物，再由人物創作作品。所以他的創作方式有別於一般作家，直接從自己的角度去寫出自己的作品，他的寫作行為本身就已經是劇場化的做法。這種做法也可以視之為「面具」。「面具」即「假面」Persona。Persona也聯繫到劇場的起源，西方劇場的起源，即希臘的戲劇，希臘的戲劇是戴上面具去演的。其實戴上面具就猶如一個演員戴起了一個角色，所以

每當演員戴起了面具其實就進入了一個角色，而非他自己。所以演戲的開初，就以面具來突出這一點，即角色的扮演。往後劇場中的人物，亦可稱為 Persona。當我思考到這一點，即一個人，不單只創作的行為，每一個人自我的表達或營造，其實都是幫自己製造一個外在呈現的形象。這可能是一個哲學的問題，假設我們有一個內在的自己，其實這個分割方法是假設性的。假設我們有一個內在的自己，有一個外在的自己，最理想就是內外一致，一個人表裡一致，這謂之完整。但事實上往往並非一致，為何不一致呢？這是一個很深奧的問題。所以當我們假設內在的自己呈現出變成外在的自己的時候，這也可以說成是一種扮演的方式。當然這種扮演不能簡化地說人真虛偽。我最怕聽到別人說：現在的人真虛偽，戴上假面具做人，感嘆這個世界很虛假。好像假設只要撕下面具，真我就能表露出來，我覺得並非這樣。無論何種情況下，我們都有很多副面具。「面具」一方面是我們呈現自己的方式，面具其實有另一面。義大利有一種喜劇形式，中文叫「假面喜劇」，通過很多雜耍式的動作，很誇張的劇情來表演的喜劇。這種假面喜劇是戴上面具的，特別是主角，我們稱之為「小丑」式的人物，都是戴面具去做。幾年前他們到香港演出，我也有觀賞，劇名叫《一僕二主》。演員是一個六十多歲的老伯，但身手非常靈活，已擔演這個角色幾十年，做了幾千次，但依然非常投入地去做。他曾在一篇文章中表達對這種藝術的領會：面具一方面是一種約束，當你戴起了面具，你就是那個角色，好像為自己下了界限，不能超越這些界限，你必須在面具的約束下進行演出。但這個約束也可以是一種解放，當你完全能夠把握這個面具的界限之時，就是你去演繹角色，去發放自己的時刻，所以這是非常微妙的一點。我們該如何被自己的面具或假面所約

束，而同時又可以自由或者實現到某些時刻的真實，對我而言一直都是很重要的想法。其實我沒有答案，但我認為從創作《體育時期》的意念開始，其實我一直都在寫這個東西，也繼續寫這個東西。

陳：所以我覺得《體育時期》中，關於 Persona 的想法，似乎董啟章很早就已經將某些角色跟劇場的想法結合在一起，包括如何創作人物，或者人物如何發展本身的故事。那譚孔文你又如何理解《體育時期》中關於 Persona 的講法？

譚：在2007年時⋯⋯在小說中有提及 Persona，Persona 其實是很劇場的，所以我很驚奇，原來有人會從這個角度去思考，也非常有趣。當我第一次閱讀時，我也會追隨葡萄牙詩人 Fernando Pessoa 的理念，或者很希望把這個理念完全抽取出來，跟觀眾分享。但事隔多年，當我重新思考，回歸最初，其實這也是一個理念層面的東西，該如何呈現並讓觀眾⋯⋯其實未必很有需要，除非觀眾很有興趣，願意安坐去聽，但其實觀眾在短時間內能吸收到的也是有限。因此，我這次有點反璞歸真：Persona 其實即面具，即戴著面具做戲，即假面。於是我認為，其實有很多象徵或者意象，譬如設計師剛開始時有很多意念、想法，但最終去到觀眾時只剩下非常直接的東西。所以是次的改編不像過去般利用得這麼瘋狂，如果曾看過上次的演出，每個人都用面具；今次就反璞歸真，只有一個演員從頭到尾戴面具，就是飾演黑老師的 Owen 老師。首先我覺得他是假面的創作者，所以他相信這事情。我反而從理念上入手，而非每個場景都要表達這件事，而是一開始已經把這個事情揭露出來，他就是這樣的一種人，他就是需要戴著面具出現的演員。反而其他演員不需要經常戴著面具，甚至於在我心中是有另外一種想法的，他們一開始的時候是戴著面具，但到戲一開始就

脫下面具，但脫下面具才是真正的面具，因為那些才是創作者控制的人。因為 Persona 有另外一個意思，就是「角色」，而他們其實就是一個角色。根據戲劇世界，有理論指演員其實是一個 Giant Puppet，即一個大木偶。廣義來說，其實這個戲的演員就是我的 Giant Puppet。

陳：我回想起《體育時期》於 2007 年首次公演時，裡面有很多音樂成分，除了唱歌部分以外，如果我沒有記錯，其中有一個角色是學習吹奏尺八。去學習音樂，配合成長的主題。今次重演，好像同樣會有音樂成分，正如是次分享會稍後也會有音樂的演出，會有唱歌。可否請導演或董啟章談談小說中的音樂成分，譬如歌詞是怎樣寫成的，又或者譚孔文如何把書中的歌詞改編並放進劇場裡面？

董：當然，因為這是一部關於玩音樂的小說，必然會有音樂的成分，事實上音樂的成分有幾個層次。內容方面是兩個女孩子玩音樂、組樂隊，這是故事中跟音樂有關的部分。她們圍繞著音樂，有自己的追求，有自己的情感等多方面的東西投放其中。其次是形式上，把歌曲以模仿歌詞的形式寫出來，事實上並非歌詞，因為我心中並沒有音韻、旋律，只是形式上像歌詞，也可以看成是詩歌，詩和歌事實上亦有相通的地方。所以大家看書的時候可以當作為歌詞，想像當中的氣氛，歌曲會是怎樣的感覺，去領略歌詞的含義，這是另一種所謂音樂的成分。之前提及過每個章節的變化，都有音樂上的考慮，作為一個「變奏曲」的方式去寫。書中的章節有三十節，一前一後分別有前奏及終章，大致上章節的數目是跟從巴哈的《郭德堡變奏曲》的，即開頭和結尾的 Aria，中間有三十個變奏，因此用三十章這個數目。其實是環繞小說的主題，來做的三十個變奏。「變奏」在文學上是變換小說敘述的形式，而不論變奏的形式如

何，小說的總主題是貫穿其中。所以在閱讀的過程中，除了形式上的不同，每當敘述的形式起了變化，語言會產生不同的節奏感。節奏感因各種不同方式而產生，有些是通過比較外在的形式，例如電郵、信件，是一種節奏；日記是另一種節奏；劇場裡面很多對白式的章節，又是另一種節奏；到了用比較論說的方式去寫時，又是另一種節奏；到了用廣東話、口語時，相比起用書面語又會產生另一種節奏。當初落筆時也考慮到這是一種「音樂感」。於是我嘗試從這幾個不同的方面結合，找出所謂文學和音樂這兩個媒介的配合或結合的可能性。

陳：譚孔文，你又會如何把音樂的元素放進劇場？我知道你會把其中一首歌詞唱出來？

譚：對，最終我有這樣的想法。不一定是唱，但會把歌詞放進去。其實歌詞並非來自《體育時期》，而是這部小說的延伸作品──《物種源始：貝貝的學習年代》中抽取出來。

就音樂部分而言，其實第一次的改編相對是簡單一點。2007年的版本，我覺得像一齣包含有歌曲的作品。剛才有提及，小說本身已寫了很多歌詞，但最終沒有抽取出來。因為如需要配上旋律，便要考慮其他東西，因此沒有直接地運用書中的歌詞，選擇另外找人再填詞。而今次在音樂上我有一個概念，跟上次很不一樣。小說本身當然已有很多音樂的元素，例如不是蘋果本身很喜歡椎名林檎，甚至董啟章因為聽到椎名林檎的歌曲而衍生不是蘋果這個人物，這是所謂的環境因素。然後由椎名林檎衍生到Rock & Roll的精神，或者跟青春之間的關係，小說本身就已經有這些氛圍。但當我要把這些元素放進劇場演繹時，我反而認為應該先關心和釐清「為何我要用音樂這個元素」。因為音樂對我來說，越來越……是一件很internal的東西，是一種很內在的抒發。我的音樂總監提醒了我，他認為在

音樂劇（musical）當中，最關心的應該是：為何要唱？人物角色經歷了甚麼而需要唱？這讓我想到，回歸其基礎，當我需要運用音樂這個元素時，音樂必須進入人物內在的感覺。因此是次演出並沒有唱特別大量的歌曲，但音樂感反而濃烈了。意思是，除了他們在適當的時候會唱歌外，在唱歌前所醞釀的東西究竟是什麼，是那一種音樂呢。即每個演員在我心中都有獨特的「音樂質地」，利用這些質地互相碰撞，找到每個演員獨有的音樂感，並在舞台上呈現。

很早期我已經思考如何以不同形式（Form）去開展各部分的故事。正如董啟章所言，他利用了巴哈的三十二個章節，分成了三個部分，我則運用了「能劇」中的機制——「序、破、急」。「序」是大約頭一個小時，猶如敍述一個人的身世；到了「破」的節奏就突然急速起來，把人物關心的東西或受到衝擊的一面展現出來；至於「急」，非指急速的完結，其實不然，相反我認為跟希臘悲劇相似，是一種淨化的狀態，最後的十數分鐘就是角色回歸淨化的狀態來演繹。整個劇，除了角色以外，我加插了一個「讀者」的人物，當然我沒有標明這個角色是「讀者」，即多了一個角色跟觀眾一同感受這齣戲，只是這個人物站在舞台上。

陳：我相信不論舊還是新的版本，音樂都是貫穿《體育時期》一個很重要的元素。我記得2007年的版本名為《體育時期。青春。歌。劇》，這次名為文學音樂劇場《體育時期2.0》。我覺得音樂這個元素不論對文學還是戲劇，都是一個重要的元素，《體育時期》一書中，叫我們要思考的是我們「為何要唱」或「為何要寫」。

討論環節

陳：請董啟章談一談，小說出現過多個版本。譬如我手上有香港當年出版的初版，但這書現已絕跡於市面，然後出版過台灣版本，其中的分別是香港版本有不少對話是廣東話，但台灣版則把廣東話變成了規範體文的版本，不知董啟章就版本的差異有沒有和我們分享的地方？

董：沒錯，陳智德手上的是2003年的初版，由香港的蟻窩出版社出版，但出版社已經倒閉了。所以這是最原版的，廣東話的部分相當多。後來再出台灣版，是比較多人看過的版本。台版是改了一些語言的運用，但並非很多，其實台版也有很多廣東話，分量不少。修改的部分並非以一種非常書面語的方式寫的。因此非廣東話的部分，其實語氣都較為口語化，即帶有廣東腔的書面語，並非把全部廣東話刪掉，當時希望盡量保留語文的特色。兩、三年前有一個大陸版，大陸版跟台版一樣，同樣保留部分廣東話。即有三個版本。

我想其實舊版在市面已不常見，而此書的讀者群應以年輕人居多，新一代的年輕讀者已經出現，即使他們想看但可能難以找到，於是我跟台灣另一家出版社洽談，決定出個新的版本。新版本仍在構思中，除了重新排版和編印外，希望加一些內容，讓已經購買的朋友有再購買的意欲，所以是次名為「劇場版」。會把上次和今次跟劇場有關的材料，可能是文章或其他相關的東西都加進去。我認為這是一種延伸，很有意思。兩次的劇場改編，累積了經驗、經歷、啟發，我認為這是值得探討的，和加進書本中，就算將來有讀者未看過劇場版，但通過書本，都可以想像文學跟劇場的交會是如何產生。新版小說仍在構思中，希望今年六、七月可以出版。

問：請問新版的文本是港版還是台版？

董：文本是台版，都是之前的台版，我想那個版本兩邊都能夠接受。其實台版也頗多廣東話，但很有趣的是，台灣年輕讀者如對我的作品有興趣，其實他們並不介意，大概都能明白，較為抗拒的反而是較年長的讀者。

問：港版在市面是否已絕跡？

董：對，找不到。

陳：你可到圖書館找找看。

譚：圖書館一定有。

問：剛才提到「假面」的問題，我認為《體育時期》是一部成長小說，我想大家都會同意。其實兩者的關係是怎樣呢？是次的劇場版本，比重上是「假面」較多還是「成長」較多？董啟章作為小說家，「假面」這個主題在其後的小說一直有出現，而劇場演出的版本，「假面」的比重會否較多？還是「成長」跟「假面」比重均等？兩者的關係，分別在書本和劇場，究竟是怎樣呢？

董：這是一個很有意思的問題，「成長」跟「假面」的關係是怎樣。我想，成長的過程中，無可避免地會生產假面。一個小孩，除非很早就工於心計──也有這樣的小孩，幾歲就已經很有計謀；但一個嬰孩是沒有假面的，我想人生唯一沒有假面的狀態就是嬰孩時期，又或者到了長大以後，有很高的修為，變成了聖人，就能做到。因此無可避免地，成長就會涉及假面。我不是說人學壞了，變得虛偽，而是人和人開始建立關係之時，而關係越來越複雜，這是無可避免會出現的，特別是開始出現「身分」的時候。小時候你不明白甚麼是「身分」，所以才會說小孩不分尊卑，其實這才是「真」的狀態。當開始懂得尊重父母之時，就已經有「身分」，「假面」已經出現。所

以，這是社會必然存在的東西，當我們慢慢建立、進入「身分」之時，我們就會「變臉」，也必須這樣。即使是私密的關係也同樣存在，當你跟別人做朋友，變成戀人的時候，其實已經換了一個面貌，到結了婚，可能又換上另一個面貌。所以這是人際關係中無可避免的一種東西，這跟成長有關。不用判斷這是正面或負面，是一種必然的狀態。因此，「成長」跟「假面」是有關係的。

譚：根據兩次改編的經驗而言，其實第一次改編時對「假面」是趨之若鶩的，以致首演時在貝貝身上清晰地展露出「假面」，直接講出貝貝希望通過與不是蘋果的相處而獲得「假面」，作為一個主題去追隨。但到了今次的改編，我反而沒有把兩者劃成等號。正如剛才所言，回歸劇場本身，是很實在的，不一定需要很多 interpretation，東西是存在就是存在，就讓它自然出現並和其他東西一同併貼。於是「假面」跟「成長」的關係，在是次的演出中不致需要分開，但亦不會強行把他們等同化。例如直接地交代這一段戲他們戴上了面具，這段戲開始脫下，或者開始變臉，我放棄了一種太有 objective（目的性）的想法。概念上我會讓「假面」引領著故事的氛圍，但情節的核心其實是「成長」。

陳：我想問譚孔文，這次跟董啟章的合作和前一次比較，有什麼不同的地方？

譚：最大的不同是心境上的分別。因為第一次合作前我們並不認識，以一個讀者……即讀畢小說後，覺得很厲害，好想把書本改編，即抱持著一個很想把事情成真的心態來進行。到了今次，則變成了一個很實在的創作人……雖然上次也是一個創作人，但今次更完整地看整個故事，我可以如何跟董啟章在概念上產生碰撞，所以今次改編的篇幅比上次更大，除了時間上的

考慮外，我跟董啟章曾討論過，其實改編這書時很容易有墜入迷宮的感覺。我覺得這個說法很有意思，因為小說本身用了很多不同的form（形式），例如書信或其他不同方式，其實就有很多不同的象徵。而小說跟劇場本來就是兩種不同的閱讀方法，小說可以用一生的時間來閱讀，有無限長的時間，可以慢慢細味；但劇場卻不一樣，只有有限的時間和空間。因此我必須作出篩選，但這並不是把東西變成了我個人的……《體育時期》一書最有趣的地方是把意念全部分拆，我只須找出源頭並完整地呈現，觀眾自能作出相關聯想。舉例說，原著中的「黑騎士老師」，我現改成為「黑老師」。小說中交代了很多原因為何他會成了Black rider，但我認為最終只需要呈現「黑」這個字已經足夠。亦正正因為只有「黑」這個字，通過不同演繹，會讓觀眾聯想到其他東西，這會更有趣。否則我作為一個「翻譯」就會很痛苦，我會把所有definition鎖死，致使我不能前進，亦令戲本身缺乏了聯想的空間。

問：其實《體育時期》跟《學習年代》很相似，甚至有人認為《學習年代》是《體育時期》的延伸。那《學習年代》中有一個T的角色……我不曾看過《體育時期》，後來再看浪人劇場其他劇作，我就覺得T的角色有所投射。當你改編一個作家著作的同時，該小說家又把某部分的「你」投放在作品的角色人物身上，你有何感受呢？會否覺得某些東西是指涉自己？對你再創作新的《體育時期》時，會否帶來新的變化或感覺？

譚：首先……T這個人物……我從來沒有問董啟章，但我相信應該是我！我本來都不知道，後來有朋友告訴我，有人把你們寫了進去。我的反應是驚訝，而一直我都有讀董啟章的著作，立即買下來讀。其實書的骨架是說我們重排《體育時期》……但在2007年排練時董啟章並非經常出現，亦非坐在我身邊一齊排

練。但很有趣的是，董啟章寫得很迫真，迫真程度猶如寫的時候一直在我身旁。這就是作家有趣的地方吧！我沒有問過！（董：是恐怖的地方。）我未必很享受，但我覺得挺有趣！或者因為未寫得很深入，所以我用「有趣」來形容；如果更為深入，可能就如董所言變得恐怖。看畢全書後，我寫了一個電郵予董啟章，我覺得這其實像一本「預言書」。當年慶功宴，董啟章表示對於撰寫新書有了想法，但當時我不知道是什麼，好像曾經有提及過。到後來的《學習年代》是關於《體育時期》的重排，好像有一種預言或者宿命的感覺。譬如我昨晚曾對他（董啟章）說：我終於決定了演出的結尾安排，就是抽取了《學習年代》的《銀杏》來收結。然後我重讀情節，也被嚇倒，情節就是說浪人Ｔ決定重演《體育時期》那一刻，女主角就想起《銀杏》來。那一刻我感到詭異！

董：所以大家千萬不要得罪小說家！

問：董先生及譚先生在合作過程中遇到最大的衝突是什麼？

董：其實嚴格來說不可以稱為「合作」，因為我參與的程度並不高。劇場是屬於譚孔文的創作，他改編了我的小說。當然我們會傾談，如果有需要也會跟演員傾談，但我不會嘗試去指導任何人該怎樣演繹我的小說，我也不會說「你這樣不對，我並沒有這種想法」等等。我沒有想過需要這樣做，只是如果大家想多了解我的想法，或者希望我能幫助大家去演繹角色，可以一起傾談、討論。

另外的所謂「合作」其實是協助宣傳這個演出，例如今天參與這個講座，任何認為我可以幫忙的地方。所以並不是說我參與了這個創作過程，因此不會存在衝突，這是一個不錯的方法。

譚：該這樣說，「衝突」其實出現在我改編、選取的過程中已經解決了。即董啟章的作品已經在我腦海中，在改編時該如何取

捨，就只有這種衝突，正常的交往並不存在衝突。正如董啟章所言，在劇場演繹⋯⋯其實他都非常信任我們。劇場跟文學呈現的模式雖然不同，但兩者其實殊途同歸，有很多東西大家可以互相利用。所以我經常把「改編」視為學習階段，我關心在劇場中還可以「玩」什麼呢？我就是以這種心態來看待這種作品。所以我是感到既忐忑又刺激的，很想知道事情是否可行，如可行的話而我又能成功，彷彿手中多拿了一件兵器，將來再做其他工作時，就多了不同的想法。事實上如何演繹一個作品是有很多可行性的，跟寫小說一樣，同樣存在很多可行性。視乎大家有沒有興趣探索。

陳：你覺得改編董啟章的作品跟改編舒巷城的作品，在合作或對話的過程中有什麼分別？例如你已經沒有辦法向舒巷城請教，而你仍然可以跟董啟章討論。你覺得改編在當代仍然活躍的作家，跟一個資深但已經過世的作家的差別在哪？

譚：我想每個人都不同。上次改編舒巷城的作品是很感性的，我會把自己感性的一面加進去，在一定程度上彷彿跟他結合。但今次改編《體育時期》，我覺得不可以以同樣的手法，不能太感性把所有東西加進去，反之我需要非常理性。雖然事情本身很Melodrama，但我們都不是追求Melodrama。因此，需要很理性去思考、計算，究竟某些東西是否真的有助推進？或者真的對事情帶來幫助？好像下棋一般，如不行，就要撤，要換新的東西。這種思考模式其實比較「冷」，但這也是一種訓練。

2013斷想

——觀眾／旁觀者

　　導演在《體育時期2.0》加入了一個「閒遊者」的角色，作為整件事的旁觀者和敘述者，有時也會和女主角貝貝呼應，彷如一個對話者。在劇場中段，「閒遊者」離開舞台，坐到台下的觀眾席上，變成了字面意義上的「旁觀者」（spectator）。這個「旁觀者」具有雙重意義：一方面是強化貝貝作為他人的痛苦的旁觀者的自我罪疚感，進而帶出她如何通過不是蘋果的影響，由旁觀者變成參與者或行動者；另一方面，「旁觀者」也是所有在場看戲的觀眾。接近尾聲的時候，坐在台下的「閒遊者」再次回到台上，見證了貝貝和不是蘋果最為激烈的一幕衝突，然後是大崩壞所帶來的和解。在最後，「閒遊者」感嘆自己孤身一人，講出了自己也在尋找互相理解的同行者的盼望，然後向兩個女孩致敬離開。這樣的一個男性旁觀者，不就是導演甚至是原作者的寫照嗎？我們創造了兩個相生相依的人物，我們令她們互相衝突和折磨，但結果她們修成正果，而我們對她們卻只有崇敬和羨慕。我們在她們身上看到自己沒有的東西。我們為自己作為永遠的旁觀者的角色而感到痛苦。那是她們的故事，不是我們的故事。這是所有作者和創造者的悲哀。我們不是上帝。人物的存在不是為了榮耀我們。如果我們有本事令她們活起來，她們就必會離去。曲終人散。我們沒有能力和權利永遠擁有她們。

也許，這就是我為甚麼一次又一次把她們呼喚回來，一次又一次讓她們重生的原因。這樣做，是延遲跟她們的告別。作為一個小說家，我已經困在自己所創造出來的世界裡。我只能夠繼續不斷地把這個世界變大，把演化的歷程延長，讓她們以不同的形態輪迴轉世。而我為了擺脫永遠的旁觀者的狀態，創造了黑騎士／黑老師這個假面，通過他，成為一個參與者。但也同時是通過黑，我建造了現實與虛構之間的一堵防火牆。只有把替身留在牆的那一邊，我才能逃回牆的這一邊來。如此這般，我才能既旁觀又參與，既進入想像又不會脫離現實。我不知道自己是否真的能做到。

鳴謝

　　萬分感謝導演譚孔文、填詞人許少榮、評論人陳智德、兩張宣傳海報的攝影師及設計師 Cheung Chi Wai、Margaret Li、Terenz Chang、Keith Hiro、浪人劇場及 7A 班戲劇組慨允於本書中轉載相關的文字及影像內容。

董啟章創作年表（1992-）

1992　• 6月於《素葉文學》發表第一篇小說〈西西利亞〉。

　　　• 於《星島日報》副刊「文藝氣象」發表短篇小說〈名字的玫瑰〉、〈快餐店拼湊詩詩思思CC與維真尼亞的故事〉、〈皮箱女孩〉等。

1994　•〈安卓珍尼———一個不存在的物種的進化史〉獲聯合文學小說新人獎中篇小說首獎；〈少年神農〉獲聯合文學小說新人獎短篇小說推薦獎。

1995　•〈雙身〉獲聯合報文學獎長篇小說特別獎。

　　　•《紀念冊》（香港：突破）；《小冬校園》（香港：突破）。

1996　•《安卓珍尼：一個不存在的物種的進化史》（台北：聯合文學）。

　　　•《家課冊》（香港：突破）。

　　　•《說書人：閱讀與評論合集》（香港：香江）。

　　　• 董啟章、黃念欣合著，《講話文章：訪問、閱讀十位香港作家》（香港：三人）。

1997　•《地圖集：一個想像的城市的考古學》（台北：聯合文學）。

　　　•《雙身》（台北：聯經）。

　　　•《名字的玫瑰》（香港：普普）。

　　　• 董啟章、黃念欣合著，《講話文章Ⅱ：香港青年作家訪談與評介》（香港：三人）。

• 獲香港藝術發展局文學獎新秀獎。

1998　•《Ｖ城繁勝錄》（香港：香港藝術中心）。

　　•《同代人》（香港：三人）。

　　•《名字的玫瑰》（台北：元尊文化）。

1999　•《The Catalog》（香港：三人）。

2000　•《貝貝的文字冒險：植物咒語的奧祕》（香港：董富記）。

2002　•《衣魚簡史》（台北：聯合文學）。

　　•《練習簿》（香港：突破）。

2003　•《體育時期》（香港：蟻窩）。

　　•《第一千零二夜》（香港：突破）。

2004　•《體育時期》（台灣版）（台北：高談文化）。

　　•《東京・豐饒之海・奧多摩》（台北：高談文化）。

2005　•《天工開物・栩栩如真》（台北：麥田）。

　　•《天工開物・栩栩如真》獲台灣聯合報讀書人最佳書獎及
　　　中國時報開卷好書獎、香港亞洲週刊中文十大好書。

　　• 董啟章、利志達合著，《對角藝術》（台北：高談文化）。

　　• 劇本《小冬校園與森林之夢》，由演戲家族演出。

2006　•《天工開物・栩栩如真》獲第一屆紅樓夢長篇小說獎決審
　　　團獎。

　　• 劇本《宇宙連環圖》，由前進進戲劇工作坊演出。

2007　•《時間繁史・啞瓷之光》（台北：麥田）。

　　• 劇本《天工開物・栩栩如真》，與陳炳釗合編，於香港藝
　　　術節演出。

2008　•《時間繁史・啞瓷之光》獲第二屆紅樓夢長篇小說獎決審
　　　團獎。

2009　•《致同代人》（香港：明報月刊）。

　　• 獲香港藝術發展局藝術發展獎年度最佳藝術家（文學藝

術）。

2010 ・《體育時期》（簡體版）（北京：作家）。

・《天工開物・栩栩如真》（簡體版）（上海：世紀文景）。

・《安卓珍尼》（經典版）（台北：聯合文學）。

・《學習年代》（《物種源始・貝貝重生》上篇）（台北：麥
田）。

・《雙身》（二版）（台北：聯經）。

・劇本《斷食少女K》（原名《飢餓藝術家》），由前進進戲
劇工作坊演出。

・《學習年代》獲香港亞洲週刊中文十大好書。

2011 ・《在世界中寫作，為世界而寫》（台北：聯經）。

・《學習年代》（《物種源始・貝貝重生》上篇）獲香港電
台、香港公共圖書館及香港出版總會合辦「第四屆香港書
獎」。

・《地圖集》（台北：聯經）。

・《夢華錄》（台北：聯經）。

・《天工開物・栩栩如真》（簡體版）獲第一屆惠生・施耐庵
文學獎。

2012 ・《答同代人》（北京：作家）。

・《地圖集》（日文譯本）藤井省三、中島京子譯（東京：河
出書房）。

・《繁勝錄》（台北：聯經）。

・《博物誌》（台北：聯經）。

・ *Atlas: The Archaeology of an Imaginary City* (New York:
Columbia University Press).

2013 ・《體育時期（劇場版）》【上、下學期】（台北：聯經）。

「你，有青春過嗎？」

譚孔文　劉穎途　林俊浩　許少榮　羅文姬　胡境陽
王耀祖　李穎蕾　施標信　梁子峰　郭翠怡　黃華豐

浪人劇場
文學音樂劇場

原著／文學指導
董啟章

體育時期 2.0
粵語演出
in Cantonese
P.E. Period 2.0
(Literary Music Theatre)
by **Theatre Ronin**

15-17.3.2013 （星期五至日 Fri-Sun）
8pm
16-17.3.2013 （星期六至日 Sat-Sun）
3pm
香港兆基創意書院多媒體劇場
Multi-Media Theatre, HKICC Lee Shau Kee School of Creativity
$160,120

門票於2月1日在各城市電腦售票處、網上及信用卡電話訂票熱線發售

節目查詢 Programme Enquiries 2268 7325　（英文留言）7101 2098（中文留言）
信用卡電話訂票 Credit Card Telephone Booking 2734 9009
網上訂票 Internet Booking 2111 5999
www.lcsd.gov.hk/cp　英文網址 www.facebook.com/TheatreRonin

浪人
Theatre Ronin
劇場

當代名家・董啓章作品集7

體育時期 （劇場版）【下學期】

2013年9月初版　　　　　　　　　　　　　　　　定價：新臺幣280元
有著作權・翻印必究
Printed in Taiwan.

| | | 著　　者 | 董　啓　章 |
| | | 發 行 人 | 林　載　爵 |

出　版　者	聯 經 出 版 事 業 股 份 有 限 公 司	叢書主編	胡　金　倫
地　　　址	台 北 市 基 隆 路 一 段 1 8 0 號 4 樓	校　對	吳　美　滿
編輯部地址	台 北 市 基 隆 路 一 段 1 8 0 號 4 樓	封面設計	許　晉　維

叢書主編電話：（02）87876242轉203
台北聯經書房：台 北 市 新 生 南 路 三 段 9 4 號
電　　　話：（ 0 2 ） 2 3 6 2 0 3 0 8
台中分公司：台 中 市 健 行 路 3 2 1 號
暨門市電話：（ 0 4 ） 2 2 3 7 1 2 3 4 e x t . 5
郵 政 劃 撥 帳 戶 第 0 1 0 0 5 5 9 - 3 號
郵 撥 電 話：（ 0 2 ） 2 3 6 2 0 3 0 8
印　刷　者 世 和 印 製 企 業 有 限 公 司
總　經　銷 聯 合 發 行 股 份 有 限 公 司
發　行　所：新 北 市 新 店 區 寶 橋 路 235 巷 6 弄 6 號 2 樓
電　　　話：（ 0 2 ） 2 9 1 7 8 0 2 2

行政院新聞局出版事業登記證局版臺業字第0130號

本書如有缺頁，破損，倒裝請寄回台北聯經書房更換。　　ISBN　978-957-08-4248-7 (平裝)
聯經網址：www.linkingbooks.com.tw
電子信箱：linking@udngroup.com

國家圖書館出版品預行編目資料

體育時期（劇場版）【下學期】/董啓章著．
初版．臺北市．聯經．2013年9月（民102年）．264面．
14.8×21公分（當代名家・董啓章作品集7）

ISBN 978-957-08-4248-7（平裝）

857.7   102015594